Scherz Krimi
Spannung mit Niveau

Das große Tigerauge starrte kalt auf Bond

und dann hinunter auf den langsam absackenden Gegner. Jetzt tat der Fisch einen fürchterlich gähnenden Schluck, drehte sich herum, erbebte in seiner ganzen Länge und stieß hinab. Mit weitoffenem Rachen verbiß er sich in die rechte Schulter seines Opfers, schüttelte es wütend ...

Die 007-James-Bond-Romane

Countdown für die Ewigkeit
Du lebst nur zweimal
Der goldene Colt
Goldfinger
Im Dienst Ihrer Majestät
James Bond jagt Dr. NO
Liebesgrüße aus Athen
Liebesgrüße aus Moskau
Mondblitz
Octopussy und andere riskante Geschäfte (Kurzgeschichten)
Der Spion, der mich liebte
Sag niemals nie
Der Tod im Rückspiegel (Kurzgeschichten)

Ian Fleming

007 James Bond
Sag niemals nie

Scherz
Bern – München – Wien

Die Erstveröffentlichung dieser Taschenbuchausgabe erschien
früher bei Scherz unter dem Titel »Feuerball«
Einzig berechtigte Übertragung aus dem Englischen
von Willy Thaler
Titel des Originals: »Thunderball«
Schutzumschlag von Heinz Looser
Foto: Thomas Cugini
7. Auflage 1984, ISBN 3-502-50954-9

Gesamtherstellung: Ebner Ulm

... bringen mit Thriller-Spannung außer Atem

1

Es war einer der Tage, an denen James Bond den Eindruck hatte, das ganze Leben habe sich gegen ihn verschworen.
Um es gleich zu sagen: er schämte sich seiner, was selten genug vorkam. Er war gründlich verkatert, hatte Schmerzen im Hinterkopf und steife Gelenke. Jedes Husten – wer zuviel trinkt, raucht auch zuviel – zauberte einen Schwarm amöbenhafter, schwarzer Flecken vor seinen Blick. Unverkennbar: das letzte Glas war zuviel gewesen! Sein letzter Whisky-Soda in der luxuriösen Park-Lane-Wohnung hatte sich von den anderen zehn zwar nicht unterschieden, ihm aber Widerwillen verursacht und einen bitteren Geschmack hinterlassen. Trotz dieser Warnung hatte er noch in einen letzten Rubber eingewilligt. Fünf Pfund das Hundert, weil's der letzte ist? Gemacht. Und dann hatte er ihn gespielt wie ein Trottel! Er meinte noch die Pik-Dame mit ihrem blöden Mona-Lisa-Grinsen in der fetten Visage auf seinen Buben fallen und so aus dem im Suff rekontrierten Groß-Schlemm vierhundert Punkte überm Strich für die andern werden zu sehen. Und schließlich war's ein Zwanzigerrubber gewesen, hundert Pfund gegen ihn – ein Haufen Geld.
Abermals drückte Bond den blutigen Alaunstift auf den Schnitt in seinem Kinn. Abscheulich, was ihm da aus dem Spiegel entgegenstarrte! Aber das kam alles vom Nichtstun! Über einen Monat Papierkrieg – über einen Monat seine Nummer auf idiotischen Listen abstreichen; Protokolle schmieren, die ihm mit jeder Woche mehr zum Hals heraushingen; und ins Telefon schnauzen, so oft ein harmloser Beamter seinen Standpunkt vertrat. Dann hatte seine Sekretärin die

Grippe gekriegt — und er dafür so ein dummes, ja ärger noch, ein häßliches Weibsstück, das »Sir« zu ihm sagte und so affektiert sprach, als hätte sie einen Knödel im Maul. Und nun war's wieder einmal Montag früh, begann wieder eine neue Woche! Draußen wusch der Mairegen die Fenster. Bond schluckte eben zwei Tabletten, als das Telefon im Schlafzimmer klingelte: es war das laute Klingeln der Direktverbindung mit Headquarters!

Bonds Herz klopfte stärker, als es das trotz der Hetzjagd quer durch London hätte tun dürfen. Er zog einen Stuhl heran, setzte sich und blickte in die vertrauten, ruhigen, grauen und so verdammt klaren Augen. Was mochte es wieder sein?
»Morgen, James. Ein bißchen früh am Tag, leider, aber ich hab' heute viel vor mir und wollte Sie noch vor dem Rummel einschieben.«
Bonds Erwartung schmolz dahin: kein gutes Zeichen, sobald M ihn mit Vornamen anredete statt mit seiner Nummer! Das sah nicht nach Auftrag aus — eher nach was Persönlichem. Auch wirkte M interessiert, freundlich, beinahe gütig. Bond sagte irgend etwas Unverbindliches.
»Ich hab' Sie in letzter Zeit nicht oft gesehen, James. Wie geht es Ihnen?« M griff nach einem Formular.
Den Inhalt argwöhnend, sagte Bond nur: »Mir geht's gut, Sir.«
»Der Doktor ist anderer Meinung, James«, kam es mild zurück. »Ich habe da Ihren letzten Befund. Sie sollten sich ihn anhören.«
Zum Teufel! Ärgerlich sah Bond auf das Blatt, doch beherrscht sagte er: »Ganz wie Sie meinen, Sir.«
M warf einen vorsichtig abschätzenden Blick auf Bond und hob dann das Papier hoch. »Dieser Beamte«, las er, »ist *noch* gesünder, als seine Lebensweise eigentlich zuließe: Trotz mehrfacher Warnungen gibt er zu, täglich sechzig Zigaretten einer besonders nikotinhaltigen Balkanmischung zu rauchen. Bei leichterem Dienst trinkt er täglich etwa eine halbe Flasche sechzig- bis siebzigprozentigen Alkohols. Die Untersuchung erbrachte nur geringe Schädigungsanzeichen: Zunge belegt, Blutdruck leicht erhöht (160/90), Leber o. B. Doch gibt der

Beamte zu, häufig an Schmerzen im Hinterkopf zu leiden. Die Trapezmuskeln sind verkrampft, Rheumaknoten fühlbar – wohl eine Folge der Lebensweise. Vorhaltungen gegenüber bleibt der Beamte unzugänglich. Zur Wiederherstellung seines früheren, ausgezeichneten Gesundheitszustandes werden Nr. 007 zwei bis drei Wochen Ausspannen bei strenger Diät empfohlen.«

M legte den Befund zu den erledigten Akten, stützte die Hände flach auf den Schreibtisch und blickte Bond ernst in die Augen: »Nicht gerade zufriedenstellend, wie, James?«

Bond bemühte sich, ruhig zu antworten. »Ich bin völlig in Ordnung, Sir. Kopfschmerzen hat jeder mal, und an Muskelrheuma leiden die meisten Sonntagsgolfer: man ist verschwitzt und sitzt dann im Luftzug. Aspirin und Einreibungen bringen das schon weg. Wirklich nicht der Rede wert, Sir.«

Aber M sagte streng: »Das ist ja gerade der Irrtum, James! Medikamente unterdrücken nur die Symptome, aber sie pakken das Übel nicht an der Wurzel. Die Folge ist ein steigender Vergiftungszustand, der zu chronischem Leiden führen kann. Alle Drogen sind schädlich. Und das meiste, was wir essen, ist dem Organismus abträglich: das weiße Brot, dessen Mehl zu sehr ausgemahlen ist, der raffinierte Zucker, die pasteurisierte und deshalb vitaminarme Milch – alles zu sehr ausgekocht und denaturiert. Wissen Sie«, M griff nach seinem Notizbuch und sah hinein, »was unser Brot außer dem bißchen ausgemahlenen Mehl enthält?« Er blickte anklagend zu Bond herüber. »Es enthält große Mengen von Kalk, auch Benzolsuperoxyd in Pulverform, Chlorgas, Salmiak und Alaun!« M steckte das Notizbuch wieder weg. »Was sagen Sie jetzt?«

Verblüfft verteidigte sich Bond: »So viel Brot ess' ich gar nicht, Sir.«

»Vielleicht nicht«, sagte M ungeduldig. »Aber wieviel Vollkornbrot essen Sie? Wieviel Joghurt, rohes Gemüse, Nüsse, Frischobst?«

Bond lächelte: »Eigentlich gar nichts von all dem, Sir.«

»Da gibt's nichts zu lachen!« M klopfte zur Bekräftigung mit dem Zeigefinger auf die Tischplatte. »Merken Sie sich: es gibt nur einen Weg zur Gesundheit, den natürlichen. Alle Ihre

Beschwerden« – Bond wollte protestieren, aber M hob die Hand –, »diese tiefsitzende Toxikämie, die Ihr Befund zeigt, all das ist das Resultat einer grundsätzlich unnatürlichen Lebensweise. Je von Bircher-Benner gehört, wie? Oder von Kneipp, Prießnitz, Rikli, Schroth, Gossmann, Bilz?«
»Nein, Sir.«
»Na eben. Es wäre aber sehr gut, wenn Sie diese Leute studierten! Das sind die großen Ernährungsreformer – die Männer, deren Lehren wir törichterweise in den Wind geschlagen haben. Zum Glück«, M's Augen glänzten vor Enthusiasmus, »praktiziert eine Reihe ihrer Schüler in England, so daß Naturheilkuren für uns nicht unerreichbar sind.«
Bond sah M neugierig an. Was, zum Teufel, war in den Alten gefahren? Waren das erste Anzeichen von Senilität? Aber M sah frischer aus als je! Sein kühler grauer Blick war klar, und die Haut des harten, gefurchten Gesichts glänzte vor Gesundheit. Sogar das eisengraue Haar wirkte gesünder. Was also konnte es sein?
M langte nach dem Akteneingangskorb und stellte ihn mit einer Geste vor sich hin, die bedeutete, daß Bond entlassen war. Dabei sagte er heiter: »Tja, das wär's, James. Miß Moneypenny hat für Sie reserviert. Zwei Wochen, und Sie sind wieder auf dem Damm. Sie werden sich selbst nicht wiedererkennen, wenn Sie herauskommen: ein neuer Mensch!«
Entgeistert starrte Bond zu M hinüber: »Herauskommen? Von wo?«
»*Shrublands* heißt der Ort. Geführt von einem in seinem Fach recht berühmten Mann – Wain, Joshua Wain. Beachtlicher Bursche. 65, sieht aber aus wie höchstens 40. Da sind Sie gut aufgehoben. Hypermoderne Einrichtung, eigener Kräutergarten sogar! Hübscher Landstrich, bei Washington in Sussex. Und sorgen Sie sich nicht wegen Ihrer Arbeit, schalten Sie einfach zwei Wochen lang ab. 009 wird die Abteilung für Sie übernehmen.«
Bond traute seinen Ohren nicht. »Aber, Sir, ich bin doch ganz in Ordnung! Sind Sie sicher – ich meine, ist das wirklich notwendig?«
»Nein.« M lächelte frostig. »Notwendig nicht. Aber unerläßlich, wenn Sie in der 00-Abteilung bleiben wollen. Ich

kann es mir nicht leisten, darin einen Beamten zu haben, der nicht zu hundert Prozent einsatzfähig ist.« M blickte wieder auf den Korb vor sich und entnahm ihm einen Ordner. »Das wäre alles, 007«, sagte er, ohne aufzusehen. Sein Wort war endgültig.

Bond erhob sich. Schweigend verließ er den Raum und schloß die Tür betont behutsam hinter sich.

Draußen schenkte ihm Miß Moneypenny einen süßen Blick. Bond trat an ihren Schreibtisch und hieb mit der Faust auf die Platte, daß die Schreibmaschine einen Sprung machte. Wütend sagte er: »Was soll das, Penny? Ist der Alte übergeschnappt? Der Teufel soll mich holen, wenn ich da hingehe!«

Miß Moneypenny lächelte selig. »Der Direktor war *so* zuvorkommend! Er sagt, du kannst das Myrtenzimmer im Anbau bekommen. Ein reizendes Zimmer, sagt er, mit Blick auf den Kräutergarten. Sie haben dort nämlich einen eigenen Kräutergarten, weißt du das?«

»Ich weiß alles über den verdammten Kräutergarten. Schau, Penny, sei ein liebes Mädel und sag mir, was das zu bedeuten hat! Was ist ihm denn über die Leber gekrochen?«

Miß Moneypenny, die oft hoffnungslos von Bond träumte, hatte Mitleid mit ihm. Verschwörerisch dämpfte sie ihre Stimme: »Also ich halte das Ganze für eine vorübergehende Sache. Dein Pech, daß es gerade dich noch erwischt. Aber du weißt, er bekommt immer wieder einen Vogel wegen der Leistungsfähigkeit seiner Abteilung. Eine Zeitlang mußten wir alle einen Gymnastikkurs besuchen. Dann hatte er doch diesen Kopfschrumpfer, diesen Psychoanalytiker – das ist dir entgangen, da warst du gerade in Übersee. Alle Abteilungsleiter mußten dem ihre Träume erzählen. Lange hat er's nicht ausgehalten, einige der Träume müssen ihn irgendwie abgeschreckt haben. Ja, und letzten Monat erwischte M einen Hexenschuß, und einer seiner Freunde im *Blades*, einer der versoffenen Fettsäcke, nehm' ich an« – Miß Moneypenny verzog ihren begehrenswerten Mund –, »erzählte ihm von diesem Nest. Er schwor darauf und sagte M, wir seien alle wie die Autos und müßten von Zeit zu Zeit in die Werkstatt, zur Entschlackung. Er gehe jedes Jahr hin, sagte er, und es koste nur zwanzig Pfund die Woche, also weniger, als er pro Tag im *Blades* ausgebe, und er fühle sich nachher immer herrlich wohl. Na, du weißt ja, M versucht immer gern was Neues, und so ging er für zehn Tage hin und kam ganz begeistert zurück. Gestern hat er mir einen großen Vortrag über die Kur gehalten, und mit der heutigen Post bekam ich einen Haufen Dosen mit Melasse und Weizenkeimen und Gott weiß was. Ich weiß nicht, was ich mit dem Zeug anfangen soll, ich fürchte, mein armer Pudel wird das alles fressen müssen. Jedenfalls, so ist es gekommen, und ich muß sagen, ich habe ihn nie in so guter Verfassung gesehen.«

»Aber warum schickt er gerade mich in dieses Irrenhaus?«

Miß Moneypenny lächelte geheimnisvoll. »Du weißt doch, er hält große Stücke auf dich — oder weißt du's nicht? Jedenfalls, nach Einsicht in deinen Befund befahl er mir, ein Zimmer für dich zu bestellen.« Sie rümpfte die Nase. »Übrigens, James, trinkst und rauchst du wirklich so viel? Das *muß* dir doch schaden, meinst du nicht?« Sie blickte ihn mütterlich an.

Bond zwang sich zu dem gleichmütig hingeworfenen Satz: »Ich sterbe einfach lieber am Suff als am Durst. Und wegen der Zigaretten — das ist nur, weil ich mit meinen Händen nichts anzufangen weiß.«

Mißbilligend verzog Miß Moneypenny ihren Mund: »Also, was die Hände betrifft, da hab' ich schon was anderes gehört!«

»Jetzt fang du nicht auch noch an, Penny!« Verärgert ging Bond zur Tür und wandte sich noch einmal um: »Wenn du mich noch weiter so herunterputzt, dann verpass' ich dir, wenn ich wieder zurück bin, eine solche Tracht Prügel, daß du ein Schaumgummipolster brauchst!«

Miß Moneypenny lächelte süß: »Ich glaube nicht, daß du nach zwei Wochen Nüssen und Zitronensaft noch viel wirst verpassen können, James ...«

Bond gab einen grunzenden Knurrlaut von sich und stürmte aus dem Zimmer.

2

Bond warf seinen Koffer in das schokoladenbraune alte Austintaxi und setzte sich neben den sommersprossigen, fuchsgesichtigen jungen Mann in der schwarzen Lederweste. Der junge Mann zog einen Kamm hervor, fuhr sich sorgsam durch das Haar mit dem Halbstarkenschnitt, steckte den Kamm wieder weg, beugte sich vor und drückte auf den Anlasser.
Bond fragte: »Wie weit ist es bis nach *Shrublands?*«
Der junge Mann schaltete zurück wie beim Grand-Prix-Rennen, dann wieder in den vierten. »Halbe Stunde.« Er trat aufs Gas und überholte einen Laster an der Kreuzung. Das gefährliche Experiment gelang.
»Sie holen wirklich alles aus Ihrem Bluebird 'raus.«
Der junge Mann blickte flüchtig zur Seite, um zu sehen, ob das Spott sei. Er entschied, es sei nicht der Fall. »Mein Alter läßt nichts springen. Der alte Kasten, sagt er, war zwanzig Jahre lang gut genug für ihn, also muß er auch für mich zwanzig Jahre gut sein. Spar' ich eben selber. Die Hälfte hab' ich schon.«
Bond sagte sich, daß die Sache mit dem Kamm ihn überkritisch gemacht habe. »Was wollen Sie sich denn kaufen?« fragte er.
»Volkswagenbus. Für die Rennen in Brighton.«
»Gar nicht schlecht! Brighton stinkt vor Geld!«
»Und ob!« Eine Spur von Enthusiasmus schwang in der Stimme mit. »War nur einmal dort, mußte damals zwei Buchmacher mit ihren Huren nach London bringen. Zehn Pfund und ein Fünfer Trinkgeld, das war ein gefundenes Fressen.«
»Das glaub' ich. Aber in Brighton können Sie alles haben. Da heißt es aufpassen, sonst ist man schon 'reingelegt. Ein paar ganz üble Banden arbeiten dort! Was ist denn jetzt aus dem ›Bucket of Blood‹ geworden?«
»Haben nicht mehr aufgesperrt seit der letzten Sache, die durch alle Zeitungen gegangen ist.« Der junge Mann merkte, daß er wie zu seinesgleichen redete. Interessiert warf er einen abschätzenden Blick auf Bond. »Bleiben Sie in den *Scrubs*, oder sind Sie nur zu Besuch?«

»Scrubs?«

»Na ja, *Shrublands – Scrubs«,* sagte der junge Mann lakonisch. »Wissen Sie, Sie sind anders als die Leute, die ich sonst hinbringe – meistens fette Weiber und kreuzlahme alte Knacker, die mich in einem fort anjammern, nicht so schnell zu fahren wegen ihrem Ischias.«

Bond lachte. »Ich hab' vierzehn Tage gekriegt. Der Doktor meint, es wird mir guttun, ich soll ausspannen. Was hält man hier herum von dem Nest?«

Der junge Mann bog jetzt von der Brighton Road ab und fuhr längs der Downs westlich durch Poynings und Fulking. Monoton brummte der Austin durch die fade Gegend. »Ach, wissen Sie, die Leute meinen, dort gibt's nichts als Spinner. Sie halten nicht viel von der reichen Bande, die nichts ausgibt. Höchstens die Tea-Rooms verdienen ein bißchen – besonders wenn die Patienten schwindeln.« Er sah Bond an. »Sie würden staunen. Erwachsene Menschen, oft in guten Positionen, fahren da mit ihren Bentleys durch die Gegend, nichts im Bauch, kehren in einem Tea-Room ein, nur eben auf eine Schale Tee, was anderes dürfen sie ja nicht nehmen. Da sehen sie am Nebentisch einen essen – und schon bestellen sie haufenweise Buttertoast und Kuchen und schlingen das Zeug in sich hinein wie Kinder, die über die Vorratskammer hergezogen sind! Dabei schauen sie fortwährend herum, ob sie nicht jemand erwischt – und schämen sich nicht einmal.«

»Und da zahlen sie noch einen Haufen Geld für diese ›Kur‹ oder wie man es nennen soll!«

»Ja, das kommt noch dazu!« sagte der Fahrer empört. »Gut, sollen sie zwanzig Pfund die Woche verlangen, wenn sie einem dafür drei ordentliche Mahlzeiten hinstellen. Aber zwanzig Pfund für nichts als warmes Wasser – das versteh' ich nicht!«

»Die Behandlung wird so viel kosten. Und wenn sich die Leute besser fühlen, ist es ihnen das wert.«

»Kann sein«, sagte der junge Mann. »Manche sind ja verändert, wenn ich sie wieder abhole.« Er lachte in sich hinein. »Und mancher ist ein richtiger alter Bock nach einer Woche Vitaminkost und so. Vielleicht probier' ich es selber einmal.«

»Was soll das heißen?«

Der junge Mann sah Bond an. »Ach wissen Sie, wir haben da ein Mädel in Washington. Klasse, sag' ich Ihnen, erste Dame am Platz, Sie verstehen ... Sie war Kellnerin im Tea-Room *Honey Bee,* wir haben fast alle bei ihr angefangen, Sie wissen schon ... Ein Pfund pro Mal. Kennt eine Menge französische Tricks. Na, das hat sich auch in den *Scrubs* herumgesprochen, und so haben ein paar von den alten Böcken angefangen, Polly zu begönnern – Polly Grace, so heißt sie. Luden sie in ihre Bentleys und hatten ihren Spaß mit ihr in einem alten Steinbruch oben in den Downs. Es war das Geschäft ihres Lebens, leider; denn sie zahlten ihr fünf bis zehn Pfund, und so war sie sich bald zu gut für unsereins. Die haben sozusagen die Preise ruiniert, die reinste Inflation! Und neulich hat sie alles hingeworfen im *Honey Bee* und, was glauben Sie« – seine Entrüstung hatte den Höhepunkt erreicht –, »für ein paar hundert Pfund kauft sie sich einen alten Austin Metropolitan und ist motorisiert! Genau wie die Huren in der Curzon Street in London! Na, und jetzt ist sie in Brighton, in Lewes – überall dort, wo's Kundschaft gibt. Und dazwischen immer noch die Gelegenheitsarbeit im Steinbruch! Nicht zu fassen!« Verärgert hupte er drauflos. Ein schuldloses Paar auf einem Tandem wich erschrocken zur Seite.

»Schlimm!« sagte Bond. »Ich hätte nicht gedacht, daß man nach Nußkoteletts und Löwenzahnwein noch auf solche Ideen kommt.«

»Wir auch nicht. Aber ein Freund von mir, sein Alter ist Doktor hier, hat mit ihm darüber gesprochen – indirekt. Und der Alte sagt, daß die Diät, die Ruhe, die Massage, die Wechselbäder – daß das alles den Kadaver wieder auf Touren bringt. Dann sticht die alten Knacker der Hafer, und sie wollen wieder.«

Bond lachte. »Na ja, vielleicht ist's doch für was gut!«

Eine Straßentafel verkündete: *Shrublands. Das Tor zur Gesundheit. Erste Straße rechts. Bitte um Ruhe.* Durch Tannen und Immergrün ging es zu einer Senke in den Downs. Nach einer hohen Mauer kam eine eindrucksvolle, zinnengekrönte Einfahrt mit einem viktorianischen Pförtnerhaus, aus dem eine dünne Rauchfahne zwischen den stillen Bäumen aufstieg. Der junge Mann bog in die Einfahrt ein und fuhr zwischen dichtem Lorbeergesträuch den Kiesweg hinunter. Sein Hupen scheuchte ein ältliches Paar vom Weg. Zur Rechten zeigten sich große, blumengefaßte Rasenflächen, zwischen denen sich Leute ergingen, und dahinter erhob sich ziegelrot ein monströses viktorianisches Gebäude mit einer langen Glasveranda. Sie hielten vor einem Säulenportal. Neben dem eisenbeschlagenen Bogentor verwies eine Tafel auf eine große, glasierte Urne: *Rauchen verboten. Zigaretten bitte hier.* Bond stieg aus und holte seinen Koffer. Der junge Mann nahm die zehn Shilling Trinkgeld, als verstehe sich das von selbst: »Danke! Und wenn Sie ausbrechen wollen, rufen Sie mich an. Außer Polly gibt's noch mehrere hier. Und in einem Tea-Room an der Brighton Road haben sie Butterhörnchen. Auf bald!« Er schaltete geräuschvoll und fuhr knirschend davon Bond nahm seinen Koffer auf und trat ergeben durch das schwere Tor.

Die eichengetäfelte Halle war warm und still. Ein schmucklos hübsches Mädchen in gestärktem Weiß stand am Empfangspult. Nachdem er sich eingetragen hatte, führte sie ihn durch eine Flucht düster eingerichteter Gesellschaftsräume und einen neutralen weißen Gang nach hinten. Eine Verbindungstür führte in den langen, niedrigen Anbau mit Zimmern zu beiden Seiten des Mittelganges. Alle Türen trugen Blumen- oder Sträuchernamen. Sie führte ihn in das »Myrtenzimmer«, sagte noch, der »Chef« werde ihn in einer Stunde, um sechs Uhr, empfangen, und verließ ihn.

Ein fester, trockener Händedruck, eine wohllautende, ermutigende Stimme, dichtes, graubuschiges Haar, faltenlose Stirn, sanfte hellbraune Augen und ein wohlmeinend christliches Lächeln: Mr. Joshua Wain schien ehrlich erfreut. Er trug eine Art Ärztekittel, peinlich sauber, mit kurzen Ärmeln; darunter, eher unpassend, gestreifte Hosen und Sandalen. Sein Sprechzimmer durchquerte er federnden Schrittes.

Bond mußte alles bis auf die Unterhosen ablegen. Beim Anblick der vielen Narben meinte Wain höflich: »Du meine Güte, Sie waren wohl auf jedem Kriegsschauplatz, Mr. Bond!«

Bond sagte leichthin: »Grad noch davongekommen.«
»Nein wirklich, der Krieg ist etwas Schreckliches — tief atmen bitte.« Mr. Wain nahm eine gründliche Auskultation vor, maß den Blutdruck, prüfte das Gewicht und notierte die Körpergröße. Schließlich bat er Bond, sich mit dem Gesicht nach unten auf die Untersuchungscouch zu legen. Dann befühlte er die Gelenke und Wirbel mit zart prüfenden Fingern.
Während Bond sich wieder anzog, schrieb Mr. Wain eifrig. Dann lehnte er sich zurück. »Nun, Mr. Bond, ich denke, wir haben keinen Anlaß zur Besorgnis. Blutdruck ein wenig hoch, leichte osteopathische Veränderungen in den oberen Wirbeln — daher wohl Ihre Kopfschmerzen —, und eine etwas nach hinten verlagerte rechte Hüfte, wohl als Folge eines schweren Sturzes.« Mr. Wain hob fragend den Blick.
Bond sagte: »Möglich« und dachte an den Sprung aus dem Arlbergexpreß, damals, zur Zeit des Ungarnaufstandes, als Heinkel und seine Freunde ihn beinahe geschnappt hätten.
»Nun gut.« Mr. Wain langte sich einen Vordruck und hakte gedankenvoll eine Reihe von Posten darauf an. »Strenge Diät für eine Woche, um die Toxine zu eliminieren. Kräftigungsmassage, Einläufe, heiße und kalte Sitzbäder, osteopathische Behandlung und eine kurze Traktionskur. Das müßte genügen. Ja, und vollkommene Ruhe natürlich. Richtig faulenzen, Mr. Bond. Ich sehe, Sie sind im Staatsdienst. Da wird es Ihnen guttun, den aufreibenden Papierkrieg für eine Weile los zu sein!« Mr. Wain erhob sich und überreichte Bond den Vordruck. »In einer halben Stunde in den Behandlungsräumen, Mr. Bond. Man kann nie zu früh anfangen.«
»Danke.« Bond blickte auf das Formular. »Was ist übrigens ›Traktion‹?«
»Eine Behandlung zur Streckung der Wirbelsäule. Sehr heilsam.« Mr. Wain lächelte nachsichtig. »Hören Sie nicht auf das, was andere Patienten Ihnen darüber erzählen. Sie nennen das entsprechende Gerät die Streckfolter. Manche Leute sind eben Spaßvögel.«
Bond ging durch den weißgetünchten Gang. In den Gesellschaftsräumen saßen Leute herum, lesend oder in leisem Gespräch — sämtlich ältere Semester, Mittelstand, meist Frauen,

viele in häßlichen gesteppten Schlafröcken. Die warme, eingeschlossene Luft und die altmodischen Weiber machten Bond Platzangst. Er ging durch die Halle zum Haupteingang und trat in die herrlich frische Luft hinaus.
Nachdenklich schlenderte er die schmale, gepflegte Zufahrt entlang und atmete den dumpfen Lorbeer- und Goldregenduft. Würde er das durchstehen? Gab es keinen Ausweg aus diesem Teufelsloch, außer er quittierte seinen Dienst? So in Gedanken versunken, wäre er fast mit einem Mädchen in Weiß zusammengestoßen, das eilig um eine scharfe Kurve der heckenumsäumten Zufahrt kam. Aber im Moment, als sie auswich – eben lächelte sie Bond amüsiert zu –, war ein zu rasch fahrender, violetter Bentley schon herangekommen. Bond konnte sie eben noch um die Taille fassen und sie mit einer passablen Veronika buchstäblich von der Motorhaube des Wagens heben. Als der scharf bremsende Bentley auf dem Kies hielt, setzte Bond das Mädchen gerade ab. Während er in seiner Rechten noch den Druck einer schönen Brust spürte, sagte das Mädchen: »Oh!« und sah mit verwirrtem Staunen an ihm hinauf. Dann erst begriff sie, sagte atemlos: »Ich danke Ihnen!« und wandte sich nach dem Wagen um, aus dem langsam der Fahrer kletterte. »Tut mir leid«, sagte er ruhig, »es ist doch nichts passiert?« Dann erst dämmerte es ihm, und er fügte besorgt hinzu: »Aber das ist doch Patricia! Wie geht's, Pat? Alles für mich bereit?«
Der Mann sah ungewöhnlich gut aus: Ein braungebrannter Frauenkiller mit elegantem Schnurrbart über einem gleichgültig harten Mund, wie ihn die Frauen in ihren Träumen küssen. Seine regelmäßigen Züge ließen auf spanische oder lateinamerikanische Abstammung schließen, und seine kühnen braunen Augen hatten einen merkwürdig nach oben geschwungenen Schnitt. Die athletische, etwa einsachtzig große Gestalt steckte in einem salopp geschnittenen, eleganten Fischgrätenanzug. Bond hielt ihn für einen gutaussehenden Windbeutel, der alle Frauen, die er wollte, bekam – ja vielleicht sogar von ihnen lebte – und gar nicht schlecht lebte.
Das Mädchen hatte sich wieder gefaßt und sagte streng: »Sie sollten wirklich vorsichtiger sein, Graf Lippe! Auf diesem Weg gehen immer Patienten und Personal, das wissen Sie

doch! Wäre dieser Herr nicht gewesen« – sie lächelte Bond zu –, »Sie hätten mich glatt überfahren. Schließlich hängt draußen die große Warntafel!«
»Es tut mir ja wirklich leid, meine Liebe, aber ich war in großer Eile. Ich bin ohnehin schon zu spät dran, um den guten Mr. Wain zu treffen – ich brauche wieder einmal eine Entschlackungskur, diesmal nach zwei Wochen Paris.« Er wandte sich herablassend an Bond: »Besten Dank, verehrter Sir. Sie reagieren rasch. Wenn Sie mich jetzt entschuldigen wollen –« Er hob die Hand, stieg in seinen Bentley – und weg war er, die Zufahrt hinauf.
Das Mädchen sagte: »Nun muß ich aber wirklich fort, ich habe es eilig!« Sie machten beide kehrt und gingen dem Bentley nach.
Bond begann zu fragen. »Arbeiten Sie hier?« Sie bejahte. Drei Jahre sei sie jetzt in *Shrublands,* und es gefalle ihr. Wie lange er bleibe? So plauderten sie weiter.
Sie war ein sportlicher Typ von schlanker, aber kräftiger Gestalt, wie sie Bond mochte. Ohne den breiten, leidenschaftlichen Mund mit dem eigenwilligen Zug wäre ihre gesunde Hübschheit nur alltäglich gewesen. Der knappe Sitz ihres weißen Kittels verriet, wie wenig sie darunter anhatte. Bond fragte sie, ob sie sich hier nicht langweile und was sie mit ihrer Freizeit anfange.
Lächelnd quittierte sie die Aufforderung. »Ach, ich habe so einen Kleinwagen, damit fahre ich viel in der Gegend herum. Es gibt auch wundervolle Spaziergänge, und man trifft immerzu neue Leute, manchmal recht interessante wie diesen Graf Lippe. Er kommt jedes Jahr und weiß viel Spannendes über Ostasien – China und so. Er selbst hat in Macao zu tun, das ist doch bei Hongkong, nicht?«
»Ja, stimmt.« Also war die Augenstellung chinesischen Ursprungs. Und Macao, das ließ auf portugiesisches Blut schließen. Wäre interessant, etwas über seine Vergangenheit zu erfahren.
Sie waren beim Eingang. Drinnen sagte das Mädchen noch: »Jetzt muß ich aber laufen! Nochmals vielen Dank, und hoffentlich gefällt es Ihnen hier!« Dann eilte sie in Richtung der Behandlungsräume davon.

Unten, in dem entsprechend bezeichneten Raum, empfing ihn ein Masseur in Hose und Unterhemd. Bond zog sich aus und folgte ihm, ein Handtuch um die Hüften, durch den langen, mit Plastikvorhängen abgeteilten Raum. Im zweiten Abteil standen zwei Massagetische. Auf einem der Tische wabbelte der weißliche, sommersprossige Körper eines noch jugendlichen, aber verfetteten Patienten beinahe obszön unter den Händen seines Masseurs. Bond, dem das alles tief zuwider war, nahm das Handtuch ab, legte sich auf den Bauch und ließ nun die härteste Tiefmassage, die er je erlebt hatte, über sich ergehen.

Während der schmerzhaften Prozedur hörte er undeutlich, wie der Fette sich erhob und dem nächsten Patienten Platz machte. Dann sagte der Masseur: »Die Armbanduhr werden wir aber abnehmen müssen, Sir.«

Bond erkannte die sanft antwortende Stimme sofort wieder: »Unsinn, mein Lieber. Ich komme jedes Jahr hierher und habe sie immer anbehalten. Ich möchte sie lieber nicht ablegen, wenn's Ihnen nichts ausmacht.«

»Leider, Sir.« Die Stimme des Masseurs war höflich, aber fest. »Da habe nicht ich Sie behandelt. Das Armband beeinträchtigt die Zirkulation. Wenn Sie erlauben, Sir ...«

Einen Moment lang war es still. Bond meinte fast zu spüren, wie Graf Lippe sich zusammenriß. Aber dann erfolgte die Antwort mit sonderbarer Heftigkeit: »Also dann 'runter damit!« Das »Hol Sie der Teufel!« hing unausgesprochen in der Luft.

»Danke, Sir.« Dann begann die Massage.

Der kleine Vorfall irritierte Bond. Es war doch klar, daß man zur Massage die Armbanduhr abnehmen mußte! Warum hatte der Mann sie durchaus anbehalten wollen? Das schien kindisch.

»Bitte umdrehen, Sir.«

Bond gehorchte. Nun konnte er den Kopf bewegen. Er blickte zufällig nach rechts. Graf Lippe lag mit abgewandtem Gesicht da, sein linker Arm hing zu Boden. Dort, wo die Sonnenbräune endete, umlief ein Streifen fast weißen Fleisches das Handgelenk. Und dort, wo sonst die Uhr war, sah Bond eine rote Tätowierung: ein winziges Zickzackband, gekreuzt von zwei vertikal verlaufenden Linien. Das also hatte Graf Lippe verbergen wollen! Nun, man konnte ja zum Zeitvertreib das Archiv anrufen: Vielleicht wußten sie dort, welche Art von Leuten dieses kleine Erkennungszeichen unter ihrer Armbanduhr trug ...

3

Nach der Behandlungsstunde fühlte Bond sich total zerschlagen und wie durch die Wäschemangel gedreht. Er zog sich an und stieg, M verwünschend, wieder hinauf in zivilisiertere Regionen. Beim Eingang zur Haupthalle waren zwei Telefonzellen. Die Vermittlung verband ihn mit der einzigen Headquarters-Nummer, die er von außen anrufen durfte, da solche Anrufe sämtlich abgehört wurden. Er verlangte »Archiv« und erkannte an dem hohlen Summton der Leitung, daß sie angezapft war. Nach Nennung seiner Nummer stellte er dem Archivdirektor seine Frage und sagte noch, der Betreffende sei möglicherweise Asiate portugiesischer Abkunft. Schon nach zehn Minuten rief der Archivdirektor zurück.

»Es ist ein Geheimbundzeichen«, sagte er interessiert. »Der Geheimbund ›Roter Blitz‹. Ungewöhnlich, daß sein Träger kein Vollblutchinese ist. Der Bund hat nicht den üblichen halbreligiösen Charakter, sondern ist rein kriminell. Station H hatte schon mit ihm zu tun; er ist in Hongkong vertreten, die Zentrale sitzt aber jenseits der Bucht in Macao. Station H investierte dort schweres Geld für einen Kurierdienst nach Peking. Alles lief bestens, also vertraute man den Leuten auch was Hochwichtiges an. Das ging aber total daneben und kostete Station H zwei ihrer besten Männer. Hinterher stellte sich heraus, daß ›Redland‹ mit dem Geheimbund ein Abkommen hatte. Schöne Bescherung! Seither haben sie fallweise Rauschgift geschmuggelt, auch Gold nach Indien, oder hochklassigen Mädchenhandel betrieben. Einflußreiche Leute. Wir wären an weiteren Informationen interessiert.«

Bond sagte: »Besten Dank, Archiv, aber ich weiß gar nichts Bestimmtes, höre zum erstenmal von dieser Sache. Sollte sich was ergeben, halte ich Sie auf dem laufenden. Wiederhören!«

Nachdenklich legte er auf. Interessant! Was mochte der Mann in *Shrublands* wollen? Bond verließ die Zelle. In der Nebenkabine war jemand! Graf Lippe, mit dem Rücken zu Bond, hatte eben abgehoben. Wie lange war er schon drin? Hatte er Bonds Anfrage mitgehört? Oder seinen Kommentar? Bond verspürte jenes schleichende Gefühl in der Magengrube, das sich nach jedem gefährlichen, unüberlegten Fehler meldete. Es war jetzt halb acht. Er durchquerte die Halle zur Veranda, wo das »Dinner« serviert wurde. An einem langen Tisch nannte er der ältlichen Frau mit dem Garderobierengesicht seinen Namen. Sie blickte auf eine Liste und schöpfte dann heiße Gemüsesuppe in eine Plastikschale. Bond nahm die Schale entgegen und fragte besorgt: »Ist das alles?«
Die Frau sagte streng: »Sie haben Glück! Bei Hungerdiät gibt's nicht einmal das. Sie bekommen jeden Mittag Suppe, und um vier Uhr zwei Schalen Tee.«
Jetzt war er eingeführt. Er schluckte die Suppe bis zum letzten Karottenstückchen, ging zerstreut in sein Zimmer, dachte an den Grafen Lippe, an Schlaf – aber vor allem an seinen leeren Magen.
Nach zwei Tagen fühlte Bond sich miserabel. Ständig quälte ihn leichter Kopfschmerz, das Weiße seiner Augen spielte ins Gelbliche, die Zunge war dick belegt. Aber sein Masseur beruhigte ihn. Das sei normal, jetzt komme eben das Gift aus seinem Körper. Bond, nur immerfort müde, widersprach nicht. Wichtig waren ihm nur noch die Mahlzeiten: zum Frühstück die eine Orange und das warme Wasser, dann die Schale heißer Suppe und später die beiden Schalen Tee, in die er löffelweise Rohzucker rührte.
Am dritten Tag, nach der Massage und dem Schock der Sitzbäder, stand die »osteopathische Behandlung und Traktion« auf seinem Programm. Man wies ihn zu einer neuen, entlegeneren Abteilung des Kellergeschosses. Beim Öffnen der Tür machte er sich auf einen haarigen, ihn mit gespannten Muskeln erwartenden G-Mann gefaßt: G-Mann, das hieß hier Gesundheitsmann. Aber neben der Couch stand das Mädchen Patricia Dingsda und erwartete ihn. Er schloß die Tür und sagte: »Du lieber Himmel, *das* machen Sie?«
»Bitte legen Sie ab. Alles, außer den Unterhosen.«

Bond gehorchte belustigt und legte sich auf ihre Anweisung mit dem Gesicht nach unten auf das Ruhebett.
Bald wurde ihm klar, wie außerordentlich kräftig sie war. Sein muskulöser, wenn auch widerstandsloser Körper war für sie leichtes Spiel. Bond hatte etwas gegen dieses neutrale Verhältnis eines anziehenden Mädchens zu einem ausgezogenen Mann. Am Ende ihrer gelenkbrechenden Behandlung hieß sie ihn aufstehen und die Hände hinter ihrem Nacken verschränken. Ihr Blick, dem seinen jetzt ganz nahe, zeigte nichts als berufliche Konzentration. Sie stemmte sich kräftig von ihm weg, wohl in der Absicht, seine Wirbel zu lockern. Das aber war ihm zuviel. Als sie ihm schließlich befahl loszulassen, straffte er statt dessen die Muskeln, zog sie heftig an sich und küßte sie auf den Mund. Sie duckte schnell den Kopf und richtete sich, rot vor Entrüstung und mit wütenden Augen, wieder auf. Bond lächelte sie an. Er war noch nie so knapp einer Ohrfeige — und einer kräftigen — entronnen. Er sagte: »Alles schön und gut, aber ich konnte einfach nicht anders. Als Osteopathin darf man eben keinen so schönen Mund haben!«
Der Zorn schwand aus ihrem Blick. Sie sagte: »Der letzte, der das versucht hat, mußte mit dem nächsten Zug abfahren.«
Bond lachte. Mit einer drohenden Bewegung auf sie zu sagte er: »Wenn ich die geringste Chance habe, dabei aus diesem Drecksnest gefeuert zu werden, küsse ich Sie nochmals.«
»Dummheiten! Nehmen Sie lieber Ihre Sachen, jetzt kommt eine halbe Stunde Traktion!« Sie lächelte grimmig. »Das wird Sie schon zur Vernunft bringen.«
Verdrießlich sagte Bond: »Schon recht. Aber nur, wenn Sie an Ihrem nächsten freien Tag mit mir ausgehen!«
»Darüber reden wir noch. Es hängt von Ihrem Benehmen bei der nächsten Behandlung ab.« Sie hielt die Tür offen. Bond nahm seine Kleider und ging hinaus, wobei er fast mit dem Grafen Lippe zusammenstieß, der eben in bequemen Hosen und farbiger Jacke den Gang entlangkam. Er achtete nicht auf Bond. Lächelnd und sich leicht verbeugend, sagte er zu dem Mädchen: »Hier kommt das Lamm zur Schlachtbank. Hoffentlich fühlen Sie sich heute nicht allzu stark!« Dabei zwinkerte er ihr zu.

Sie antwortete lebhaft: »Bitte machen Sie sich fertig, ich lege Mr. Bond eben noch auf den Traktionstisch.« Dann schritt sie voraus, und Bond folgte ihr.
In einem kleinen Vorraum hieß sie Bond seine Sachen auf einen Stuhl legen und zog die Plastikvorhänge eines Abteils zur Seite. Da stand eine Art Operationsbett aus Leder und glänzendem Aluminium, das Bond *gar* nicht gefiel. Argwöhnisch musterte er den Apparat, während das Mädchen eine Reihe von Gurten ordnete, die an drei offenbar auf Rädern laufenden Teilen angebracht waren. Unter dem Bett stand ein starker Elektromotor mit der Aufschrift *Motortraktionstisch Herkules.* Die Kraftübertragung schien durch Gelenkstangen zu jedem der drei gepolsterten Betteile zu erfolgen. Die Stangen endeten in Spannschrauben, an denen die drei Gurtgruppen befestigt waren. Am Kopfende, etwa in Augenhöhe des Patienten, zeigte ein großes Zifferblatt eine Druckskala bis 200 Pfund. Ab 150 waren die Ziffern rot. Unter der Kopfstütze befanden sich Handgriffe für den Patienten. Beunruhigt bemerkte Bond, daß ihr Leder vom Schweiß vieler Vorgänger durchtränkt war.
»Bitte hierher, das Gesicht nach unten.« Die Gurte warteten. Halsstarrig sagte Bond: »Nicht bevor Sie mir gesagt haben, wie das Ding funktioniert. Mir gefällt das gar nicht.«
Das Mädchen sagte ungeduldig: »Das ist einfach eine Maschine zur Rückgratstreckung. Sie haben leichte Rückgratschäden und in den Lendenwirbeln eine rechtsseitige Spannung. Sie werden gar nicht viel spüren — nur eben das Gefühl des Gestrecktwerdens, eher beruhigend sogar. Viele Patienten schlafen dabei ein.«
»Ich nicht«, sagte Bond fest. »Wieviel Spannung bekomme ich? Warum sind diese Ziffern rot? Sind Sie sicher, daß mich das nicht zerreißt?«
»Reden Sie keinen Unsinn! Natürlich ist zu große Spannung gefährlich. Ich fange mit nur neunzig Pfund an und komme in einer Viertelstunde nachsehen. Dann werde ich wahrscheinlich auf 120 einstellen. Nun kommen Sie schon, ein Patient wartet!«
Unwillig kletterte Bond auf das Bett und legte sich hin, wobei Mund und Nase in die Ausbuchtung der Kopfstütze zu liegen

kamen. Durch das Leder sagte er noch: »Im Fall meines Todes verklage ich Sie!«
Er spürte, wie die Gurte um Brust und Hüften gezurrt wurden; der Rock des Mädchens strich an seinem Gesicht vorbei, als sie nach dem Schalthebel neben dem Zifferblatt langte; der Motor begann zu summen, die Gurte strafften sich — ließen nach — strafften sich — ließen nach ... Wie von Riesenhänden fühlte Bond sich gestreckt. Es war nicht unangenehm, nur merkwürdig. Mit Anstrengung hob er den Kopf: der Zeiger wies auf neunzig. Der Motoresel gab nun ein leises Iah von sich, im Tempo der sich ein- und ausschaltenden rhythmischen Traktion.
»Wie fühlen Sie sich?«
»Danke.« Er hörte das Mädchen durch die Plastikvorhänge gehen und die Außentür zuklinken. Dann überließ er sich dem weichen Gefühl des Leders an seinem Gesicht, dem immer wiederkehrenden Zug an seinem Rückgrat und dem einschläfernden Greinen und Brummen der Maschine. Es war wirklich nicht so arg. Zu dumm, seine Nervosität vorhin!
Nach einer Viertelstunde hörte er wieder das Aufklinken der Tür und das Rascheln der Vorhänge.
»Geht's gut?«
»Ausgezeichnet.«
Die Hand des Mädchens schob sich in sein Gesichtsfeld und rückte den Hebel weiter. Bond hob den Kopf: 120! Jetzt war der Zug wirklich stark, auch war die Maschine viel lauter geworden.
Eine Hand legte sich beruhigend auf seine Schulter, und an seinem Ohr sagte es: »Nur noch eine Viertelstunde!«
»In Ordnung.« Bonds Stimme war vorsichtig. Noch sondierte er die neue Stärke des Riesenzuges an seinem Körper. Die Vorhänge raschelten, alles andere übertönte jetzt das Geräusch der Maschine, deren Rhythmus sich Bond aufs neue überließ.
Etwa fünf Minuten später spürte er einen leichten Luftzug an seinem Gesicht. Er öffnete die Augen. Eine Hand, eine *Männer*hand griff lautlos nach dem Schalthebel! Bond sah ihr zu, fasziniert zuerst, doch dann mit aufdämmerndem Entsetzen, während die Hand langsam den Hebel herab-

drückte und die Gurte wie irrsinnig an seinem Körper zu zerren begannen! Er schrie – und wußte nicht, was. Sein ganzer Körper war von schrecklichen Schmerzen gefoltert. Verzweifelt hob er den Kopf, schrie abermals. Die Nadel zitterte auf 200! Erschöpft sank sein Kopf zurück. Wie durch einen Nebel sah er die Hand sanft den Hebel loslassen, wartend verharren. Dann kehrte sich ihm langsam der Handrücken zu: in der Mitte des Gelenks war ein kleines, rotes Zickzackzeichen, das zwei vertikale Linien durchkreuzten. Eine Stimme sprach ruhig in sein Ohr: »Sie werden uns nicht mehr dazwischenkommen, mein Freund.« Dann war nichts mehr als das laute Ächzen der Maschine und das Einschneiden der Gurte, die seinen Körper zu zerreißen schienen. Bond begann zu schreien, schwach nur, während der Schweiß von ihm herabrann und von dem Lederkissen auf den Boden tropfte.

Dann legte Schwärze sich über alles.

4

Nur gut, daß der Körper den Schmerz nicht speichert. Vorbei ist vorbei.

Als wieder Leben in seinen Körper strömte, war Bond erstaunt, daß dieses Netz aus rasenden Schmerzen, das seinen Körper so völlig umschnürt hatte, verschwunden war. Wohl schmerzte sein ganzes Rückgrat noch, als wären alle Wirbel einzeln mit Knütteln geprügelt worden; dieser Schmerz war jedoch lokalisierbar, blieb innerhalb der Bewußtseinsgrenzen und deshalb unter Kontrolle. Jener brennende Sturm aber, der seinen Körper durchwühlt und völlig beherrscht hatte, war fort.

Die Stimmen wurden deutlicher.

»Aber was brachte Sie nur darauf, daß etwas nicht stimmte, Miß Fearing?«

»Der Lärm, der Maschinenlärm! Ich hatte eben eine Behandlung beendet, da, ein paar Minuten später, hörte ich es. Es war noch nie so laut gewesen. Zuerst glaubte ich, die Tür stehe offen, dachte mir weiter gar nichts und ging nur nach-

sehen. Und da stand der Zeiger auf 200! Ich riß den Hebel herum, machte die Gurte los, rannte ins Ordinationszimmer, holte das Coramin und injizierte es — ein Kubik intravenös. Der Puls war furchtbar schwach. Dann rief ich Sie an.«
»Sie haben wirklich getan, was möglich war, Miß Fearing. Es trifft Sie keine Schuld an dieser schrecklichen Sache.« Mr. Wains Stimme war unsicher. »Ein wahres Unglück! Wahrscheinlich hat der Patient den Hebel betätigt, hat daran herumprobiert. Wie leicht hätte er sich umbringen können! Wir müssen das der Firma melden und eine Sicherheitsvorrichtung anbringen lassen!«
Bond spürte, wie sein Handgelenk vorsichtig ergriffen wurde. Jemand fühlte ihm den Puls. Nun war es Zeit, in die Welt zurückzukehren. Er brauchte einen Arzt, und zwar rasch! Einen wirklichen, keinen dieser Karottenverkäufer! Eine Welle von Zorn durchlief ihn: M war an allem schuld! Er war verrückt! Erst einmal zurück, würde er es ihm schon sagen! Falls nötig, würde er zur obersten Leitung, zum Kabinett, ja bis zum Premier gehen! M war ein gefährlicher Irrer — eine Gefahr für das Land! An Bond war es, England zu retten! Derlei hysterische Gedankenfetzen wirbelten durch seinen Kopf, mischten sich mit der Erinnerung an Graf Lippes haarige Hand, an Patricia Fearings Mund, an den Geschmack der heißen Gemüsesuppe und, während das Bewußtsein ihn wieder verließ, mit der schwindenden Stimme Mr. Wains: »Keine Organschäden. Es sind nur die Nerven — und der Schock überhaupt. Sie kümmern sich persönlich um den Fall, Miß Fearing. Ruhe, Wärme und Effleurage. Ist sonst noch . . .«

Bond erwachte, das Gesicht nach unten, auf seinem Bett. Sein ganzer Körper badete in wohligen Empfindungen. Unter sich fühlte er die angenehme Wärme einer Heizdecke, sein Rücken glühte von den Strahlen zweier starker Heizsonnen, und zwei Hände strichen mit etwas Samtigem abwechselnd seinen Körper entlang — immer wieder, vom Nacken bis zu den Kniekehlen.
Er sagte schläfrig: »Das also nennt man Effleurage?«
Das Mädchen sagte sanft: »Ich dachte mir schon, Sie würden

jetzt zu sich kommen. Ihr ganzer Hauttonus hat sich plötzlich verändert. Wie fühlen Sie sich?«
»Wunderbar. Und mit einem doppelten Whisky auf Eis wär' es noch besser.«
Sie lachte. »Mr. Wain rät zu Löwenzahntee. Aber ich dachte, ein kleines Stimulans ... nur das eine Mal natürlich. Und da hab' ich den Brandy mitgebracht. Eis ist auch genug da, denn ich mache Ihnen jetzt eine Eispackung. Wollen Sie auch wirklich? Warten Sie, ich werfe Ihnen den Morgenrock über, dann können Sie sich umdrehen, ich schaue weg.«
Bond vernahm das Wegrücken der Lampen. Vorsichtig wälzte er sich herum: der dumpfe Schmerz kam wieder, ließ aber gleich nach. Behutsam schob Bond die Beine über den Bettrand und setzte sich auf.
Vor ihm stand Patricia Fearing, in sauberem Weiß, ermutigend, begehrenswert. In der einen Hand hielt sie ein Paar Nerzhandschuhe mit dem Pelz auf der Handflächenseite, mit der anderen streckte sie ihm das Glas entgegen. Während Bond trank und auf das beruhigende Klingeln des Eises hörte, dachte er: Das ist ein patentes Mädel. Mit der setz' ich mich zur Ruhe. Sie macht mir den ganzen Tag lang Effleurage, gibt mir von Zeit zu Zeit einen scharfen Drink — das wird ein herrliches Leben! Er lächelte sie an, hielt ihr das leere Glas hin und sagte: »Noch einen.«
Sie lachte, erleichtert darüber, daß er wieder ganz da war. Dann nahm sie ihm das Glas ab: »Aber nur noch diesen! Vergessen Sie nicht, auf nüchternen Magen kann Sie das schrecklich betrunken machen!« Plötzlich hielt sie inne, ihr Blick wurde kühl. »Und jetzt erzählen Sie mir, was passiert ist. Haben Sie zufällig den Hebel berührt? Sie haben uns einen fürchterlichen Schreck eingejagt! Nie vorher ist so etwas vorgekommen, der Traktionstisch ist absolut sicher!«
Bond sah ihr offen in die Augen und sagte beruhigend: »Natürlich. Ich habe bloß versucht, mir's bequemer zu machen, hab' dabei herumgezerrt und bin mit der Hand an irgend etwas Hartes gestoßen. Das muß der Hebel gewesen sein. Sonst weiß ich nichts mehr. Ein Mordsglück jedenfalls, daß Sie so rasch gekommen sind.«
Sie gab ihm den zweiten Drink. »Nun, jetzt ist's vorbei.

Und Gott sei Dank ohne arge Zerrungen! Noch zwei Tage, und Sie sind wieder frisch und munter.« Sie stockte, schien ein wenig verlegen. »Ja – und Mr. Wain meinte ... ob Sie das alles, all diese Aufregung, für sich behalten könnten ... Er hat Angst, daß die anderen Patienten sich Sorgen machen ...«

Kann ich mir vorstellen, dachte Bond. Er sah schon die Schlagzeilen: GESUNDHEITSFARM-PATIENT FAST IN STÜCKE GERISSEN. STRECKFOLTER WIRD BERSERKER. GESUNDHEITSMINISTERIUM SCHRITT EIN. So sagte er: »Ich werde natürlich nichts erzählen, es war doch ganz mein Fehler.« Er trank aus, gab das Glas zurück und legte sich vorsichtig aufs Bett. »Das war herrlich! Und wie wär's jetzt mit einer weiteren Nerzbehandlung? Übrigens, wollen Sie mich heiraten? Sie sind die einzige unter allen, die ich je getroffen habe, welche einen Mann richtig zu behandeln weiß.«

Sie lachte. »Schluß jetzt! Und drehen Sie sich herum! Ihr *Rücken* braucht die Behandlung.«

»Woher wissen Sie das so genau?«

Zwei Tage später war Bond von neuem in der irrealen Welt der Naturheilkur. Abermals das morgendliche Glas warmen Wassers und die sorgsam und maschinell in ebenmäßige Scheiben zerschnittene Orange; abermals die Behandlungen und heißen Suppen, abermals die leeren, zwecklosen Spaziergänge oder Busfahrten zum nächstgelegenen Tea-Room. Bond haßte und verachtete Tee, aber auf seinen leeren Magen und seinen fiebrigen Zustand wirkte die zuckrige Brühe fast wie ein Rauschmittel. Drei Tassen entsprachen unter den gegebenen Umständen etwa einer halben Flasche Champagner in der Außenwelt. Und er lernte sie alle kennen, diese köstlichen Opiumhöhlen: das *Rose Cottage,* das er mied, seit ihm die Wirtin dort das Entleeren der Zuckerdose extra berechnet hatte; die *Strohscheune,* die ihm gefiel, weil sie eine richtige Lasterhöhle mit großen Schüsseln süßen Kuchens auf den Tischen und dem bohrend verlockenden Duft heißer Butterhörnchen war; das *Transport-Café,* wo der indische Tee schwarz und stark war und die Lastwagenfahrer den Geruch

von Schweiß, Benzin und großer Welt mitbrachten und noch ein Dutzend anderer landhaus- oder hüttenartiger Schlupfwinkel, in denen ältliche Paare mit Ford Populars oder Morris Minors in gedämpftem Ton miteinander sprachen, kleine Bissen sehr diskret zerkauten und lautlos mit dem Teegeschirr hantierten.
Und das Ungewöhnliche daran war, daß er sich nicht erinnern konnte, sich je so gut gefühlt zu haben. Er war nicht kräftig, nein, aber er hatte keine Schmerzen, war ausgeschlafen und befreit von jenem beim Erwachen quälenden Schuldgefühl, Raubbau an seiner Gesundheit getrieben zu haben. Tatsächlich, es war beunruhigend! Änderte sich seine Persönlichkeit? War er im Begriff, seine Identität zu verlieren? Verlor er seine Laster, die so untrennbar zu ihm, zu seinem rücksichtslosen, grausamen, grundsätzlich harten Charakter gehörten? Was wurde hier aus ihm?
Trotzdem, eines half ihm, diese Zeit zu überstehen: er war besessen von drei Wünschen, die zu seinem früheren Leben gehörten und ihn nicht verließen. Erstens empfand er eine leidenschaftliche Gier nach einer großen Portion Spaghetti Bolognese mit viel gehacktem Knoblauch und einer ganzen Flasche vom billigsten, rauhesten Chianti; zweitens überwältigte ihn fast die Begierde nach dem starken, glatten Körper von Patricia Fearing, und drittens beschäftigte ihn das Lauern auf eine Gelegenheit, dem Grafen Lippe die Därme herauszureißen.
Bond wurde gesprächig und neugierig. So plauderte er mit Patricia über die Gewohnheiten in *Shrublands*. »Aber wann findet denn das Personal Zeit für den Lunch?« — »Dieser Lippe sieht recht gesund aus! Ach so, er ist in Sorge wegen seiner Linie! Sind dafür nicht diese Heizdeckenbäder günstig?« — »Nein, das Türkische Bad hab' ich noch nicht gesehen, muß es mal nachholen.« Oder zu seinem Masseur: »Diesen großen Kerl hab' ich schon länger nicht gesehen, wie heißt er nur, Graf Dingsda — Ripper? Hipper? Ach ja, Lippe! Aha, jeden Tag mittags? Ich muß zusehen, auch diese Zeit zu bekommen. Ist doch viel angenehmer, für den Rest des Tages frei zu sein. Ja, und dann hätte ich gern eine kleine Sitzung im Türkischen Bad, wenn Sie mit der Massage fertig sind.

Muß mal richtig ausschwitzen.« Ganz harmlos, Stück für Stück, baute Bond seinen Operationsplan auf — einen Plan, der ihn eines Tages mit Lippe und den Geräten der schalldichten Behandlungsräume allein lassen würde.
Denn eine andere Gelegenheit gab es nicht. Graf Lippe blieb bis zur mittäglichen Behandlungszeit auf seinem Zimmer. Nachmittags wischte er in seinem violetten Bentley davon, nach Bournemouth, wie es schien, »in Geschäften«. Erst gegen elf Uhr nachts kam er zurück. Er wurde vom Nachtportier eingelassen.
Eines Nachmittags, zur Zeit der Siesta, öffnete Bond das Yaleschloß zu Graf Lippes Zimmer mit einem harten Plastikstreifen. Seine Durchsuchung war ein glatter Mißerfolg: er erfuhr lediglich — aus Kleidung und Wäsche —, daß der Graf ein weitgereister Mann war: Hemden von Charvet, Krawatten von Tripler, Dior und Hardy Amies, Schuhe von Peel und Rohseidenpyjamas aus Hongkong. Der dunkelrote Maroquinkoffer von Mark Cross mochte Geheimnisse enthalten; Bond sah sich das Seidenfutter an und spielte mit dem Wilkinson-Rasiermesser des Grafen. Doch nein! Diese Revanche sollte, wenn es sich machen ließ, aus *heiterem* Himmel kommen!
Noch an diesem Nachmittag kratzte Bond, während er seinen sirupartigen Tee trank, seine mageren Kenntnisse über Graf Lippe zusammen: etwa dreißig, Frauenliebling, sehr kräftig. Vermutlich portugiesischer Abstammung mit chinesischem Einschlag, reich. Was aber trieb er? Was war sein Beruf? Auf den ersten Blick hätte ihn Bond für einen hartgesottenen *maquereau*, einen Zuhälter aus der *Ritz-Bar* in Paris, dem *Palace* in St. Moritz, dem *Carlton* in Cannes gehalten ... Der Anschlag? Es mochte nur eine Warnung, konnte aber auch ernst gemeint sein. Warum nur? Wer war dieser Mann, der so viel zu verbergen hatte? Und *was* hatte er zu verbergen?
Headquarters gegenüber wollte er nichts von der Sache erwähnen. Vor diesem *Shrublands*-Hintergrund wirkte der Vorfall eher unwahrscheinlich, war er von peinlicher Komik. Geschwächt durch diese Warmwasser- und Gemüsesuppendiät, war der Star des Geheimdienstes auf eine Art Folterbank geschnallt worden, dann war ein Mann gekommen, hatte

ein wenig an einem Hebel gerückt und aus dem Helden aus hundert Kämpfen einen zitternden Pudding gemacht ... nein! Hier gab es nur eine Lösung: die private, Mann gegen Mann. Später mochte es ja ganz interessant sein, dem Grafen Lippe auf die Schliche zu kommen – beim SIS-Archiv, bei CID, bei der Polizei von Hongkong. Aber vorerst hieß es Ruhe bewahren, dem Herrn aus dem Weg gehen und alles für den Zahltag vorbereiten.
Am vierzehnten Tag – seinem letzten in *Shrublands* – hatte Bond beisammen, was er brauchte: die Zeit, den Ort und die Methode.
Um zwölf Uhr empfing ihn Mr. Joshua Wain zur Schlußuntersuchung. Als Bond das Sprechzimmer betrat, machte Mr. Wain eben Atemübungen beim offenen Fenster. Mit einem letzten, gründlichen Ausatmen wandte er sich dem Besucher zu: »Da sind Sie ja.« Sein Lächeln glänzte vor Kameradschaftlichkeit. »Nun, und wie geht es uns, Mr. Bond? Keine Nachwirkungen nach dem kleinen Malheur? Sehr gut! Ja, der Körper hält erstaunlich viel aus! Jetzt ziehen wir uns bitte das Hemd aus, und dann wollen wir sehen, was *Shrublands* für Sie hat tun können.«
Mr. Wain stellte fest: Blutdruck reduziert auf 132/84, zehn Pfund Gewichtsabnahme, osteopathische Beschwerden verschwunden, Zunge ohne Belag, Augen klar. Und schon befand sich Bond auf dem Weg ins Kellergeschoß zu seiner letzten Massage.
Wie immer war es kühl und still dort. Aus manchen Einzelzellen drang Stimmengemurmel, sonst waren nur die Wasserleitungsgeräusche zu hören. Das ständige Surren der Ventilatoren erinnerte an das Innere eines Schiffes bei völliger Flaute. Es war jetzt kurz vor halb eins. Bond legte sich mit dem Gesicht nach unten auf den Massagetisch und lauschte während der Prozedur auf die gebieterische Stimme und die barfüßig tappenden Schritte seines Opfers. Die Tür am Ende des Ganges ging knarrend auf und schloß sich wieder. »Morgen, Beresford. Alles fertig? Machen Sie's heute schön warm! Letzte Behandlung, muß noch drei Unzen herunterschwitzen, ja?«
»Machen wir, Sir.« Die Turnschuhe des Oberwärters, die

nackten Füße des Patienten tappten den Gang herunter, vorbei an den Plastikvorhängen und weiter bis zum letzten Raum, dem Türkischen Bad. Die Tür fiel zu und ächzte wenig später noch einmal: der Wärter hatte Graf Lippe versorgt und ging nun den Gang zurück. Es verstrichen zwanzig Minuten, es verstrichen fünfundzwanzig ... Endlich wälzte Bond sich vom Tisch: »Schönen Dank, Sam! Sie haben mir eine ganze Menge geholfen! Ich besuch' Sie in nächster Zeit wieder einmal. Jetzt mach' ich nur noch eine letzte Abreibung und nehme anschließend ein Sitzbad. Kümmern Sie sich nicht um mich, ich finde schon allein hinaus, wenn ich fertig bin! Sehen Sie lieber zu, daß Sie zu Ihren Karottenkoteletts zurechtkommen!« Bond nahm ein Handtuch um die Hüften und begab sich den Gang hinunter. Die Wärter verabschiedeten die letzten Patienten und gingen dann durch die Personaltür zu ihrer Mittagspause. Jetzt erklang Beresfords Feldwebelstimme, der wie immer auf Ordnung sah: »Die Fenster, Bill? Okay. Dein nächster ist Mr. Dunbar. Len, sag der Wäscherei, wir brauchen noch Handtücher nach dem Lunch! Ted ... Ted! Bist du da, Ted? – Na denn, Sam, kümmere du dich um den Grafen Lippe, im Türkischen Bad, ja?«

Bond hatte diese tägliche Prozedur eine Woche lang studiert. Er wußte jetzt, wer von seinem Dienst ein paar Minuten abzwackte, um früher zum Lunch zu kommen, und wer die volle Zeit blieb und seine Arbeit ganz tat. Darum rief er aus der offenen Duschraumtür mit Sams tiefer Stimme zurück: »Okay, Mr. Beresford!« und horchte auf das eilige Quietschen der Tennisschuhe auf dem Linoleum. Jetzt kam es! Und jetzt fiel die Tür zu! Nun war es völlig still hier, bis auf das Ventilatorgeräusch. Die Behandlungsräume waren leer. James Bond war mit Graf Lippe allein.

Er wartete einen Augenblick, dann ging er aus dem Duschraum und öffnete leise die Tür zum Türkischen Bad. Es war ein abgeschlossener Behandlungsraum, ganz in Weiß, so wie die anderen, aber leer bis auf eine große, cremefarbene Kiste aus Plastik und Metall, einssechzig hoch und einszwanzig im Quadrat. An ihrer Vorderseite befand sich eine Einsteigtür, und oben war lediglich eine Öffnung für den Kopf, mit

Schaumgummipolsterung für Nacken und Kinn. Der Körper des Patienten im Inneren war der Hitze von vielen Reihen elektrischer Birnen ausgesetzt, deren Temperatur man an der Hinterseite des Verschlags, die der Eingangstür zugekehrt war, regeln konnte. Im ganzen war es ein einfacher Schwitzkasten der Medizinischen Maschinenbau-GmbH Ulm (Donau), Franziskanerstraße 44, wie Bond festgestellt hatte.

Beim Geräusch des hydraulischen Türschließers sagte Graf Lippe ärgerlich: »Verdammt noch mal, Beresford, lassen Sie mich 'raus da! Ich schwitze wie ein Schwein.«

»Sie sagten doch, Sie wollten es heiß, Sir?« imitierte Bond den Oberwärter.

»Reden Sie nicht herum, sondern lassen Sie mich 'raus!«

»Ich glaube, der Wert der Wärme bei der G-Kur ist Ihnen nicht ganz klar, Sir. Die Hitze löst viele Toxine in der Blutbahn auf. Auch im Muskelgewebe. Ein Patient, der wie Sie an ausgesprochener Toxämie leidet, wird dadurch große Besserung spüren.« Die G-Sprache floß Bond wie Öl von der Zunge. Für Beresford war ja nichts zu befürchten, der hatte sein solides Kantinenalibi.

»Hören Sie auf mit dem Blödsinn! Lassen Sie mich heraus, sag' ich Ihnen!«

Bond blickte auf die Skala: die Nadel stand auf fünfzig. Wieviel sollte er ihm geben? Die Einteilung ging bis hundert Grad Celsius! Das würde ihn bei lebendigem Leib rösten. Aber es sollte nur eine Bestrafung sein, kein Mord. Vielleicht war achtzig gerade richtig? Bond stellte auf achtzig und sagte: »Ich denke, so eine halbe Stunde richtiger Wärme wird Ihnen kolossal guttun, Sir.« Und dann scharf, mit seiner richtigen Stimme: »Und wenn Sie verbrennen, verklagen Sie mich!«

Der triefende Kopf versuchte, sich zu drehen, konnte es aber nicht. Bond ging zur Tür. Graf Lippe, nun mit gänzlich anderer Stimme, sagte in verhaltener Verzweiflung: »Ich zahle Ihnen tausend Pfund, und wir sind quitt!« Bond öffnete. *»10 000 .. . Na schön, 50 000!«*

Bond schloß die Tür nachdrücklich, ging rasch den Gang hinauf, kleidete sich an und machte, daß er wegkam. Hinter ihm, ganz gedämpft, erklang das erste Hilfegeschrei. Aber Bond wollte nichts hören. Eine qualvolle Spitalwoche mit sehr viel Enziansalbe und Gerbsäuregelee würde schon alles wieder gutmachen! Nur *eines* irritierte ihn: die Höhe der gebotenen Summe. Wer eine Bestechung von 50 000 Pfund anbieten konnte, der mußte entweder sehr reich sein — oder einen dringenden Grund für seine Bewegungsfreiheit haben! Denn bloß, um sich vor Schmerzen zu bewahren, war das unbedingt zuviel.

5

Der Boulevard Haussmann im VIII. und IX. Arrondissement verläuft von der Rue du Faubourg St. Honoré zur Oper. Obwohl lang und langweilig, ist er vielleicht die solideste Straße von ganz Paris. Nicht die reichste — diesen Ruf genießt die Avenue d'Iéna —, aber reiche Leute sind nicht immer auch solide Leute, und die Namen gar zu vieler Mieter und Hauseigentümer in der Avenue d'Iéna enden auf -escu, -ovitsch, -ski und -stein, was nicht unbedingt auf Reputation deuten muß. Überdies besteht die Avenue d'Iéna fast ausschließlich aus Wohngebäuden. Die gelegentlich anzutreffenden diskreten Messingschilder mit dem Namen einer Holdinggesellschaft in Liechtenstein, auf den Bahamas oder im Kanton Waadt in der Schweiz sind nur aus Steuergründen montiert und sind Deckadressen für private Familienvermögen zum Zwecke der Steuererleichterung oder, deutlicher, der Steuerhinterziehung.
Nicht so der Boulevard Haussmann: in seinen massiven Bauten in nachgeahmtem Second Empire mit den überladenen Fassaden aus der Zeit um 1900 haben bedeutende Unternehmungen ihren Sitz. Hier liegen die Hauptbüros der *gros industriels* von Lille, Lyon, Bordeaux, Clermont-Ferrand, die ›*locaux*‹ der *grosses légumes*, der Großunternehmer in Baumwolle, Kunstseide, Kohle, Wein, Stahl und Schiffsbau. Nun gibt es in diesem hochachtbaren Viertel, das überdies zwei Kirchen, ein kleines Museum und die französische Shakespearegesellschaft umfaßt, auch die Zentralen von Wohlfahrtsorganisationen. Am Eingang zu Nr. 136 *bis* zum Beispiel trägt eine diskret schimmernde Messingtafel die Bezeich-

nung *FIRCO Fraternité Internationale de la Résistance Contre l'Oppression.* Interessiert man sich näher für diese Organisation — etwa als Vertreter einer Büromöbelfirma —, drückt man den peinlich sauberen Porzellanknopf, so öffnet sich nach angemessener Zeit das Tor, und man sieht sich einem überaus typischen französischen *concierge* gegenüber. Ist die Angelegenheit seriös, dann geht es durch die ein wenig verstaubte Halle zu einer hohen Doppeltür in falschem Directoire, hinter der sich die gebrechliche, jedoch verschwenderisch ornamentierte Aufzugskabine befindet. Auch das Büro selbst entspricht ganz den bisherigen Wahrnehmungen: es ist ein großer, schäbiger Raum, der Erneuerung seines milchkaffeefarbenen Anstrichs dringend bedürftig, worin ein Halbdutzend Männer an billigen Schreibtischen äußerst beschäftigt tun. Es mag auffallen, daß die Männer sämtlich der Altersstufe zwischen dreißig und vierzig angehören und daß es in diesem Büro keine einzige weibliche Arbeitskraft gibt.
Nach dem leicht ablehnenden Empfang, wie er bei so emsigem Betrieb nicht anders zu erwarten ist, bringt man sein Anliegen vor und erlebt, wenn es seriöser Art ist, wie sich die Miene des Mannes am Schreibtisch neben der Tür aufhellt und eine vorsichtige Hilfsbereitschaft verrät. »Der Zweck unserer Vereinigung? Oh, wir sind dazu da, Monsieur, jene Ideale, von denen im letzten Krieg alle Mitglieder der Résistance erfüllt waren, lebendig zu erhalten! Nein, Monsieur, wir sind völlig unpolitisch! Unsere Gelder? Alles aus den bescheidenen Mitgliedsbeiträgen und aus den Spenden jener, die unsere Absichten teilen. Suchen Sie vielleicht einen verschollenen Verwandten, ein Mitglied einer Widerstandsgruppe? Aber gewiß, Monsieur! Der Name? Gregor Karlski, zuletzt bei Mihailovic, Sommer 1943? Ich lasse nachsehen. Jules! Karlski, Gregor. Mihailovic 1943!« Und Jules geht zu einem Schrank, eine Pause tritt ein, dann kommt die Antwort: »Tot. Gefallen beim Bombenangriff auf den Divisionsgefechtsstand, 21. Oktober 1943. Es tut uns leid, Monsieur! Können wir sonst etwas für Sie tun? Vielleicht ein paar unserer Broschüren zur Information? Entschuldigen Sie, daß nicht ich selbst Sie eingehender über FIRCO informieren kann, aber Sie werden hier alles finden, was Sie brauchen. Wir sind heute sehr beschäftigt,

dieses Internationale Flüchtlingsjahr bringt viele Anfragen aus aller Welt. Guten Tag, Monsieur, *pas de quoi!*«
So oder ähnlich spielt sich das ab, und man tritt befriedigt auf den Boulevard hinaus, beeindruckt von einer Organisation, die ihre exzellente, wenn auch etwas vage Arbeit voll Hingabe und Tüchtigkeit betreibt.

Einen Tag, nachdem James Bond seine Kur beendet hatte und nach London zurückgekehrt war (nicht ohne am Abend vorher in doppelter Hinsicht höchste Befriedigung erfahren zu haben – in der Form von Spaghetti Bolognese und Chianti bei *Lucien's* in Brighton und in Gestalt von Miß Patricia Fearing auf den Rücksitzen ihres Kleinwagens oben in den Downs), hatte man bei FIRCO für sieben Uhr abends eine dringende Verwaltunsratssitzung anberaumt. Von überallher aus Europa kamen die Herren, auf dem Luftweg, per Auto oder per Eisenbahn, und trafen seit dem späten Nachmittag einzeln oder paarweise in Nr. 136 *bis* ein: einige durch den vorderen, manche durch den Hintereingang, zu der für jeden Teilnehmer speziell festgesetzten Ankunftszeit. An jedem der Eingänge gab es zwei *concierges* sowie weniger sichtbare Vorsichtsmaßnahmen wie Warnsysteme, Fernsehkontrolle und ganze Serien von falschen FIRCO-Sitzungsberichten, die sämtlich durch die laufenden Geschäfte der Vereinigung im Erdgeschoß gedeckt waren. So konnten, wenn nötig, die »Verwaltungsratssitzungen« sekundenschnell in öffentliche verwandelt werden, so eindeutig öffentlich, wie eine Bevollmächtigtenversammlung am Boulevard Haussmann nur sein kann.
Pünktlich um sieben Uhr begaben sich die zwanzig Herren, die diese Vereinigung bildeten, in den gediegen ausgestatteten Sitzungssaal im dritten Stock.
Der Präsident hatte seinen Platz bereits eingenommen. Begrüßungsformalitäten gab es keine, der Präsident hielt sie für bloße Atemvergeudung und, bei der Natur der Vereinigung, für Heuchelei obendrein. Die Herren reihten sich um den Tisch und nahmen ihre numerierten Plätze ein. Diese 21 Nummern waren hier ihre einzigen Namen und wechselten im Turnus um Mitternacht jedes Monatsersten um zwei Num-

mern weiter. Niemand rauchte – Alkohol galt als Tabu, und Rauchen wurde nur höchst ungern gesehen – und niemand nahm sich die Mühe, die erdichtete FIRCO-Tagesordnung vor sich zu studieren. Alles saß still und blickte gespannt und respektvoll auf den Präsidenten am oberen Ende des Tisches.
Jeder, der Nr. 2 (der Präsident hatte derzeit diese Nummer) gesehen hätte, würde schon bei seiner ersten Begegnung mit ihm das gleiche empfunden haben, denn Nr. 2 gehörte zu jenen suggestiven Persönlichkeiten, wie man ihnen nur zwei-, dreimal im Leben begegnet und deren Blick einem geradezu die Augen aus dem Kopf zu saugen scheint.
Der Name dieses ungewöhnlichen Mannes war Ernst Stavro Blofeld, geboren am 28. Mai 1908 zu Gdynia als Sohn eines polnischen Vaters und einer griechischen Mutter. Er hatte in Warschau Maschinenbau und Elektrophysik studiert und mit 25 einen kleinen Posten bei der Zentrale der Post- und Telegrafengesellschaft angenommen – eine merkwürdige Wahl für einen begabten jungen Mann; aber Blofeld war zu dem Schluß gekommen, daß ein rasches, genaues Nachrichtensystem in dieser kleiner werdenden Welt *Macht* bedeutet. Im Krieg wie im Frieden die Wahrheit früher als die anderen gekannt zu haben: dieser Vorteil steckte seiner Meinung nach hinter jeder richtigen Entscheidung in der Geschichte. So verfolgte er genau die Kabel und Radiogramme, die in der Postzentrale durch seine Hände gingen, und kaufte oder verkaufte danach an der Warschauer Börse. Als die Mobilmachung kam, ergoß sich ein wahrer Strom von Rüstungsaufträgen und diplomatischer Korrespondenz durch seine Abteilung. Das alles war zwar wertlos für *ihn*, für den Feind aber unbezahlbar. So änderte Blofeld alsbald seine Taktik. Erst noch ungeschickt, dann schon fachmännischer, richtete er es ein, von den chiffrierten Meldungen Kopien zu machen, wobei er nur jene mit dem Vermerk »Sehr dringend« oder »Streng geheim« auswählte. Dann baute er sich ein Netz fiktiver Agenten auf. Es waren das in Wirklichkeit existierende, aber unbedeutende Beamte in jenen Gesandtschaften und Rüstungsbetrieben, an die der Großteil der von ihm kopierten Telegramme gerichtet war: etwa ein junger Chiffrierbeamter in der britischen Botschaft, ein Übersetzer in französischen Diensten, Privatsekre-

täre in den Großfirmen. Ihre Namen ließen sich leicht aus den diplomatischen Listen oder durch Anruf bei den betreffenden Firmen ermitteln. Als Blofeld alle seine Namen beisammen hatte, nannte er sein Netz TATAR und machte mit Hilfe von ein, zwei Exemplaren seiner Arbeit diskrete Anknüpfungsversuche beim deutschen Militärattaché. So kam er rasch mit dem Amt IV der Abwehr in Verbindung, und von da an ging alles ganz leicht. Als das Geld rasch hereinkam (er nahm nur Dollarwährung), ging er daran, den Markt auszuweiten. Die Russen und die Tschechen gab er – nachdem er sie kurz in Betracht gezogen hatte – als schlechte oder doch schleppende Zahler auf. Statt ihrer wählte er die Amerikaner und die Schweden, und das Geld regnete buchstäblich auf ihn herab. Da er indes sehr auf seine Sicherheit bedacht war, wurde ihm bald klar, daß er dieses Tempo nicht durchhalten könne. Etwas *würde* durchsickern, entweder zwischen dem deutschen und dem schwedischen Geheimdienst, von denen er wußte, daß sie eng zusammenarbeiteten, oder durch die alliierte Gegenspionage und ihren Chiffrierdienst. Oder auch nur durch den Tod oder die Versetzung eines seiner Mittelsmänner, während er, ohne davon zu wissen, vielleicht diesen Namen noch weiter als Quelle angab. Da er nun 200 000 Dollar auf der Seite hatte und überdies der Krieg zu nahe bevorzustehen schien, als daß man sich hätte sicher fühlen können, beschloß er, sich nach einem sichereren Teil der Welt abzusetzen.
Blofeld machte das ganz fachmännisch: zunächst gab er seinen Geheimdienst sukzessive auf. Dann investierte er in Amsterdam sein gesamtes Vermögen in Shell-Aktien und transferierte sie von dort in ein numeriertes Tresorfach einer Bank in Zürich. Ehe er – als letzten Schritt – seinen Verbindungsmännern eröffnete, daß er erledigt sei und das polnische Deuxième Bureau auf den Fersen habe, fuhr er nach Gdynia, besuchte das Standesamt und die Kirche, in der er getauft worden war, und schnitt dort unter dem Vorwand, Einzelheiten über einen Freund einsehen zu wollen, die Seite mit seinen eigenen Daten heraus. Nun war vor der Abreise nach Schweden nur noch eine jener Paßfabriken ausfindig zu machen, wie sie in jedem großen Seehafen arbeiten, um dort den Paß eines kanadischen Seemannes zu kaufen. Dann ging's ab nach

Schweden, von wo er nach einer gewissen Zeit des Abwartens nach der Türkei flog – diesmal mit seinem echten, polnischen Paß. Sein Geld ließ er von der Schweiz an die Ottomanische Bank in Istanbul überweisen. Nach dem Zusammenbruch Polens meldete er sich bei den türkischen Behörden als Flüchtling und erreichte mit Hilfe von Schmiergeldern die Aufenthaltsbewilligung. Radio Ankara war froh, ihn als Fachmann anzustellen, und er rief RAHIR ins Leben, ein neues Spionagesystem in der Art von TATAR, nur etwas solider: Blofeld wartete diesmal mit dem Verkauf seiner Ware, bis der Sieger schon feststand, und entschied sich erst nach Rommels Vertreibung aus Afrika für die Alliierten. Er beendete den Krieg in Ruhm und Wohlstand, mit Orden und Auszeichnungen von Engländern, Amerikanern und Franzosen und mit einer halben Million Dollar auf Schweizer Bankkonten. Mit einem auf Serge Angström ausgestellten schwedischen Paß verzog er nach Südamerika, um sich dort zu erholen, gut zu essen und neue Ideen zu ersinnen.

Und nun saß dieser Ernst Blofeld unter seinem richtigen Namen – das war weniger gefährlich – in dem stillen Raum am Boulevard Haussmann und suchte nach einem Blick, der dem seinen auswiche.

Die Augen, welche jetzt langsam und forschend die zwanzig Männer betrachteten, wiesen keine Tränensäcke auf, und das Gesicht zeigte keinerlei Anzeichen von Ausschweifung, Krankheit oder Alter. Es blieb weiß und ausdruckslos unter dem bürstenförmig geschnittenen Haar. Das Kinn, obgleich schon mit dem würdevollen Fett der »besten Jahre« versehen, zeigte Entschlußkraft und Selbständigkeit. Nur der Mund unter der plumpen Nase fügte sich nicht in dieses Gesamtbild, das sonst auf einen Philosophen oder Wissenschaftler hätte schließen lassen. Stolz und schmal, war er nur eines falschen, häßlichen Lächelns fähig, voll Verachtung, Willkür und Grausamkeit.

Blofeld wog etwa 130 Kilo. Er verbarg seinen umfangreichen Bauch unter weiten Hosen und gutgeschnittenen Zweireihern. In den Bewegungen immer noch rasch, wirkte er für gewöhnlich sehr ruhig. Er trank und rauchte nicht, über sein Sexualleben war nichts bekannt, ja, er aß nicht einmal sehr viel.

Die zwanzig Männer, die an dem langen Tisch geduldig auf

Blofelds Worte warteten, gehörten den verschiedensten Nationen an. Dennoch wiesen sie gemeinsame Merkmale auf: alle waren sie zwischen dreißig und vierzig, alle sahen sie gesund aus, und fast alle – bis auf zwei – hatten einen raschen, harten, räuberischen Blick. Die beiden anderen waren Wissenschaftler: der ostdeutsche Physiker Kotze, der vor fünf Jahren nach dem Westen gekommen war; und Maslow, alias Kandinsky, ein polnischer Elektronenfachmann. Die restlichen achtzehn setzten sich aus Dreierzellen zusammen (Blofeld hatte das Dreiecksystem der Kommunisten aus Geheimhaltungsgründen übernommen), stammten aus sechs Nationen und innerhalb dieser aus sechs der weltgrößten subversiven und Verbrecherorganisationen. Da waren drei Sizilianer vom obersten Stab des Unione Siciliano, der Mafia; drei Franzosen aus Korsika von der Union Corse, dem Geheimbund, der, ähnlich der Mafia, fast alle organisierten Verbrechen in Frankreich ausführt; drei frühere Mitglieder von SMERSH, jener sowjetischen Organisation zur Liquidierung von Verrätern und Staatsfeinden, die auf Chruschtschows Befehl 1958 aufgelöst und durch die spezielle Exekutivabteilung der MWD ersetzt worden war; drei überlebende Funktionäre des früheren Reichssicherheitshauptamtes; drei energische jugoslawische Agenten, die ihre Stelle bei Titos Geheimpolizei aufgegeben hatten, und drei Hochlandtürken (die aus der Ebene taugen nichts), frühere Mitglieder von Blofelds RAHIR und spätere Leiter von KRYSTAL, der bedeutenden Heroin-Pipeline im Mittleren Osten, deren Endpunkt Beirut ist. Und jeder dieser achtzehn Fachleute für Verschwörungen auf höchster Ebene besaß einen soliden Decknamen, hatte einen gültigen Paß mit gültigen Visa für die wichtigsten Länder der Welt und eine völlig weiße Weste bei Interpol und bei der Polizei seines Landes. Die völlige Unbescholtenheit jedes dieser Gewohnheitsverbrecher war die höchste Qualifikation für die Mitgliedschaft von SPECTRE – der Speziellen Exekutive für Conterspionage, Terror, Rache und Erpressung.

Der Gründer und Präsident dieses Privatunternehmens auf eigene Rechnung aber war Ernst Stavro Blofeld.

6

Blofeld hatte seine Musterung beendet. Wie erwartet, hatte nur ein einziger seinem Blick nicht standgehalten. Aber obwohl die zweifach geprüften Berichte bis ins einzelne präzis waren, hatte er sich dennoch mit eigenen Augen überzeugen wollen. Langsam fuhr er nun mit beiden Händen unter den Tisch. Die eine legte er flach an den Schenkel, mit der anderen brachte er eine flache Golddose zum Vorschein, legte sie vor sich hin, ließ den Deckel aufspringen und entnahm ihr eine Veilchenpastille, die er in den Mund steckte. Denn Ernst Stavro Blofeld liebte es, unangenehme Dinge mit parfümiertem Atem zu sagen.

Nachdem er das Bonbon unter die Zunge geklemmt hatte, fing Blofeld mit sanfter, klingender, schön modulierter Stimme zu sprechen an: »Ich habe Ihnen heute über unsere ganz große Sache, über ›Operation Omega‹, zu berichten.« (Blofeld gebrauchte niemals eine Anrede, er hielt das für überflüssig.) »Bevor ich aber darauf zu sprechen komme, möchte ich aus Gründen der Sicherheit ein anderes Thema streifen.« Er blickte ruhig rundum. Wieder wich ihm das bewußte Augenpaar aus. »Der Verwaltungsrat wird mir bestätigen, daß die ersten drei Jahre unserer Praxis erfolgreich waren. Rund gerechnet, belaufen sich die Gesamteinnahmen ohne unsere letzte, noch nicht ausbezahlte Dividende auf eineinhalb Millionen Pfund Sterling in Schweizer und venezolanischer Währung. Mit Wissen des Verwaltungsrates wurde dieses Einkommen statutengemäß, nach Abzug von zehn Prozent für Spesen sowie weiterer zehn für mich selbst, zu gleichen Teilen von je vier Prozent an die Mitglieder ausbezahlt. Das macht für diese drei Jahre rund 60 000 Pfund für jedes Mitglied. Ich betrachte das für angemessen, wenn auch unseren Erwartungen nicht ganz entsprechend. Indessen ist Ihnen allen klar, daß die ›Operation Omega‹ genug einbringen wird, um jedem von uns ein beträchtliches Vermögen zu sichern und, falls wir das wünschen, auch die Auflösung unserer Organisation zu ermöglichen, damit jeder seine Energie anderen Zielen zuwenden kann.« Abermals blickte Blofeld rundum und sagte freundlich: »Gibt es dazu irgendwelche Fragen?«

Diesmal hielten *alle* Augenpaare dem Blick des Präsidenten stand. Jeder der Anwesenden hatte seine eigene Kalkulation gemacht, der Präsident hatte also nur bekannte Dinge gesagt. Es war Zeit für die unbekannten.
Blofeld steckte eine zweite Pastille in den Mund, ließ sie unter die Zunge gleiten und fuhr fort: »Somit wäre das erledigt. Und nun zu unserer letzten Unternehmung, die uns eine Million Dollar eingebracht hat.« Seine Augen schweiften die linke Tischseite entlang bis ans Ende der Reihe. Sanft sagte er: »Nr. 7, stehen Sie auf.«
Marius Domingue von der Union Corse, stolz, vierschrötig, mit trägem Blick, erhob sich langsam und blickte Blofeld unbefangen in die Augen. Seine schweren Hände hingen entspannt herab. Blofeld tat, als hätte er nur Augen für ihn, beobachtete jedoch die Reaktion des Korsen daneben: Nr. 12, Pierre Borraud. Dieser Mann saß Blofeld gerade gegenüber, am anderen Tafelende. Er war es, der Blofelds Blick bisher ausgewichen war. Nun aber fühlte er sich sicher, seine Befürchtungen schienen sich nicht zu erfüllen.
Blofeld wandte sich an das Plenum: »Wie Sie wissen, handelte es sich dabei um die Entführung der siebzehnjährigen Tochter von Magnus Blomberg, dem Besitzer des *Principality-Hotels* in Las Vegas und Mitinhaber anderer amerikanischer Unternehmen, wodurch er Mitglied des ›Detroit Purple Gang‹ ist. Das Mädchen wurde in Monte Carlo entführt und per Schiff nach Korsika gebracht. Das war die Arbeit der korsischen Sektion. Blomberg zahlte die verlangte Million entsprechend den Anweisungen von SPECTRE, indem er das Geld gegen Abend in einem aufgeblasenen Rettungsfloß vor der Küste bei San Remo abwerfen ließ. Bei Einbruch der Dunkelheit wurde es von einem Schiff unserer sizilianischen Sektion geborgen. Ihr gebührt Lob für die Entdeckung des im Floß versteckten Transistorsenders, mit dessen Hilfe die französische Marine unser Schiff hätte orten und aufbringen sollen. Nach Empfang des Lösegelds wurde das Mädchen den Eltern zurückgegeben, wie es schien, ohne Schaden genommen zu haben. Ich sage ›wie es schien‹, denn über die Polizei von Nizza erfahre ich nun, das Mädchen sei während seiner Verwahrung auf Korsika mißbraucht worden.« Blofeld ließ

eine Pause eintreten. Dann fuhr er fort: »Es sind die Eltern, die das behaupten. Möglicherweise ist es mit Willen des Mädchens geschehen, aber das ist nebensächlich. Unsere Organisation hatte sich verpflichtet, das Mädchen unbeschädigt zurückzugeben. Nun bin ich der Meinung, daß, wie auch immer der Vorgang sich abgespielt haben mag, die Eltern ihre Tochter in beschädigtem oder zumindest benütztem Zustand zurückbekommen haben.« Blofeld, der große Gesten nicht liebte, öffnete auch jetzt nur die auf dem Tisch liegende Hand, indem er mit unveränderter Stimme sagte: »Wir bilden eine große, mächtige Organisation. Moral oder Ethik sind zwar keine Maßstäbe für uns, aber jedes Mitglied muß zur Kenntnis nehmen, daß ich in gewissen Dingen größten Wert auf die Untadeligkeit von SPECTRE lege. Hier hilft nur Selbstdisziplin, es gibt keine andere bei SPECTRE! Die Stärke unserer Gemeinschaft liegt bei jedem einzelnen von uns; die Schwäche eines einzelnen bedeutet den Ruin des Ganzen. Sie kennen meinen Standpunkt in dieser Sache und haben mir bisher bei jeder Säuberung zugestimmt. Auch diesmal habe ich entsprechend gehandelt: ich habe – mit einer diesbezüglichen Entschuldigungsnote – der Familie eine halbe Million zurückerstatten lassen; und das, obwohl durch den Radiosender auch sie kontraktbrüchig geworden war. Aber wahrscheinlich hat sie von dem Kniff gar nichts gewußt, er sah ganz nach Polizei aus. Die Dividende für jeden von uns verringert sich nun entsprechend. Was den Schuldigen betrifft, so bin ich mir im klaren. Die geeigneten Maßnahmen sind bereits ergriffen.«

Blofelds Augen waren fest auf den Stehenden gerichtet – auf Nr. 7. Marius Domingue wußte, daß er schuldlos war. Er hatte keine Angst. Wie alle hier, vertraute er auf Blofelds Gerechtigkeitssinn. Zwar verstand er nicht, weshalb *er* zum Ziel aller Augen dienen mußte; aber Blofeld hatte entschieden, und Blofeld hatte immer recht.

Blofeld spürte den Mut des Mannes, kannte die Gründe dafür. Auch sah er das schweißglänzende Gesicht von Nr. 12. Gut! Der Schweiß würde den Kontakt noch verbessern!

Die Hand unterm Tisch tastete nach dem Knopf und schaltete ein.

Von der Riesenfaust der 3000 Volt gepackt, krümmte Pierre Borrauds Körper sich im Lehnstuhl. Seine schwarzen Haare standen buchstäblich zu Berge, ein grotesker Schmuck des verzerrten Gesichts. Die Augen blickten stier und erloschen dann. Langsam quoll die schwärzliche Zunge hervor. Rauch kroch unter Händen und Rücken hervor, wo sich die Kontakte befanden. Blofeld schaltete aus. Die Saalbeleuchtung, während der Exekution auf ein unwirkliches Schimmern reduziert, flammte wieder hell auf. Es roch plötzlich nach verbranntem Fleisch und angesengtem Stoff. Nr. 12 schien einzuschrumpfen. Mit einem Krach schlug sein Kinn auf die Tischkante. Es war aus.

Unverändert sprach Blofeld weiter. Auch Nr. 7 stand unerschüttert aufrecht. »Sie können sich setzen, Nr. 7! Ich bin zufrieden mit Ihnen.« Das war das höchste Lob, das Blofeld zu vergeben hatte! »Ich mußte Nr. 12 ablenken, er wußte von meinem Verdacht. Es hätte eine peinliche Szene geben können.«

Einige der Männer nickten. Alles, was Blofeld machte, hatte Hand und Fuß. Keiner schien verstört oder überrascht, denn Blofeld vollzog dergleichen stets vor aller Augen. Zweimal schon hatten sie solchen Exekutionen beigewohnt, wenn auch die Methode von Mal zu Mal eine andere gewesen war. In beiden Fällen aber war es ein gerechtes und notwendiges Urteil gewesen. So schritt man auch jetzt über den Toten zur weiteren Tagesordnung. Die Geschäfte verlangten es.

Blofeld ließ die Bonbondose zuschnappen und steckte sie zu sich. »Die korsische Sektion«, sagte er leise, »wird Ersatzvorschläge für Nr. 12 machen. Das hat aber Zeit bis nach ›Omega‹. Übrigens, ›Omega‹: der von der deutschen Sektion eingestellte Unteragent G hat einen folgenschweren Fehler begangen, der unseren Zeitplan gefährdet. Der Mann, der als Mitglied des ›Roten Blitz‹ für seine Aufgabe qualifiziert schien, sollte von einer südenglischen Klinik aus mit dem Flieger Petacchi Kontakt halten, der in dem benachbarten Boscombe Down beim Bombergeschwader stationiert ist. Von Zeit zu Zeit sollte er über die Tauglichkeit und Kampfmoral des Fliegers berichten. Die Berichte waren zufriedenstellend, der Flieger ist weiterhin einverstanden. Aber Unteragent G sollte auch ›Den Brief‹ am Tag vor dem Stichtag aufgeben, heute in drei Tagen also. Leider hat der Dummkopf sich mit einem anderen Patienten in eine hitzköpfige Auseinandersetzung eingelassen. Nun liegt er mit Brandwunden zweiten Grades im Spital von Brighton und ist für mindestens eine Woche aktionsunfähig. Das hat eine ärgerliche, glücklicherweise aber doch unbedeutende Verschiebung von ›Omega‹ zur Folge. Neue Instruktionen sind bereits ergangen. Der Flieger Petacchi hat eine Phiole mit hinreichend Influenzavirus erhalten, um eine Woche auf der Krankenliste zu bleiben. So wird er erst nach seiner Genesung den Testflug mitmachen können und uns dann davon benachrichtigen. Und zwar über den Unteragenten G, der bis dahin gleichfalls gesund sein und entsprechend dem Plan ›Den Brief‹ aufgeben wird. Die Spezialkommandos werden ihre Flugpläne im Luftraum über Zeta auf das neue Operationsschema abstimmen. Was den Unteragenten G betrifft« – Blofeld blickte auf die drei Ex-Gestapoleute –, »so ist er unzuverlässig. Die deutsche Sektion sorgt für seine Ausschaltung innerhalb der ersten vierundzwanzig Stunden nach Aufgabe ›Des Briefes‹ – ist das klar?«

»Jawohl, Sir!« klang es dreistimmig.

»Alles andere«, sagte Blofeld, »ist geregelt. Nr. 1 hat seine Anwesenheit im Gebiet Zeta fest begründet. Das Märchen von der Schatzsuche wird weiter ausgebaut und bereits allgemein geglaubt. Die Jachtbesatzung aus ausgesuchten Unteragenten ordnet sich der Disziplin und den Geheimhaltungsmaßnahmen überraschend gut unter; ein passender Landstützpunkt wurde gefunden. Er ist weit vom Schuß, schwer zugänglich und gehört einem exzentrischen Engländer, der aus privaten Gründen Abgeschiedenheit braucht. Ihr eigenes Eintreffen, meine Herren, muß im Gebiet Zeta genau nach Plan erfolgen. Ihre Garderobe erwartet Sie im Areal F und D, je nach Ihren Anflugrouten. Sie wird bis ins kleinste Ihrer Eigenschaft als Geldgeber der Schatzsuche entsprechen, welche den Schauplatz zu besichtigen wünschen, um an dem Abenteuer teilzunehmen. Sie sind also keine leichtgläubigen Millionäre, sondern Sie verkörpern jene Art reicher Mittelstandsrentiers und Geschäftsleute, denen man glaubt, daß ein solcher

Plan sie anzieht. Es soll aussehen, als wären Sie gekommen, um Ihre Kapitalanlage zu überwachen und sich zu vergewissern, daß kein einziges Goldstück verlorengeht.« Niemand lächelte. »Jeder von Ihnen kennt seine Rolle, und ich bin sicher, daß sie jeder von Ihnen eingehend studiert hat.«
Bedächtiges Köpfenicken in der Runde zeigte, daß jeder mit seiner Rolle im reinen und zufrieden war: der eine gab einen reichen Cafetier aus Marseille ab (das war er tatsächlich gewesen, er konnte mit jedermann über das Geschäft reden); ein anderer besaß Weingärten in Jugoslawien (er war in Bled aufgewachsen und konnte über Jahrgänge und Weinerträge diskutieren); ein dritter hatte Zigaretten aus Tanger geschmuggelt (das traf wirklich zu, und er würde sich in schweigsamen Andeutungen darüber ergehen). Alle aber hatten sie falsche Namen, die zumindest einer oberflächlichen Nachprüfung standhalten würden.
»Wie steht's mit dem Aqualungentraining?« fuhr Blofeld fort. »Bitte, der Reihe nach zu antworten!« Er blickte auf die jugoslawische Sektion zu seiner Linken.
»Zufriedenstellend!« – »Zufriedenstellend!« echoten die Deutschen, und das Wort wanderte rund um den Tisch.
Blofeld fuhr fort: »Wird bei Ihren Übungsprogrammen dem Sicherheitsfaktor auch genügend Aufmerksamkeit gewidmet? Er ist der wichtigste!« Bejahung. »Und die Ausbildung am neuen CO_2-Unterwassergewehr?« Abermalige Bejahung. »Gut. Dann hätte ich jetzt noch gern den Bericht der sizilianischen Sektion über die Vorbereitungen zum Goldabwurf.«
Fidelio Sciacca, hager, leichenblaß, ein ehemaliger Lehrer mit kommunistischen Neigungen, sprach für seine Abteilung, denn sein Englisch war das beste. »Das Abwurfgebiet ist peinlich genau auf seine Eignung geprüft worden. Ich habe Karten und Zeitplan zu Ihrer Information mitgebracht.« Er wies auf seine Aktentasche. »Das Areal T, wie wir es nennen, liegt an der Westseite des Ätna, oberhalb der Baumgrenze zwischen 2000 und 3000 Metern. Es ist ein Gebiet schwarzer Lava an den obersten Hängen des Vulkans, über der kleinen Stadt Bronte. Für den Abwurf wird ein Gebiet von etwa zwei mal zwei Kilometern durch Fackeln markiert. Im Zentrum dieses Quadrats dient ein Decca-Zielanflugsignal als weitere

Navigationshilfe. Die Transportstaffel, wahrscheinlich fünf Mark-IV-Comet-Transporter, muß das Zielgebiet in 3000 Metern Höhe mit einer Geschwindigkeit von 500 Stundenkilometern anfliegen. Das Gewicht der Abwurfpakete erfordert Mehrfachfallschirme, das Lavagelände Schaumgummiverpackung. Fallschirme und Pakete sollen mit Leuchtfarbe versehen sein, das erleichtert die Bergung. All das und noch mehr wird die Abwurfinstruktion von SPECTRE enthalten, aber letztlich hängt alles von der Planung und Koordinierung durch die für den Lufttransport verantwortlichen Leute ab.«

»Und die Bergungsmannschaften?«

»Der Capo Mafiosi dieser Gegend ist mein Onkel. Er hat acht Enkelkinder und hängt abgöttisch an ihnen. Ich habe ihm zu verstehen gegeben, daß wir sie jederzeit zu finden wissen, und er hat verstanden. Gleichzeitig machte ich ihm weisungsgemäß unser Angebot von einer Million Pfund für vollzählige Bergung und Ablieferung im Magazin in Catania. Das ist für die Finanzen des Unione eine sehr bedeutende Summe. Der Capo Mafiosi erklärte sich einverstanden. Er glaubt, es handle sich um einen Bankraub, und will nichts Weiteres wissen. Die Terminverschiebung stört unsere Vorbereitungen nicht, wir haben auch dann noch Vollmondperiode. Unteragent 52 ist absolut verläßlich, er hat das mir übergebene Hallicraftor-Gerät schon erhalten und wird nach Zeit- und Frequenzplan auf Empfang gehen. Inzwischen bleibt er mit dem Capo Mafiosi, mit dem er verschwägert ist, in Kontakt.«

Blofeld verharrte eine Weile schweigend. Dann nickte er langsam. »Ich bin zufrieden. Das Wegschaffen des Goldes liegt in den Händen des Unteragenten 201. Er ist ein Mann, dem man trauen kann. Die *Mercurial* wird in Catania Fracht aufnehmen und geht durch den Suezkanal nach Goa in Portugiesisch-Indien. An einer bestimmten Kreuzpeilung im Arabischen Golf trifft sie einen Frachter der führenden Goldmakler Bombays. Das Gold wird umgeladen, die Bezahlung erfolgt zum laufenden Goldkurs in gebrauchten Schweizer Franken, Dollars und Bolivars. Der Erlös wird nach dem üblichen Schlüssel aufgeteilt und dann von Goa aus per Chartermaschine nach Zürich geflogen. Dort werden die Anteile bei 22 Banken in Schließfächern deponiert. Die Schlüssel zu diesen numerierten Fächern werden nach Ende der heutigen Versammlung an die Mitglieder verteilt.« Blofeld überschaute gelassen die Versammlung. »Finden diese Maßnahmen Ihren Beifall?«

Bedächtiges Kopfnicken. Nr. 18, Kandinsky, der polnische Elektronenfachmann, sagte ernst: »Es ist nicht mein Gebiet, aber kann die *Mercurial* nicht aufgebracht werden? Die Westmächte rechnen sicher mit dem Wegschaffen des Goldes aus Sizilien. Es ist ihnen ein leichtes, die Luft- und Seewege zu sperren.«

»Sie vergessen«, sagte Blofeld geduldig, »daß weder die erste, noch — wenn nötig — die zweite Bombe unschädlich gemacht wird, bevor nicht das Geld sich in den Schweizer Banken befindet. Wie die Dinge stehen, sehe ich da keine Gefahr. Überdies werden die Westmächte absolute Geheimhaltung wahren, denn jedes Durchsickern würde eine Panik bewirken. Noch weitere Fragen?«

Bruno Bayer von der deutschen Sektion sagte steif: »Soviel ich verstehe, wird Nr. 1 im Gebiet Zeta das Kommando haben. Ist es richtig, daß er von Ihnen unbeschränkte Vollmacht hat? Sozusagen als Oberbefehlshaber der Einsatzgruppen?«

Typisch deutsch, dachte Blofeld. Immer müssen sie Befehlen gehorchen. Mit fester Stimme sagte er: »Ich habe es den Spezialkommandos klargemacht, und ich wiederhole es *hier:* Nr. 1 ist durch einstimmige Wahl mein Nachfolger im Falle meines Todes oder meiner Kampfunfähigkeit. Soweit es ›Operation Omega‹ betrifft, ist er stellvertretender Oberbefehlshaber von SPECTRE, und da ich im Hauptquartier verbleibe, um die Reaktionen auf ›Den Brief‹ abzuwarten, wird Nr. 1 den Einsatz kommandieren. Seine Befehle sind so zu befolgen, als kämen sie von mir. Ich hoffe, wir sind uns diesbezüglich einig.« Blofeld überflog die Versammlung mit scharfem Blick. Jeder bekundete sein Einverständnis.

»Nun also«, sagte Blofeld, »dann schließe ich die Versammlung. Die Reste von Nr. 12 werde ich beseitigen lassen. Nr. 18, bitte rufen Sie Nr. 1 für mich auf zwanzig Megahertz. Dieses Wellenband wird ab acht Uhr von der französischen Post nicht mehr benützt.«

7

James Bond kratzte das letzte Joghurt aus dem Karton, dessen Aufschrit beteuerte: *Aus reiner Ziegenmilch, gewonnen auf unserer Ziegenfarm in Stanway. Nach einem echten bulgarischen Rezept!* Er nahm ein Grahambrötchen, schnitt es vorsichtig auf — sie zerbröckeln leicht — und langte nach dem schwarzen Sirup. Er kaute jeden Bissen gründlich, denn gründliches Kauen erzeugt Speichel, und Speichel enthält Ptyalin, und Ptyalin hilft die Stärke in Zucker verwandeln, und dieser Zucker führt dem Körper Energie zu. Solche und ähnliche wichtige Tatsachen hatte Bond jetzt im kleinen Finger und fand es unfaßlich, daß niemand ihm vorher diese Dinge gesagt hatte. Denn noch nie hatte er sich so wohl gefühlt wie in den zehn Tagen seit dem Verlassen von *Shrublands*. Seine Schaffenskraft schien verdoppelt. Sogar die Büroarbeit, sonst eine unerträgliche Last, machte ihm jetzt beinahe Vergnügen, seine Arbeitswut verärgerte schon die anderen Abteilungen. Energieerfüllt und ausgeschlafen wie er war, kam er schon früh am Morgen ins Büro und verließ es erst spät — sehr zum Ärger seiner Sekretärin, der köstlichen Loelia Ponsonby, die ihre Privatgewohnheiten ernstlich gestört sah.

May, Bonds ältliche schottische Perle, kam herein, um das Frühstücksgeschirr abzuräumen. Bond hatte sich eine Duke of Durham angezündet, King-size, mit Filter. Amerikas maßgebende Konsumentenvereinigung bescheinigt dieser Zigarette den geringsten Teer- und Nikotingehalt. Keine Morland-Balkan-Mischung mehr, wie er sie seit seiner Jugend geraucht hatte! Die Dukes waren zwar nahezu geschmacklos, aber immer noch besser als die Vanguards, diese neuen, »tabaklosen« Zigaretten aus Amerika, die einen Geruch nach verbranntem Laub verbreiten.

May nahm das Servierbrett auf, schritt zur Tür und machte sie hinter sich zu.

Das rote Telefon, die Direktverbindung mit Headquarters, begann zu schrillen. Bond streckte die Hand aus. Seit Abflauen des Kalten Krieges war es nicht mehr wie früher: es würde auch jetzt nichts Aufregendes sein, wahrscheinlich sagte

man nur das nachmittägige Schießen mit dem neuen FN-Gewehr ab. »Bond?«
Es war der Chef. Bond drückte den Hörer ans Ohr.
»Bitte sofort, James! M.«
»Etwas für mich?«
»Für alle. Höchste Eile und strengste Geheimhaltung. Sagen Sie alles ab, was Sie für die nächsten Wochen vorhaben. Sie fahren noch heute abend. Auf gleich!« Das Geräusch verstummte.
Bond hatte den eigenwilligsten Wagen von England. Es war ein Mark II Continental Bentley, den so ein reicher Trottel an der Great West Road durchaus mit einem Leitungsmast hatte verheiraten wollen. Bond hatte den Rest für 1500 Pfund gekauft, Rolls hatte das verbeulte Blech wieder geradegerichtet und einen neuen Motor eingebaut, einen Mark IV mit 9,5-Kompression. Dann war Bond mit 3000 Pfund, der Hälfte seiner Barschaft, zu Mulliners gegangen, hatte die steife alte Sportlimousinenkarosserie durch ein sauberes, automatisch aufklappbares Zweisitzerkabriolett ersetzen lassen, eben nur zwei breite, niedere Sitze mit Armlehnen. Das Heck bestand aus einem eher häßlichen, kantigen Kofferraum. Der Anstrich war mattes Horizontgrau wie bei den Kriegsschiffen, während die Polsterung aus schwarzem Saffianleder bestand. Der Wagen flog wie ein Vogel, sauste wie eine Bombe und war Bond lieber als alle Frauen, mit denen er zur Zeit etwas hatte. Aber anderseits lehnte er es ab, Sklave seines Wagens zu sein. Jeder Wagen, wie wundervoll er auch sein mochte, war nichts als ein fahrbarer Untersatz und hatte jederzeit fahrbereit zu sein: ohne Garagentüren, an denen man sich die Fingernägel abbrach, ohne überflüssige Mechanikermätzchen außer dem raschen, monatlichen Service. Die »Lokomotive« (so nannte er seinen Continental) stand vor seiner Wohnung im Freien — bei jedem Wetter startbereit.
Der Zwillingsauspuff — Bond hatte zweizöllige Rohre verlangt, das frühere, leise Vibrieren hatte ihm mißfallen — brummte gleichmäßig, während die lange graue Nase mit dem langen, achtkantigen Silberpfeil statt des geflügelten »B« aus dem kleinen Platz in Chelsea in die King's Road einbog. Es war jetzt neun Uhr — der starke Verkehr hatte noch nicht ein-

gesetzt – und Bond jagte den Wagen die Sloan Street hinauf und in den Park. Da es auch für die Verkehrspolizei noch zu früh war, legte er ein mörderisches Tempo vor, so daß er in glatten drei Minuten bei Marble Arch war. Dann fuhr er rund um die Häuser in der Baker Street und in den Regents Park. Zehn Minuten nach dem Anruf fuhr Bond bereits mit dem Lift zum achten und letzten Stock des mächtigen Häuserblocks hinauf.

Schon auf dem teppichbelegten Gang roch es nach Ernstfall. In diesem Stockwerk war neben M's Büro die Nachrichtenzentrale untergebracht, und so erklang hinter den geschlossenen grauen Türen das stetige Sausen und Gekrach der Empfangsapparate, gemischt mit dem unausgesetzten Rattern und Klappern der Dechiffriermaschinen. Das ließ Bond an Großalarm denken. Was, zum Teufel, mochte passiert sein?

Der Personalchef stand über Miß Moneypenny gebeugt, während er ihr Funkspruch um Funkspruch aus einem ganzen Bündel reichte und ihr dazu Adressenangaben machte: »CIA Washington, für Dulles persönlich. Chiffre Triple-X, über Fernschreiber. – Mathis. Deuxième Bureau. Gleicher Vermerk, gleiche Beförderung. – Station F für Leiter NATO-Geheimdienst, persönlich. Standardbeförderung über Abteilungschef. – Diesen da durch Boten an den Leiter von M 15, persönlich, Kopie an den Polizeikommissar persönlich. Und den Rest«, er reichte ihr einen dicken Stoß, »persönlich an die Abteilungsleiter von M! Chiffre Doppel-X über Whitehall Radio und Portishead. In Ordnung? Seien Sie so gut und erledigen Sie das so rasch wie möglich, es kommen noch mehr. Das wird heute ein böser Tag!«

Miß Moneypenny lächelte munter. Sie hatte eine Vorliebe für das, was sie »Sturm-und-Drang-Tage« nannte. Nun beugte sie sich vor und drückte den Knopf der Sprechanlage: »007 ist hier, Sir.« Und mit einem Blick auf Bond: »Du sollst 'reinkommen.« Der Personalchef sagte grinsend: »Schwimmwesten anlegen!« während über M's Tür schon das Rotlicht aufflammte. Bond trat ein.

Drinnen war es völlig friedlich. M saß zwanglos neben seinem Schreibtisch und blickte aus dem breiten Fenster auf die flimmernde Silhouette Londons hinaus. Jetzt sah er auf. »Setzen

Sie sich, 007. Und sehen Sie sich das an, aber lassen Sie sich Zeit dazu!« Er schob ein paar Fotokopien über den Tisch und begann seine Pfeife zu stopfen.
Bond nahm die oberste Kopie zur Hand. Sie zeigte einen adressierten Briefumschlag von beiden Seiten, bestäubt wegen der Fingerabdrücke, von denen die ganze Fläche voll war.
M blickte herüber: »Sie können rauchen, wenn Sie Lust haben.«
Bond sagte: »Danke, Sir. Ich versuche, es aufzugeben.«
M sagte nur »Hrrrrmmm«, schob die Pfeife in den Mund, zündete sie an und machte einen tiefen Lungenzug. Dann rutschte er tiefer in seinen Stuhl, während seine grauen Seemannsaugen selbstversunken durch das Fenster starrten.
Der Umschlag mit dem Vermerk PERSÖNLICH UND HÖCHST DRINGEND war ordnungsgemäß mit allen Titeln an den Premierminister adressiert. No. 10, Downing Street, Whitehall, London SW 1. Die Marke trug den Poststempel Brighton, 8,30, 3. Juni. Die Maschinenschrift zeigte ausgeprägte, elegante Lettern. Alles machte einen soliden, geschäftsmäßigen Eindruck. Die Rückseite des Umschlags zeigte nichts als Fingerabdrücke und keine Siegellackspuren.
Der Brief, ebenso korrekt wie der Umschlag, lautete:

Herr Premierminister,
Sie werden davon Kenntnis haben, daß seit gestern, 2. Juni 22 Uhr, ein britisches Kampfflugzeug mit zwei Atombomben an Bord überfällig ist. Das Flugzeug ist der Villiers Vindicator O/NBR vom RAF-Ausbildungsgeschwader Nr. 5 in Boscombe Down. Die Kennummern der beiden Atombomben lauten MOS/bd/654/Mk V. und MOS/bd/655/Mk V. Außerdem tragen sie eine Reihe USAF-Kennummern.
Die Maschine befand sich auf einem NATO-Übungsflug und hatte eine Besatzung von fünf Mann und einem Beobachter an Bord. Sie hatte Treibstoff für zehn Flugstunden bei 1000 km/h in einer mittleren Höhe von 12 000 m.
Diese Maschine, einschließlich der beiden Atomwaffen, befindet sich jetzt im Besitz unserer Gesellschaft. Besatzung und Beobachter sind tot, wovon Sie die Angehörigen in entsprechender Form benachrichtigen lassen wollen, am besten wohl mit

der Begründung, das Flugzeug sei abgestürzt, was zu der sicherlich auch von Ihnen gewünschten Geheimhaltung beitragen wird.

Der Standort des Flugzeuges und der beiden Atombomben wird Ihnen gegen Aushändigung von *einhundert Millionen Pfund Sterling* in Goldbarren, tausend oder nicht weniger als 999 fein, mitgeteilt. Alles Nähere betreffs der Auslieferung des Goldes ist in dem beigeschlossenen Memorandum enthalten.

Zusätzlich wird zur Bedingung gemacht, daß Übernahme und Absatz des Goldes nicht gestört werden und daß unter Ihrer Unterschrift und der des Präsidenten der Vereinigten Staaten die volle Amnestie unserer Vereinigung und aller ihrer Mitglieder ausgesprochen wird.

Die Nichtannahme dieser Bedingungen innerhalb von sieben Tagen nach dem 3. Juni 1959, 17.00 WEZ, d. i. bis zum 10. Juni 1959, 17.00 WEZ, zieht folgende Konsequenzen nach sich: unmittelbar nach Ablauf dieser Frist wird ein Besitztum der Westmächte, dessen Wert dem der genannten 100 Millionen Pfund entspricht, vernichtet. Verluste an Menschenleben werden zu beklagen sein. Falls 48 Stunden später unsere Bedingungen noch immer nicht akzeptiert sind, wird ohne weitere Warnung eine größere Stadt in einem nicht näher bezeichneten Staat zerstört. Das wird sehr viele Menschenleben kosten. Außerdem behält unsere Vereinigung sich vor, dieses 48-Stunden-Limit der Weltöffentlichkeit mitzuteilen. Die damit in jeder größeren Stadt ausgelöste Panik wird Ihre Entscheidung beschleunigen.

Dies, Herr Premierminister, ist eine einmalige und endgültige Mitteilung. Wir erwarten Ihre Antwort zu jeder vollen Stunde MEZ auf dem 16 Megahertzband.

SPECTRE
Spezielle Exekutive für Conterspionage,
Terror, Rache und Erpressung.

Bond überlas den Brief ein zweites Mal und legte ihn dann sorgsam vor sich auf den Tisch. Nun wandte er sich dem anderen Schreiben zu, dem detaillierten Memorandum für die Goldablieferung. »Nordwesthänge des Ätna ... Decca-Navigationsgerät mit Wellenlänge ... Vollmondperiode — zwi-

schen Mitternacht und 01.00 WEZ ... Viertelttonnenpakete in 30 cm dicker Schaumgummiverpackung ... mindestens drei Fallschirme pro Paket ... Flugzeugtypen und Zeitplan nicht später als 24 Stunden vor Durchführung auf 16 Megahertz ... jede Gegenmaßnahme als Kontraktbruch angesehen, welcher die Explosion von Atomwaffe Nr. 1 oder Nr. 2, je nach Sachlage, nach sich zieht ...« Die maschinegeschriebene Unterschrift war die gleiche. Beide Blätter hatten einen gleichlautenden Zusatzvermerk: »Kopie Luftpost eingeschrieben an den Präsidenten der Vereinigten Staaten von Amerika.«
Bond legte die Fotokopie ruhig zu den anderen. Dann zündete er sich eine Zigarette an und sog den Rauch tief in die Lungen, um ihn mit einem langen, nachdenklichen Zischen wieder auszustoßen.
M drehte seinen Stuhl herum, so daß sie nun einander gegenübersaßen. »Nun?«
Bond bemerkte, daß M's Augen, vor drei Wochen noch so klar und lebendig, jetzt blutunterlaufen und überanstrengt waren. Kein Wunder! Er sagte: »Wenn diese Maschine wirklich überfällig ist, dann ist es Ernst. Ich glaube, die Geschichte ist wahr.«
M sagte: »Auch das Kriegsministerium tut das. Und ich auch.« Er machte eine Pause. »Ja, der Spezialbomber wird vermißt. Und die Lagernummern auf den Bomben sind richtig.«

8

Bond fragte: »Und was geschieht jetzt, Sir?«
»Verdammt wenig, praktisch gar nichts! Niemand hat je von diesen SPECTRE-Leuten gehört. Wir wissen wohl von einer unabhängigen Gruppe, die in Europa arbeitet — wir haben was von ihnen gekauft, desgleichen die Amerikaner, und Mathis gibt jetzt zu, daß Goltz, der französische Spezialist für Schweres Wasser, nachdem er im Vorjahr übergelaufen war, von ihnen für viel Geld ermordet wurde. Das Angebot kam aus heiterem Himmel, Namen wurden keine genannt. Alles über Funk, gleichfalls auf diesen sechzehn Megahertz. Mathis nahm auf gut Glück an, sie machten saubere Arbeit, und er

zahlte – einen Koffer voll Geld neben einer Straßentafel an der N 1. Aber niemand weiß, ob das die SPECTRE-Leute waren. Als wir und die Amerikaner mit ihnen zu tun hatten, gab es Sicherungen noch und noch, wirklich fachmännische, und überdies waren wir ja nur am Resultat interessiert. Wir zahlten eine Unmenge Geld, aber das war es auch wert gewesen. Wenn es damals wirklich SPECTRE war, so sind diese Leute sehr ernst zu nehmen. Das habe ich auch dem Premier gesagt. Aber darum handelt es sich gar nicht. Tatsache ist nur, daß der Bomber samt Fracht vermißt wird und daß alle in dem Brief angegebenen Einzelheiten stimmen. Es passierte über dem Atlantik.« M griff nach einer umfangreichen Mappe und suchte darin. »Ja. Ein Sechsstundenflug von acht bis vierzehn Uhr. Fünf RAF-Leute und ein NATO-Beobachter namens Giuseppe Petacchi, als italienischer Luftwaffenmajor zur NATO abgestellt. Erstklassiger Flieger, aber sie kontrollieren jetzt seine Vergangenheit. Er kam im Dienstweg hierher, denn die Spitzenpiloten der NATO werden seit Monaten mit dem Vindicator und der Abwurftechnik von Atombomben vertraut gemacht. Jedenfalls«, M blätterte um, »die Radar-Leute hatten die Maschine wie üblich auf dem Schirm, und alles ging gut, bis sie in ungefähr 12 000 Metern Höhe westlich Irland war. Da ging sie vorschriftswidrig auf 10 000 Meter herunter und wurde im transatlantischen Verkehr verloren. Da auch die Funkverbindung nicht mehr funktionierte, befürchtete man zunächst einen Zusammenstoß mit einem Transatlantikflugzeug. Aber keine einzige Fluggesellschaft wußte etwas darüber.« M blickte auf Bond. »Und damit war es aus. Der Bomber ist einfach verschwunden.«

Bond sagte: »Hat die amerikanische DEW-Linie nichts bemerkt? Ihr Frühwarnsystem?«

»Nicht mit Sicherheit. Aber es ist die einzige Spur, die wir haben. Und zwar scheint es, als ob 800 Kilometer östlich von Boston ein Flugzeug von der Anflugroute nach Idlewild südwärts abgebogen wäre. Das ist aber die andere große Luftstraße, für den Nord-Süd-Verkehr von Montreal und Gander hinunter nach Bermuda, den Bahamas und weiter nach Südamerika. So haben es die DEW-Beobachter für eine BOAC- oder Transkanada-Maschine gehalten.«

»Sieht wirklich nach verdammt guter Planung aus! Ein Verstecken in den Luftverkehrsstraßen. Hätte das Flugzeug über dem Atlantik nicht auch nördlich abschwenken und nach Rußland fliegen können?«

»Jawohl, und auch südwärts. Es gibt da einen beobachtungsfreien Raum, etwa 800 Kilometer von beiden Küsten entfernt, der außerhalb Radarreichweite liegt. Noch besser hätte es in der eigenen Spur umkehren und nach Europa zurückfliegen können, auf einer der zwei oder drei Luftstraßen. Im Moment kann es tatsächlich fast überall in der Welt sein. So stehen die Dinge!«

»Aber es ist doch ein riesiger Bomber, der Speziallandebahnen und so weiter braucht! Irgendwo muß er doch herunterkommen! Ein Flugzeug dieser Größe kann man doch nicht einfach verstecken!«

»Gewiß, das ist alles richtig. Und die RAF hat bis gestern Mitternacht alle, aber auch wirklich alle in Betracht kommenden Flughäfen der Welt kontrolliert. Ohne Erfolg. Die CAS sagt uns, daß eine Bruchlandung möglich wäre, zum Beispiel in der Sahara, in jeder anderen Wüste, oder auch auf See, im flachen Wasser.«

»Würden da die Bomben nicht explodieren?«

»Nein. Nicht, solange sie nicht scharf gemacht sind. Sogar beim Notwurf, wie 1958 über North Carolina, würde nur der TNT-Auslöser losgehen, nicht das Plutonium.«

»Wie wollen dann die SPECTRE-Leute die Bombe zur Explosion bringen?«

M öffnete die Hände. »Man hat mir das alles im Verteidigungsministerium erklärt. Soviel ich verstanden habe, sieht eine Atombombe wie jede andere Bombe aus. Sie funktioniert so, daß ihr Vorderteil mit gewöhnlichem TNT gefüllt ist, während das Plutonium hinten steckt. Zwischen beiden befindet sich ein Loch, in das eine Sprengkapsel geschraubt wird, so eine Art Dübel. Beim Aufschlag zündet das TNT die Sprengkapsel, die dann ihrerseits die Kettenreaktion auslöst.«

»Man müßte also die Bombe abwerfen!«

»Offenbar nicht. Jemand, der sich auskennt, müßte nur das Vorderteil abschrauben und einen Zeitzünder anbringen, der die Zündung ohne Abwurf besorgt. Dann würde das Ding

schon krepieren. Und es ist gar nicht so groß – man könnte es in einem Golfsack von doppelter Größe unterbringen. Natürlich ist es sehr schwer, aber ein großer Wagen könnte es aufnehmen. Damit könnte man in eine Stadt fahren und ihn bei laufendem Zeitzünder geparkt lassen. Mit zwei Stunden Vorsprung ist man außer Reichweite – gute 150 Kilometer – und die Sache hat sich.«
Bond griff nach einer weiteren Zigarette. Unglaublich – und dennoch wahr! Genau das, was alle Geheimdienste stets befürchtet hatten! Der anonyme kleine Mann im Regenmantel mit dem schweren Koffer – oder mit der Golftasche. Dann die Gepäckaufbewahrung, der geparkte Wagen, das Sträucherdickicht in einem Park. Und kein Mittel dagegen! Wenn dieser erste Fall von Atom-Erpressung nicht verhindert werden konnte, würde sich das herumsprechen, und jeder verbrecherische Wissenschaftler würde mit entsprechender Einrichtung und etwas Schrott das gleiche versuchen. Stoppte man SPECTRE jetzt nicht rechtzeitig, dann blieb nichts übrig, als zu zahlen. Bond sprach es aus.
»Ja, so ungefähr ist die Lage«, bemerkte M. »Und weder der PM noch der US-Präsident würden sich auch nur fünf Minuten länger halten können, wenn etwas schiefginge. Ob wir aber zahlen oder nicht, die Folgen sind gar nicht abzusehen. Deshalb muß alles getan werden, um diese Leute und das Flugzeug aufzuspüren. Darin sind sich auch der PM und der Präsident völlig einig. Jeder Geheimdienstmann in der ganzen Welt, der auf unserer Seite steht, wird in dieses Unternehmen eingespannt. Es hat den Namen ›Unternehmen Feuerball‹. Flugzeuge, Schiffe, U-Boote – und natürlich spielt Geld dabei keine Rolle. Wir können alles anfordern, was wir brauchen. Das Kabinett hat bereits einen Spezialstab gebildet und eine zentrale Befehlsstelle eingerichtet. Jede, auch die geringste Information, geht dorthin. Die Amerikaner haben das gleiche getan. Da sich ein Durchsickern nicht verhindern läßt, wurde ausgestreut, die ganze Panik – denn die Panik ist da – komme von dem Verlust des Vindicator – die beiden Bomben eingeschlossen, was auch immer für ein politisches Hin und Her daraus entsteht. Nur der Brief wird absolut geheimgehalten. Die Detektivroutine – Fingerabdrücke, Brighton,

Briefpapiersorte etc. – besorgt Scotland Yard, unterstützt von FBI, Interpol und dem gesamten NATO-Geheimdienst. Dazu wird nur ein Abschnitt des Briefes freigegeben, dessen Wortlaut belanglos ist. Das alles geschieht aber unabhängig von der Suche nach dem Flugzeug, die als wichtigste Spionagesache angesehen wird. Niemand darf merken, daß die beiden Nachforschungen zusammenhängen. M 15 kümmert sich um das Vorleben aller Besatzungsmitglieder einschließlich des NATO-Italieners – das gehört zur Suche nach dem Flugzeug. Unser Dienst arbeitet mit CIA zusammen, in der ganzen Welt. Dulles setzt jeden Mann ein, den er hat, und ich auch. Soeben habe ich Großalarm gegeben. Im übrigen heißt es abwarten und Tee trinken.«

Bond zündete sich noch eine Zigarette an, die sündhafte dritte in dieser Stunde. Möglichst unbeteiligt sagte er: »Und was habe *ich* dabei zu tun, Sir?«

M blickte Bond so an, als bemerkte er ihn erst jetzt. Dann drehte er seinen Stuhl zurück und starrte wieder durch das Fenster ins Leere. Schließlich sagte er in beiläufigem Ton: »Ich habe soeben mein dem PM gegebenes Wort gebrochen, indem ich Ihnen das alles erzählt habe, 007. Dabei stehe ich unter Eid. Ich habe es nur getan, weil ich eine Idee habe, einen Verdacht, und weil ich will, daß dieser Verdacht von einem« – er zögerte – »verläßlichen Mann verfolgt wird. Es scheint mir, als sei die einzige winzige Spur eben jene DEW-Radarbeobachtung, nach der eine Maschine die Ost-West-Luftstraße über dem Atlantik verlassen und Südkurs auf Bermuda und die Bahamas genommen hat. Ich möchte diese Spur verfolgen, auch wenn sie anderwärts nicht viel Interesse gefunden hat. Aber ich glaube doch, daß ein lohnendes Ziel für Bombe Nr. 1 und auch für Bombe Nr. 2, wenn es Ernst wird, eher in Amerika zu finden ist. Erstens haben die Amerikaner die größere Angst vor Bomben und lassen sich daher leichter überreden, falls Bombe Nr. 2 zum Einsatz kommt. Im weiteren sind Anlagen, die mehr als hundert Millionen Pfund wert sind, in Amerika häufiger als in Europa, und überdies spricht die ganze Abfassung des Briefes und die Verwendung von Briefpapier holländischen Ursprungs sowie die Skrupellosigkeit des Plans für die Annahme, daß SPECTRE eine europä-

ische Organisation ist. Auch das läßt darauf schließen, daß eher ein amerikanisches Ziel in Frage kommt. Das alles, sowie die Voraussetzung, daß der Bomber nicht in Amerika selbst oder vor der amerikanischen Küste gelandet sein kann — dazu ist das Küstenradar dort zu gut —, brachte mich auf die Idee, er könnte auf den Bahamas verborgen sein, auf dieser Inselgruppe mit den vielen unbewohnten Inseln in flachem Wasser, die nur eine einzige, einfache Radarstation für die zivile Luftfahrt besitzen. Der Süden gegen Kuba, Jamaika und die Antillen hin bietet kein lohnendes Ziel, auch wäre diese Ausgangsbasis zu weit von der amerikanischen Küste entfernt. Aber die küstennächste Insel der Bahamagruppe ist nur 300 Kilometer vom Festland entfernt — das sind sechs oder sieben Stunden in einem schnellen Motorboot oder in einer Jacht.«
Bond unterbrach: »Wenn Ihre Annahme stimmt, Sir, warum hat dann SPECTRE seinen Brief an den PM geschickt und nicht an den Präsidenten der USA?«
»Verschleierungsmanöver. Um uns eben das tun zu lassen, was wir jetzt tun: in der ganzen Welt herumjagen, anstatt einen ganz bestimmten Teil davon abzusuchen. Und vielleicht auch, um stärkere Schreckwirkung zu erzielen. Es dürfte SPECTRE klar gewesen sein, daß die Ankunft des Briefes so rasch nach dem Verlust des Bombers uns einen gehörigen Schlag versetzen würde. Vielleicht meinten sie sogar, wir würden ohne weiteres mit dem Geld herausrücken. Denn die nächste Stufe, der Angriff auf Ziel Nr. 1, ist für sie schon ein harter Brocken. Ohne ihn wär' es ihnen lieber, sie möchten ihre Aktion sicher so rasch als möglich abschließen. Daraufhin müssen wir spielen. Wir müssen es soweit wie vertretbar auf den Einsatz der ersten Bombe ankommen lassen, in der Hoffnung, daß etwas sie in den nächsten sechsdreiviertel Tagen verraten wird. Es ist eine schwache Chance, aber ich hoffe auf die Richtigkeit meiner Vermutung und« — M drehte seinen Stuhl herum — *»auf Sie.* Jawohl!« Er blickte Bond scharf an. »Irgendwelche Kommentare? Wenn nicht, dann ziehen Sie lieber gleich los. Sie sind für alle Maschinen nach New York, von jetzt bis Mitternacht, vorgemerkt. Weiteres bei BOAC. Ich dachte auch daran, eine RAF-Canberra zu verwenden, aber ich möchte nicht, daß Ihre Ankunft auffällt. Sie sind nichts als ein reicher

junger Mann, der sich auf den Inseln ankaufen möchte. Das ist ein guter Grund für Sie, sich umzusehen, soviel Sie nur wollen. Ja?«

»In Ordnung, Sir.« Bond erhob sich. »Ich kann mir nicht helfen, aber ich glaube, daß dieses ganze Unternehmen für eine kleine Gruppe zu bedeutend ist. Mir sieht das alles viel mehr nach einem russischen Handstreich aus. Sie haben das Testflugzeug und die Bomben – kein Zweifel, daß sie das haben wollen – und streuen uns mit diesem ganzen SPECTRE-Zirkus Sand in die Augen. Würde SMERSH noch arbeiten, ich hätte gesagt, sie hätten die Finger darin – es wäre ganz ihr Stil. Aber das können ja unsere Ost-Abteilungen herauskriegen. Sonst noch etwas, Sir? Mit wem arbeite ich in Nassau zusammen?«

»Der Gouverneur weiß von Ihrem Kommen. Außerdem gibt's dort eine gutgeschulte Polizei, und CIA schickt vermutlich einen guten Mann mit Funkausrüstung. Von dem Apparatezeug haben die ja mehr als wir. *Sie* nehmen eine Chiffriermaschine mit Triple-X-Einstellung mit. Ich will jedes Detail erfahren, alles an mich persönlich!«

»Sehr wohl, Sir.« Bond verließ den Raum. Da gab es nichts mehr zu sagen. Es sah so aus, als wäre das der größte Auftrag, den der Geheimdienst je erhalten hatte. Und ausgerechnet jetzt würde er, Bond, in der hintersten Reihe stehen! Denn er hielt nicht viel von M's Vermutung. Aber bitte schön: er würde sich braunbrennen lassen und dem Schauspiel von den Kulissen aus beiwohnen.

Als Bond mit der netten ledernen Chiffrierkassette, die ebensogut eine teure Filmkamera hätte enthalten können, aus dem Gebäude trat, hörte der Mann in dem hellen Volkswagen auf, sich die Brandkrusten unterm Hemd zu scheuern, lockerte zum zehntenmal den langläufigen 45er in der Schulterhalfter, ließ den Motor anspringen und kuppelte ein. Er stand zwanzig Meter hinter Bonds geparktem Bentley und hatte keine Ahnung, vor welchem Gebäude er hielt. Von der Rezeption in *Shrublands* hatte er lediglich Bonds Wohnadresse erfahren und ihn seit seiner Entlassung aus dem Krankenhaus in Brighton sorgfältig beschattet. Der Wagen war unter falschem

Namen gemietet, nach Ausführung des Vorhabens würde er geradewegs zum Londoner Flughafen fahren und das erstbeste Flugzeug zum Kontinent nehmen. Für den Sanguiniker Graf Lippe war diese Abrechnung kein Problem. Rücksichtslos und rachsüchtig wie er war, hatte er im Leben schon viele Leute beseitigt. Seiner Ansicht nach würde SPECTRE nichts gegen diese Privataktion haben. Überdies hatte ihm das in der Klinik mitgehörte Telefongespräch bewiesen, daß seine Tarnung in Gefahr war.
Bond stieg in seinen Wagen und schlug die Tür zu. Unteragent G sah den blauen Rauch aus dem Doppelauspuff und fuhr an.
Auf der anderen Straßenseite, hundert Meter hinter dem Volkswagen, zog SPECTRE Nr. 6 die Motorradbrille übers Gesicht, kuppelte die 500er »Triumph« ein und sauste die Straße hinunter. Geschickt fuhr er durch den Verkehr — er war einmal Testfahrer bei DKW gewesen — und hielt sich dann zehn Meter hinter dem Volkswagen, gerade außerhalb des Rückspiegelfeldes. Er wußte nicht, weshalb Unteragent G den Bentley verfolgte. Sein Auftrag lautete bloß, den Volkswagenfahrer zu töten. So langte er in den Ledersack, den er vor sich über der Schulter trug, und griff nach der überschweren Handgranate. Dabei beobachtete er den Verkehr vor sich, um den Moment der günstigsten Fluchtmöglichkeit abzuwarten. Unteragent G hielt nach der gleichen Möglichkeit Ausschau. Auch er achtete auf den Laternenabstand auf dem Gehsteig, um, falls er blockiert würde, aus der Fahrbahn ausbrechen zu können. Jetzt waren nur wenige Wagen vorn! Er trat aufs Pedal, fuhr nur mit der Linken weiter und zog den Colt. Jetzt war er auf Höhe der hinteren Stoßstange des Bentley — jetzt fuhr er auf gleicher Höhe mit ihm! Das dunkle Profil bot ein gutes Ziel. Noch ein Blick nach vorn, und er hob den Revolver. Das Rattern des luftgekühlten Volkswagenmotors ließ Bond den Kopf wenden. Die kleine Bewegung rettete ihn. Hätte er jetzt Gas gegeben, dann wäre er in den zweiten Schuß hineingefahren. Aber ein glücklicher Instinkt ließ ihn auf die Bremse steigen und den Kopf so rasch ducken, daß er mit dem Kinn am Hupenknopf aufschlug. Fast im selben Moment erfolgte statt eines dritten Schusses eine Detonation, bei der ihm die

Reste seiner schon zerschossenen Windschutzscheibe um die Ohren flogen. Der Bentley stand mit blockiertem Motor da, man hörte scharfe Bremsgeräusche, Geschrei und aufgeregtes Hupen. Bond bewegte den Kopf und hob ihn vorsichtig: der Volkswagen lag quer vor dem Bentley auf der Seite, ein Rad drehte sich noch, das Dach war fast ganz weggeblasen. Halb auf die Fahrbahn hing eine entsetzlich glitzernde Masse, und in den aufzüngelnden Flammen begann die Wagenfarbe Blasen zu ziehen. Inmitten des Menschenauflaufs riß Bond sich zusammen, sprang aus dem Wagen und schrie: »Zurück! Der Benzintank explodiert!« Noch in seine Worte tönte der dumpfe Knall, und aus einer Wolke schwarzen Qualms loderten die Flammen. Fern heulten Sirenen auf, und Bond bahnte sich einen Weg durch die Menge, um zum Ausgangspunkt seiner Fahrt zurückzuhasten.

Durch die Untersuchung versäumte Bond zwei Maschinen nach New York. Nachdem die Polizei den Brand gelöscht, die Reste untersucht und die Leiche zum Schauhaus gebracht hatte, stellte sich heraus, daß nur die Schuhe, die Waffennummer, ein paar Kleiderfetzen und der Wagen Anhaltspunkte boten. Beim Autoverleih erinnerte man sich nur eines Mannes mit dunklen Gläsern, eines Führerscheins auf den Namen Johnston und einer Handvoll Fünfpfundnoten. Der Wagen war vor drei Tagen für eine Woche gemietet worden. Dann entsannen sich viele Passanten eines Motorradfahrers, der keine Nummerntafel gehabt zu haben schien und fledermausgleich in Richtung Baker Street verschwunden war. Motorradbrille, mittelgroß. Sonst nichts.

Auch Bond hatte nicht viel auszusagen: das Dach des Volkswagens hatte den Mann verdeckt. Eine Hand und das Schimmern der Waffe, das war so ziemlich alles gewesen.

Der Geheimdienst verlangte eine Kopie des Polizeirapports, und M gab Auftrag, sie zur »Feuerball«-Befehlsstelle zu schicken. Er sah Bond nochmals kurz und war verärgert, als ob das alles dessen Schuld gewesen wäre. Dann riet er, die Sache zu vergessen, sie habe wohl noch mit einem der vergangenen Fälle zu tun, das werde die Polizei schon herauskriegen. Das einzig Wichtige sei jetzt die Aktion »Feuerball«, und Bond solle endlich machen, daß er weiterkomme.

9

Für SPECTRE verlief »Operation Omega« genau nach Plan – wie Blofeld vorausgesehen hatte. Die Phasen I bis III waren zeitgerecht und störungsfrei abgeschlossen worden.
Giuseppe Petacchi, der tote Giuseppe Petacchi, hatte sich als richtiger Griff erwiesen. Mit achtzehn war er Copilot einer Focke-Wulf 200 bei der adriatischen U-Boot-Jagd gewesen und somit einer der ganz wenigen Italiener, die diese deutsche Maschine fliegen durften. Als das Schlachtenglück in den italienischen Bergen sich den Alliierten zuzuwenden begann, war seine Gruppe soeben mit den neuesten Hexogen-Wasserbomben ausgerüstet worden. Petacchi folgte diesem Fingerzeig und machte sich selbständig: während eines Aufklärungsfluges schoß er Pilot und Navigator hinterrücks nieder und brachte das große Flugzeug im Tiefflug – um der Flak zu entgehen – in den Hafen von Bari. Von Engländern und Amerikanern für diese Tat ausgezeichnet und für die Auslieferung der neuen Wasserbombe mit 10 000 Pfund belohnt, galt er zu Ende des Krieges als einer der mutigsten Widerstandskämpfer Italiens. Von da an war das Leben leicht: erst war er Pilot, dann Flugkapitän bei Alitalia, später wieder bei der neuen italienischen Luftwaffe, diesmal im Majorsrang.
Es folgte die Abstellung zur NATO und seine Ernennung zu einem jener sechs Italiener, die dem Angriffsgeschwader zugeteilt wurden. Aber er war jetzt 34 und hatte vom Fliegen genug. Besonders mißfiel es ihm, der ersten Angriffswelle anzugehören. Sollten doch jüngere die Helden spielen! Sein Leben lang hatte er eine Leidenschaft für teure Dinge gehabt und besaß auch das meiste, was er sich wünschte. Jetzt aber wünschte er sich einen Maserati 3500 GT mit Ghia-Karosserie, den er beim Mailänder Autosalon gesehen hatte. Und außerdem wollte er hinaus – hinaus aus diesen fahlgrünen Korridoren der NATO, hinaus aus der Luftwaffe, fort in neue Umgebungen mit einem neuen Namen. Rio de Janeiro, das klang gerade richtig! Aber das bedeutete einen neuen Paß, sehr viel Geld – und eine Chance!
Diese Chance wurde ihm eines Abends von einem Italiener namens Fonda geboten – damals SPECTRE Nr. 4 –, der

durch Herumhorchen in Pariser und Versailler Restaurants und Nachtlokalen auf Petacchi aufmerksam geworden war. Einen ganzen Monat hatte das sorgfältige Auslegen und Vorschieben des Köders erfordert – und dann hatte die Gier, mit der er geschluckt wurde, Nr. 4 beinahe aus der Fassung gebracht. Es gab eine Verzögerung, bis SPECTRE die Möglichkeit einer Täuschung geprüft hatte, aber schließlich bekam Nr. 4 grünes Licht und konnte Petacchi das vollständige Angebot vorlegen. Ihm zufolge sollte er die Vindicator-Ausbildung mitmachen und das Flugzeug entführen. Die Atombomben wurden überhaupt nicht erwähnt. Es handle sich lediglich um eine Gruppe kubanischer Revolutionäre, die durch solch dramatische Selbstreklame auf sich und ihre Ziele aufmerksam machen wollten. Aber Petacchi war es vollständig gleichgültig, wer das Flugzeug haben wollte, wenn er nur sein Geld bekam. Die angebotene Dollarmillion nebst Paß mit Namen und Nationalität nach Wunsch war ihm vollauf genug. Vom Punkt der Ablieferung aus sollte er sofort nach Rio de Janeiro weiterbefördert werden. In der Folgezeit war noch eine Unzahl Details zu besprechen und zu erledigen, doch als am Abend des 2. Juni um Punkt acht Uhr der Vindicator die Rollbahn hinaus und über St. Alban's Head in die Luft heulte, war Petacchi zwar gespannt, aber zuversichtlich.

Für die Ausbildungsflüge waren gleich hinter der Kanzel im geräumigen Rumpf zwei Zivilflugzeugsitze montiert worden, und Petacchi saß nun eine volle Stunde lang still und beobachtete die fünf mit den zahlreichen Skalen und Instrumenten beschäftigten Männer vor sich. Als die Reihe zu steuern an ihn kam, war er schon gewiß, ohne die fünf auskommen zu können. Nach Einstellung der automatischen Steuerung würde er nur wach bleiben und in Abständen die Flughöhe kontrollieren müssen: jene 10 700 Meter, gerade oberhalb der transatlantischen Luftstraße. Kritisch würde nur das Einschwenken vom West- auf den Südkurs in Richtung Bahamas sein – aber das war alles vorbereitet, jeder Handgriff war in dem Notizbuch in seiner Brusttasche vorgeschrieben. Die Landung würde freilich starke Nerven erfordern, aber für eine Million Dollar würden sie schon stark bleiben!

Zum zehntenmal blickte Petacchi auf die Uhr: jetzt! Er pro-

bierte die Sauerstoffmaske und legte sie bereit. Dann zog er den kleinen rotberingten Zylinder aus der Tasche und vergewisserte sich, mit wieviel Drehungen das Auslaßventil zu öffnen sei. Er steckte ihn wieder zu sich und begab sich in die Kanzel. »Hallo, Seppy. Gefällt's dir?« Der Pilot konnte den Italiener gut leiden, sie hatten ein paar gemeinsame, recht turbulente Ausgangsabende in Bournemouth hinter sich.
»Gut, sehr gut.« Petacchi stellte einige Fragen, kontrollierte den automatischen Kurs, die Fluggeschwindigkeit und -höhe. Alle in der Kanzel waren jetzt entspannt und ein wenig schläfrig. Noch fünf Flugstunden! Petacchi, den Rücken zu dem metallenen Kartenhalter mit Logbuch und Karten, langte in die Tasche, fühlte nach dem Auslaßventil und machte drei ganze Umdrehungen. Dann nahm er den Zylinder heraus und ließ ihn unbemerkt hinter die Bücher gleiten.
Er streckte sich, gähnte: »Zeit für ein Nickerchen!« Freundlich und leicht kam das Dialektwort über seine Lippen.
Der Navigator lachte: »Nickerchen – wie heißt das auf italienisch? Nickelino?«
Petacchi grinste gut gelaunt, ging durch die offene Tür zurück zu seinem Sitz, streifte die Sauerstoffmaske über und drehte den Regler auf hundert Prozent Sauerstoff, um das Eindringen von Luft zu verhindern. Dann machte er sich's bequem und beobachtete.
Wie es hieß, würde es keine fünf Minuten dauern. Ja, gewiß: nach zwei Minuten griff sich der dem Kartenhalter zunächst sitzende Navigator an die Kehle und sank mit einem schauerlichen Gurgeln vornüber. Der Funker riß die Hörer vom Kopf, wollte nach vorn eilen, war aber beim zweiten Schritt schon auf den Knien. Er wankte und brach zusammen. Jetzt begannen auch die drei übrigen nach Luft zu ringen, kurz und schrecklich. Copilot und Bordmechaniker rutschten verkrümmt von ihren Sitzen, klammerten sich aneinander und fielen dann ausgestreckt nach hinten. Der Pilot griff nach dem Mikrophon über seinem Kopf, sagte etwas Unverständliches, stand halb auf, drehte sich langsam herum, so daß seine bereits brechenden, hervorquellenden Augen in die Petacchis zu starren schienen – und stürzte über dem Körper des Copiloten zusammen.

Petacchi sah nach der Uhr. Genau vier Minuten! Geben wir ihnen noch eine. Als sie um war, zog er sich seine Gummihandschuhe über, drückte die Sauerstoffmaske fest, ging nach vorn, langte in den Kartenhalter und schloß das Ventil des Cyanidzylinders. Er kontrollierte die Flugautomatik und regulierte die Druckanlage, um das Giftgas ausströmen zu lassen. Dann kehrte er zu seinem Sitz zurück, um die vorgeschriebenen fünfzehn Minuten abzuwarten.

Sie hatten gesagt, fünfzehn Minuten würden genügen, aber er gab noch zehn dazu und begann erst dann mit dem Herausschaffen der Leichen aus der Kanzel. Als die Kanzel endlich leer war, zog er eine Phiole hervor, entkorkte sie und streute daraus Kristalle auf den Kabinenboden. Da sie ihre weiße Farbe behielten, zog er die Sauerstoffmaske ab und probierte vorsichtig einen Atemzug. Kein Geruch. Als er sich aber an die Steuerung setzte, das Flugzeug auf 10 700 Meter herunterdrückte und leicht nach Westnordwest steuerte, um in die Luftverkehrsstraße zu kommen, behielt er die Maske noch auf.

Der Riesenvogel rauschte weiter durch die Nacht. In der von den gelben Augen der Skalenscheiben schwacherleuchteten Kanzel war es still und warm. Nur ein leises Summen erfüllte den Raum. Eine Tankpumpe mußte nachgestellt werden. Die Düsenrohrtemperaturen waren normal.

Zufrieden setzte Petacchi sich im Pilotensitz zurecht, schluckte eine Benzedrintablette und dachte an die Zukunft. Einer der herumliegenden Kopfhörer begann laut zu zwitschern.

Petacchi sah nach der Uhr. Klar! Die Luftkontrolle Boscombe versuchte, die Vindicator zu erreichen: der dritte ihrer halbstündigen Kontrollrufe war nicht mehr gekommen. Wie lange würden sie wohl warten, ehe sie den Luft-See-Rettungsdienst, das Bomberkommando und das Luftfahrtministerium alarmierten? Gleichviel: nach all den zu erwartenden Kontroll- und Rückrufen würde er schon weit über dem Atlantik sein.

Das Zwitschern in den Hörern verstummte. Petacchi stand auf und blickte auf den Radarschirm. Eine Zeitlang beobachtete er das gelegentliche Aufleuchten der von ihm überholten Flugzeuge. Unwahrscheinlich, daß sie ihn bemerkten. Das Radar der Verkehrsmaschinen hatte ein enges, nur auf die Flugrichtung beschränktes Blickfeld. Mit Sicherheit würde er erst bemerkt werden, wenn er die Linie der Frühwarnungs-Abwehr kreuzte, und dort würden die DEW-Leute ihn wahrscheinlich als Düsenverkehrsmaschine registrieren, die ihre normale Flughöhe überschritten hatte.

Nach vier Stunden wußte er, nun würde bald die amerikanische Küste auf dem Schirm erscheinen. Er stand auf und sah nach: jawohl, da war sie! Auf 800 Kilometer Entfernung scharf umrissen. Die Ausbuchtung mußte Boston sein, die silberne Linie der Hudson. Das machte jede weitere Positionskontrolle mit den Wetterschiffen Delta und Echo da unten unnötig. Er lag genau auf Kurs. Bald würde es Zeit sein, ihn zu ändern.

Petacchi ging wieder zu seinem Sitz, nahm eine weitere Benzedrintablette und sah auf der Karte nach. Er legte die Hände auf die Steuerung und beobachtete den schwachen Schein des Kreiselkompasses. Jetzt! Er nahm die Maschine in einer ziemlich engen Kurve herum, stellte sie wieder gerade und regulierte die Automatik auf den neuen Kurs ein. Er flog nun genau nach Süden, das letzte Teilstück. In drei Stunden mußte er hinunter.

Es wurde allmählich Zeit, sich über die Landung Gedanken zu machen.

Petacchi nahm das kleine Notizbuch heraus. »Achten Sie auf die Lichter von Groß-Bahama an Backbord und Palm Beach an Steuerbord. Navigationshilfe erhalten Sie von der Jacht – kurz kurz lang – kurz kurz lang. 15 Minuten vor Landung Treibstoff ablassen, auf etwa 300 m hinuntergehen. Geschwindigkeit mit Luftbremsen verringern, noch tiefer gehen. Auf rotes Signalfeuer achten, Landeklappen erst bei Kontrollhöhe von ca. 140 Knoten heraus. Wassertiefe etwa 12 m. Sie haben genügend Zeit, um durch den Notausstieg ins Freie zu kommen. Die Jacht von Nr. 1 nimmt Sie auf. Um 8.30 des nächsten Tages haben Sie eine Kursmaschine der Bahama Airways nach Miami, von dort ein Braniff- oder Real-Airlines-Flugzeug. Nr. 1 händigt Ihnen das Geld nach Wunsch in Tausenderscheinen oder Travellerschecks aus. Ihr Paß lautet auf Enrico Valli, Direktor einer Handelsgesellschaft.«

Petacchi kontrollierte Position, Kurs und Geschwindigkeit.

Nur noch eine Flugstunde! Es war drei Uhr westeuropäischer Zeit, 21 Uhr Nassauzeit. Der Vollmond ging auf und machte aus der 3000 Meter tiefer liegenden Wolkendecke ein Schneefeld. Petacchi löschte die Kollisionslichter an Tragflächen und Rumpf, dann kontrollierte er den Treibstoff: 7500 Liter einschließlich der Reservetanks. 2000 brauchte er noch für die letzten 600 Kilometer. Er öffnete das Auslaßventil der Reservetanks und verlor 4000 Liter. Das Flugzeug begann langsam zu steigen, und er korrigierte wieder auf 10 700 Meter. Noch zwanzig Minuten zu fliegen – Zeit, nach und nach tiefer zu gehen.

Blind tauchte er hinab durch die Wolkendecke und erblickte plötzlich tief unten die spärlichen Lichter von Nord- und Südbimini gegen die im Mondlicht silbrig schimmernde See. Der Wetterbericht aus Vero Beach auf dem amerikanischen Festland hatte recht behalten: »Windstille, leichte Luftströmung aus Nordost, gute Sicht, keine Änderung des herrschenden Wettercharakters.« Die Prognose des schwächeren Senders Nassau war gleichlautend gewesen. Es würde also alles in Ordnung gehen! Petacchi stellte sein Kommandogerät auf Kanal 67 ein, um den Funkleitstrahl von Nr. 1 aufzufangen. Nach einigem Suchen – er erschrak, als er ihn nicht sofort hereinbekam – erwischte er ihn, schwach aber deutlich: kurz kurz lang – kurz kurz lang ... Nun war es Zeit! Petacchi nahm Geschwindigkeit weg und drehte die vier Düsentriebwerke ab. Das große Flugzeug ging in flachem Bogen hinunter. Der Radiohöhenmesser gab warnend Laut, Petacchi blickte auf ihn und auf die silbrige See unter sich. Für Augenblicke verlor er den Horizont angesichts der starken Rückstrahlung des mondbeschienenen Wassers. Dann war er direkt über einer kleinen dunklen Insel. Der Höhenmesser zeigte 600 Meter an. Petacchi fing den flachen Gleitflug ab und stellte die Maschine gerade.

Der Signalton von Nr. 1 kam jetzt laut und klar herein. Bald mußte das rote Leuchtfeuer in Sicht sein. Da war es schon, vielleicht acht Kilometer entfernt, gerade voraus! Petacchi ging abermals tiefer. Jeden Moment mußte der Aufprall erfolgen, es würde schon nichts passieren! 150 Meter, hundert, fünfzig ... Jetzt kamen die Umrisse der unbeleuchteten Jacht in

sein Blickfeld. Er flog genau auf das rote Leuchtfeuer zu. Würde er darauf auftreffen? Wenn schon! Langsam tiefer, noch tiefer, noch tiefer ... Der Bauch des Flugzeugs bekam plötzlich einen Stoß – und hinauf mit der Nase! Krachend schlug die Maschine auf dem Wasser auf, machte noch einen Satz ... und kam mit einem weiteren Krachen zur Ruhe.
Petacchi löste die verkrampften Finger von der Steuerung und starrte benommen durch die Scheibe auf den Gischt und den Wellenschlag. Bei Gott, es war ihm gelungen! Er, Giuseppe Petacchi, hatte es geschafft!
Jetzt würde gleich der Beifall kommen ... und dann die Belohnung!
Während das Flugzeug langsam absackte und aus den untertauchenden Düsen der Dampf zischte, ertönte von hinten das krachende Reißen und Brechen des geborstenen Hecks. Petacchi stieg zurück in den Rumpf. Schon quirlte es naß um seine Füße. Weiß schimmerte das einfallende Mondlicht auf dem emporstarrenden Gesicht einer der Leichen, über die das Wasser schon hinwegspülte. Petacchi zerschlug die Schutzscheibe zum seitlichen Notausstiegsgriff und drückte den Hebel nach unten. Die Tür fiel nach außen, er stieg durch die Öffnung und schritt die im Mondlicht schimmernde Tragfläche entlang.
Die große Jolle war fast schon längsseits. Sechs Mann saßen darin. Petacchi winkte und rief überschwenglich hinüber. Einer der Männer winkte Antwort, aber all diese mondbleichen Gesichter blickten nur in stummer Neugier zu ihm herauf.
Das Boot legte an der Tragfläche an, die schon fast ganz unter Wasser stand. Ein Mann kletterte heraus und kam auf ihn zu. Er war klein, dick und starrte geradeaus. Langsam, breitbeinig balancierend, kam er näher, die Linke in den Gürtel gehakt.
Überglücklich sagte Petacchi: »Guten Abend, guten Abend. Ich soll hier ein Flugzeug abliefern, habe es gleich mitgebracht, in erstklassigem Zustand.« (Er hatte sich diesen Spaß schon auf dem Fluge zurechtgelegt.) »Bitte, wenn Sie hier unterschreiben wollen ...« Er streckte die Hand aus.
Der Mann von der Jolle erfaßte die Hand mit starkem Griff,

stemmte sich ein und riß Petacchi so scharf an sich, daß dessen Kopf hochruckte. Er sah mitten in den Mond, während das Stilett aufblitzte und unter seinem Kinn durch die Mundhöhle in sein Gehirn drang. In den Moment seiner Überraschung zuckte nur noch ein brennender Schmerz und eine Explosion blendenden Lichts.

Der Mörder ließ das Messer einen Augenblick in der Wunde stecken, sein Handrücken spürte Petacchis Bartstoppeln, dann ließ er den toten Körper auf den Flügel gleiten und zog das Messer heraus. Sorgfältig spülte er es im Meerwasser ab, wischte die Klinge an Petacchis Rücken trocken und steckte es weg. Dann zerrte er die Leiche bis zum Flugzeugrumpf und ließ sie neben der Notluke ins Wasser klatschen.

Der Mörder watete zurück zu der wartenden Jolle und hob schweigend den Daumen. Jetzt hatten vier Mann ihre Aqualungen angelegt und schwangen sich einer nach dem andern, mit einem letzten Nachstellen ihrer Atemmaske, schwerfällig über die Bordwand des schwankenden Bootes, um im blasigen Schaum zu versinken. Als der letzte untergetaucht war, ließ der Mann beim Motor vorsichtig einen riesigen Unterwasserscheinwerfer ins Wasser und spulte das Kabel ab. Dann schaltete er das Licht ein, und die See und der große sinkende Flugzeugrumpf erstrahlten in einem Schleier von Licht. Während das Kabel weiter abrollte, fuhr das Boot aus dem Sogbereich der sinkenden Maschine. Dann hielt es an, und der Mann stellte den Motor ab. Er griff in seinen Overall und zog ein Paket Camel hervor. Er bot dem Mörder eine an. Der Mörder nahm sie, brach sie sorgfältig in zwei Hälften, steckte die eine hinters Ohr und zündete die andere an.

Der Mörder war ein Mann, der seine Schwächen im Zaum hatte.

10

An Bord der Jacht setzte Nr. 1 seine Nachtgläser ab, zog ein Charvet-Taschentuch aus der Brusttasche seiner weißen Leinenjacke und tupfte sich Stirn und Schläfen ab. Der Moschusduft von Schiaparellis »Snuff« beruhigte ihn, erinnerte ihn an die angenehmen Seiten des Lebens, an Dominetta, die sich wohl eben jetzt mit den liederlichen, aber sonst recht lustigen Saumurs und deren ebenso frivolen Gästen zum Dinner setzte. In Nassau hielt man sich an die spanischen Essenszeiten, und so waren die Cocktails erst gegen zehn Uhr zu Ende. Er dachte an die ersten Spiele, die nun im Kasino bereits in Gang sein würden, an die Kalypsos, die aus den Bars und Nachtlokalen der Bay Street in die Nacht hinausdröhnten. Er steckte das Taschentuch wieder ein: auch dies hier hatte seine guten Seiten. Eine wundervolle Unternehmung! Wie ein Uhrwerk! Er sah auf die Uhr. Genau 10 Uhr 15. Nur knappe dreißig Minuten Verspätung hatte das Flugzeug gehabt. Eine unangenehme Wartezeit zwar, aber die Landung war tadellos gewesen. Vargas hatte den italienischen Piloten – wie hieß er doch gleich – rasch und gut erledigt, so daß ihre Verspätung jetzt nur mehr fünfzehn Minuten betrug. Und wenn die Bergungsmannschaft keine Schneidbrenner brauchte, um die Bomben herauszukriegen, würden sie auch das bald eingeholt haben. Nr. 1 verließ die Brücke und begab sich in die Funkerkabine. Dort roch es nach Schweiß und Spannung. »Etwas vom Kontrollturm Nassau? Eine Meldung über ein tieffliegendes Flugzeug? Über einen möglichen Absturz bei Bimini? – Dann geben Sie weiter acht. Verbinden Sie mich aber vorher mit Nr. 2. Bitte rasch!« Nr. 1 zündete sich eine Zigarette an und sah zu, wie das Gehirn der Jacht zu arbeiten begann, den Äther abtastete, belauschte, durchforschte. Der Funker spielte spinnenfingrig mit den Knöpfen, wartete, kontrollierte, hastete weiter auf den Wellenbändern der Welt. Jetzt hielt er an, stimmte sorgfältig ab und hob den Daumen. Nr. 1 sprach in das kleine kugelförmige Mikrophon: »Hier spricht Nr. 1.«
»Hier Nr. 2. Ich höre.« Die Stimme klang hohl, einmal stärker, dann wieder schwindend, aber es war eindeutig Blofelds Stimme. Nr. 1 kannte sie besser als die seines Vaters.

»Vollzugsmeldung 10 Uhr 15. Nächste Phase 10 Uhr 45. Wir machen weiter. Ende.«
»Danke. Ende.« Das Geräusch verstummte. Die Verbindung hatte 45 Sekunden gedauert, zu kurz für jedes Mithören auf dieser Wellenlänge.
Nr. 1 ging durch die große Passagierkabine hinunter in den Laderaum. Dort saßen rauchend die vier Männer der Gruppe B herum, die Aqualungen neben sich. Die breite Unterwasserluke gerade überm Kiel der Jacht war offen. Das von dem weißen Sandgrund reflektierte Mondlicht drang durch das zwei Meter tiefe Wasser im Laderaum. Neben den Männern lag in einem dicken Packen eine auf hellbraunem Grund dunkelgrün- und braungefleckte Plane. Nr. 1 trat hinzu und sagte: »Alles klappt bestens. Der Bergungstrupp ist schon an der Arbeit und dürfte bald fertig sein. Was ist mit dem Wagen und dem Schlitten?«
Einer der Männer wies mit dem Daumen zum Meeresgrund. »Da unten, auf dem Sand. So geht's schneller.«
»Das stimmt.« Nr. 1 wies auf eine kranartige Vorrichtung, die in den Laderaum herabhing. »Hat der Ladebaum die Belastung ausgehalten?«
»Die Kette könnte das Doppelte aushalten.«
»Und die Pumpen?«
»Sind in Ordnung. Sie pumpen das Wasser in sieben Minuten hinaus.«
»Gut. Also, nur mit der Ruhe. Es wird eine lange Nacht.«
Nr. 1 kletterte über die Eisenleiter wieder an Deck und begab sich in den Kartenraum.
Emilio Largo, Nr. 1, war ein großer Mann von auffallend gutem Äußeren, etwa vierzig. Er war Römer und sah wie ein Römer der Antike aus. Das einzige, was dieses schöne Centuriogesicht beeinträchtigte, waren die überlangen Koteletten und das allzu sorgfältig gewellte, pomadeglänzende schwarze Haar. Der starkknochige Körper zeigte keinerlei Fettansatz — Largo war ein Schwimmer von fast olympischer Klasse und hatte erst vor einem Monat die Wasserskimeisterschaft für Senioren in Nassau gewonnen. Seine Hände hatten beinahe doppelte Normalgröße und wirkten jetzt, da sie mit Lineal und Stechzirkel auf der Karte hantierten, fremd, schienen nicht

zu ihrem Besitzer zu gehören. Hinter Largos Tätigkeit standen immer ein kühler Verstand und hervorragende Schlauheit, angefangen von seinem Nachkriegsdebut als Organisator des Schwarzmarkts in Neapel über fünf ertragreiche Schmuggeljahre in Tanger, weitere fünf als führender Kopf hinter der Reihe großer Juwelendiebstähle an der französischen Riviera bis zu den letzten fünf mit SPECTRE. Immer war er erfolgreich gewesen, immer hatte er den richtigen Schritt vorausgesehen. Er war der Inbegriff des Gentlemanverbrechers – ein Mann von Welt, ein Frauenliebling und Lebenskünstler; er hatte Zutritt zur Gesellschaft von vier Kontinenten und war der letzte Sproß einer einst berühmten römischen Familie, deren Vermögen er, wie er sagte, geerbt hatte; der ideale Mann für den Posten des obersten Leiters von »Operation Omega«.

Jemand von der Besatzung klopfte und trat ein. »Eben wurde das Signal gegeben. Der Wagen mit dem Schlitten ist unterwegs.«

Ein kleiner Lichtwurm kroch unter Wasser auf die Jolle zu. Er rührte von einem Zwei-Mann-Unterwasserwagen her, wie sie die Italiener während des Krieges verwendet hatten, nur in verbesserter Form. Er schleppte einen Unterwasserschlitten zur Beförderung schwerer Objekte auf dem Meeresgrund. Der Lichtwurm verschmolz mit dem Schein des Scheinwerfers und tauchte Minuten später auf seinem Rückweg zur Jacht wieder auf. Jeder andere wäre nun in den Laderaum hinuntergestiegen, um Zeuge des Eintreffens der beiden Atombomben zu sein. Largo tat nichts dergleichen. Nach einiger Zeit erschien das kleine Frontlicht wieder, zum zweitenmal auf dem Hinweg. Jetzt trug der Schlitten sicherlich schon die riesige Plane in den Tarnfarben des Grundes, mit der das Flugzeugwrack bedeckt werden sollte. Nach Beendigung der Bergungsarbeiten würde diese Tarnplane mit Eisenpflöcken fixiert werden.

Ein Lichtreflex blinkte nicht weit von der Jolle auf dem Wasser auf, dann wieder einer – und noch einer! Die Männer tauchten auf, wobei das Glas ihrer Masken den Mond widerspiegelte. Sie schwammen zum Boot – es waren alle acht – und kletterten schwerfällig hinein. Der Maschinist und der

Mörder halfen ihnen aus ihren Apparaten, das Unterwasserlicht erlosch, und statt des Generatorenratterns wurde das gedämpfte Heulen des Johnston-Zwillingsmotors hörbar. Rasch kam das Boot der Jacht näher, wo die Derrick-Arme schon bereit waren: sobald alles festgemacht war, hievten sie es mit schrillem Kreischen samt den Insassen an Bord.

Der Kapitän trat an Largos Seite. Er war ein grobschlächtiger Mann, wegen Trunkenheit und Insubordination aus der kanadischen Marine ausgestoßen, Largo aber sklavisch ergeben, seit dieser ihn eines Tags in die Kabine beordert und wegen Widersprechens einen Stuhl auf seinem Kopf zerschlagen hatte.

Diese Art von Disziplin hatte er verstanden. Jetzt sagte er: »Der Laderaum ist klar. Fahren wir ab?«

»Ist bei beiden Mannschaften alles zufriedenstellend verlaufen?«

»Sie sagen ja. Keinerlei Störung.«

»Sorgen Sie dafür, daß jeder seinen Whisky bekommt und sich hinlegt. In ungefähr einer Stunde müssen sie wieder hinunter. Außerdem soll Kotze auf ein Wort zu mir kommen. In fünf Minuten fahren wir los.«

»Okay.«

Die Augen des Physikers Kotze glänzten fiebrig im Mondlicht. Um den Mann zu beruhigen, sagte Largo gut gelaunt: »Nun, mein Freund, wie gefällt Ihnen Ihr Spielzeug? Haben Sie jetzt alles, was Sie wollten?«

Kotzes Lippen bebten vor Aufregung, ja, er schien den Tränen nahe. Mit hoher Stimme sagte er: »Es ist unglaublich! Sie machen sich keinen Begriff! Das sind Waffen, wie ich sie nie erträumt habe. Und von einer Einfachheit, einer Sicherheit! Sogar ein Kind könnte gefahrlos damit umgehen!«

»Waren die Körbe groß genug? Und haben Sie Platz genug für Ihre Arbeit?«

»Jawohl, ja.« Kotze klatschte fast in die Hände vor Begeisterung. »Es gibt gar keine Probleme, überhaupt keine. Das Entfernen der Zünder erfordert fast keine Zeit, und sie lassen sich ohne weiteres durch einen Zeitzünder ersetzen. Maslow schneidet bereits die neuen Gewinde. Ich nehme Bleischrauben, sie sind leichter einzupassen.«

»Und die beiden Atomzünder, von denen Sie mir erzählt haben? Sind sie verläßlich? Wo haben die Taucher sie gefunden?«
»In einer Bleikassette unter dem Pilotensitz. Ich habe sie kontrolliert. Es wird ganz einfach sein, wenn es soweit ist. Natürlich verwahren wir sie gesondert. Die Gummisäcke sind dafür ausgezeichnet geeignet, genau das, was wir brauchen. Sie sind vollkommen wasserdicht, ich habe mich überzeugt.«
»Keine Strahlungsgefahr?«
»Jetzt nicht. Es ist alles in Bleikästen.« Kotze zuckte die Achseln. »Möglich, daß ich etwas erwischt habe, während ich mir an den Monstren zu schaffen machte, aber ich hatte Schutzkleidung angelegt. Sollten sich Symptome zeigen, so weiß ich ohnehin, was ich zu tun habe.«
»Sie sind ein mutiger Mann, Kotze. *Ich* komme den verdammten Dingern bestimmt nicht zu nahe, bevor ich nicht muß. Da ist mir mein Sexualleben viel zu wichtig. Und sonst sind Sie mit allem zufrieden? Keine Probleme? Nichts im Flugzeug vergessen?«
Kotze hatte sich nun wieder in der Gewalt, fühlte sich aber nach aller Aufregung leer und müde. Nun war er endlich die wochenlange Spannung los! Was jetzt noch kam, war nur mehr Routinearbeit. So sagte er nur klanglos: »Nein, es gibt keine Probleme mehr. Es ist alles da. Ich werde die Arbeit jetzt fertigmachen.«
Largo sah der hageren Gestalt über das Deck nach. Komische Vögel, diese Gelehrten. Sahen nur ihre Wissenschaft. Offenbar besaß Kotze von den kommenden Gefahren keinerlei Vorstellung. Für ihn bedeutete das Einsetzen einiger Schrauben das Ende der Arbeit. Von nun an würde er nutzloser Ballast sein. Besser, man würde ihn los, aber das ging jetzt noch nicht. Man mußte ihn aufsparen für den Ernstfall. Aber er war ein erbärmliches Männchen mit einem Hang zur Hysterie. Largo mochte mit solchen Leuten nichts zu tun haben, sie verdarben ihm nur die Stimmung, sie rochen nach Unglück. Aber vielleicht gab es für Kotze eine Arbeit im Maschinenraum, die ihn beschäftigen und vor allem aus den Augen der anderen bringen würde.
Largo ging in den Steuerraum. Der Kapitän saß am Steuer,

diesem leichten Aluminiumding, das nur aus einer unteren Kreishälfte bestand. Auf Largos Kommando streckte er seine Hand nach dem seitlichen Schaltbrett und drückte den Knopf mit der Bezeichnung *Start beide Maschinen.* Mitschiffs ertönte ein tiefes und hohles Dröhnen. Das Aufleuchten eines Kontrollämpchens zeigte an, daß beide Motoren liefen. Der Kapitän stellte den Hebel auf *Beide Maschinen halbe Kraft voraus,* und die Jacht begann Fahrt zu machen. *Beide Maschinen volle Kraft voraus:* die Jacht erbebte, ihr Heck senkte sich ein wenig. Der Kapitän beobachtete den Tourenzähler, die Hand auf dem seitlich vorstehenden Hebel. Bei zwanzig Knoten zeigte der Zähler 5000. Der Kapitän drückte den Hebel langsam zurück und löste damit die stählerne Gleitfläche unter dem Schiffskörper aus. Bei unveränderter Tourenzahl kroch nun der Zeiger des Geschwindigkeitsmessers über die Skala bis auf vierzig Knoten. Jetzt war die Jacht halb in der Luft, halb glitt sie über die glänzende, stille Wasserfläche, wobei der Rumpf durch die breite, leicht aufwärts gebogene Metallgleitkufe vier Fuß über Wasser gehalten wurde und nur ein Stück des Hecks mit den beiden Schrauben im Wasser lag. Ein herrliches Gefühl, das Largo immer wieder begeisterte.

Die Motorjacht *Disco Volante* war ein Tragflügelboot, das mit SPECTRE-Geldern von den italienischen Konstrukteuren der Firma Leopoldo Rodriguez, Messina, für Largo gebaut worden war. Es war das die einzige Firma der Welt, die das Shertel-Sachsenberg-System mit Erfolg für Zivilzwecke übernommen hatte. Mit einem Schiffsrumpf aus Aluminium-Magnesium-Legierung, ausgerüstet mit zwei Daimler-Benz-Viertaktdieseln mit Spezialkompression durch einen Brown-Boveri-Zwillings-Turboverdichter, konnte die *Disco Volante* ihre hundert Tonnen mit etwa fünfzig Knoten fortbewegen, wobei ihr Aktionsradius sechshundert Kilometer betrug. Sie hatte 200 000 Pfund gekostet, war aber das einzige Schiff der Welt, das bei solcher Geschwindigkeit Platz für Passagiere und Ladung bot und für die Gewässer der Bahamas flach genug gebaut war.

Vor sechs Monaten war die *Disco* über die südamerikanische Route zu den Florida Keys gebracht worden. Dort war

sie eine Sensation gewesen, ebenso in den Wassern der Bahamas, was Largos Rolle als populärsten »Millionär« in einem Winkel der Welt, der von Millionären nur so wimmelt, erheblich gestärkt hatte. Die raschen, geheimnisvollen Reisen, die er mit der *Disco* unternahm, mit all diesen Unterwasserschwimmern und gelegentlich einem Amphibien-Zweisitzer, der mit hochgeklappten Flügeln auf dem Dach des Stromlinienaufbaus montiert war, hatten gerade das richtige Ausmaß erregter Kommentare hervorgerufen. Langsam hatte Largo sein »Geheimnis« durchsickern lassen — durch eigene Indiskretion bei Dinners und Cocktailparties, durch sorgfältig instruierte Besatzungsmitglieder —, daß es sich um die Suche nach einem bedeutenden Schatz handle. Man sprach von einer Seeräuberkarte und einer korallenüberwachsenen Galeone, die schon aufgefunden sei, so daß Largo nur noch das Ende der winterlichen Touristensaison abwarte. Während des ruhigen Frühsommers würden dann seine Teilhaber aus Europa eintreffen, und die Arbeit würde beginnen. Vor zwei Tagen nun waren neunzehn Teilhaber auf verschiedenen Routen — von Bermuda, New York, Miami — eingetroffen. Um ehrlich zu sein, sie sahen eher langweilig aus, eben diese Art hartköpfiger, hartarbeitender Geschäftsleute, denen ein zweiwöchiger Urlaub in Nassau ein Trost sein mochte, falls das Wrack etwa doch keine Dublonen enthielt. Und so war an diesem Abend die schöne blau-weiße Jacht mit allen Ankömmlingen an Bord bei Einbruch der Dunkelheit aus dem Hafen geglitten. Das Dröhnen ihrer Motoren war gegen Süden zu verklungen, in der Richtung eines vielversprechenden Jagdgebietes — darüber waren alle Zurückbleibenden sich einig.
Der Südkurs galt als besonders geeignet, weil die spanischen Schatzschiffe auf ihrer Heimfahrt ehedem versucht hatten, den Piraten, der französischen und der britischen Flotte zu entgehen, indem sie, an den Croocked Islands vorbei, durch die Mayaguana- und die Caicos-Passage fuhren. Man glaubt zum Beispiel, hier die Reste der *Porto Pedro* vermuten zu dürfen, die 1668 mit einer Million Goldpfund an Bord gesunken ist. Die 1694 gesunkene *Santa Cruz* hatte doppelt soviel geladen, *El Capitan* trug eine Million, *San Pedro* eine halbe; beide Schiffe gingen 1719 unter.

Jahr um Jahr wird nach diesen und anderen Schiffen bei den Südlichen Bahamas geforscht. Niemand kann sagen, wieviel oder ob überhaupt etwas geborgen wurde, aber in ganz Nassau weiß man von dem dreißig Kilo schweren Silberbarren, den zwei Geschäftsleute der Stadt 1950 bei Gorda Cay gefunden und dann dem Förderungsausschuß von Nassau geschenkt haben, in dessen Räumen er zur ständigen Besichtigung ausgestellt ist. So weiß also jedermann auf den Bahamas vom Vorhandensein solcher versunkenen Schätze; und deshalb nickten auch die Hafenleute so verständnisvoll, als sie das tiefe, gegen Süden hin verklingende Motorengeräusch der *Disco* vernahmen.

Aber draußen auf See, noch vor Mondaufgang, hatte die *Disco* alle Lichter gelöscht und westlichen Kurs auf den Treffpunkt genommen, den sie soeben verließen. Man war nun 160 Kilometer, zwei Stunden, von Nassau entfernt. Aber erst gegen Morgengrauen, nach einem weiteren wichtigen Anruf, würde man in Nassau wieder das Motorendröhnen aus der vorgeblich südlichen Richtung hören.

Largo beugte sich über den Kartentisch. Sie kannten die Strecke bei jedem Wetter, das gab wirklich keinerlei Probleme auf. Aber Phase I und II hatten so gut geklappt, daß man bei Phase III doppelt vorsichtig sein mußte! Jawohl, sie lagen genau auf Kurs. Noch achtzig Kilometer. In einer Stunde würden sie dort sein. Er befahl dem Kapitän, den Kurs beizubehalten, und ging hinunter in den Funkraum. Es war gleich 11 Uhr 15 und damit Zeit für den Anruf.

Die kleine Insel, Dog Island, war nicht größer als zwei Tennisplätze. Sie war ein Klotz aus toten Korallen mit spärlicher Vegetation, die auf nichts anderem als salzigen Regenpfützen und Sand wuchs. Mit Dog Island erhob sich die Dog-Untiefe über das Wasser und bildete ein wohlbekanntes Schiffahrtshindernis, das sogar die Fischerboote mieden. Bei Tage war man von Andros Island aus noch in Sicht, aber nachts war es hier absolut sicher.

Die *Disco* näherte sich rasch, senkte sich dann langsam ins Wasser zurück und glitt bis auf Kabellänge an den Felsen heran. Die entstandenen Wellen glätteten sich bald, und das Wasser wurde still wie vorher. Lautlos sank der Anker die zwölf Meter bis zum Grund hinab. Im Laderaum unten wartete Largo mit der Vierermannschaft auf das Öffnen der Unterwasserluke.

Alle fünf hatten die Aqualungen angelegt. Largo war mit einer starken elektrischen Unterwasserlampe versehen, während die vier anderen paarweise je ein Netz hielten, dessen Enden sie sich um den Körper geschlungen hatten. So saßen sie, ließen die Beine mit den Gummiflossen über den Rand des Gitters baumeln und warteten auf das Eindringen des Wassers, dessen Tragvermögen ihr Vorhaben unterstützen sollte. Denn auf dem Netzwerk zwischen jedem Paar lag ein zwei Meter langes, spitz zulaufendes Ding in einer häßlichen grauen Gummihülle.

Das Wasser rieselte, sprudelte, stürzte schließlich in den Laderaum und überflutete die fünf Männer. Sie glitten von ihren Sitzen und gingen schwerfällig durch die Luke nach draußen, Largo voran und die vier anderen paarweise in genau erprobten Abständen.

Largo drehte die Lampe zunächst nicht an. Er hätte ja doch nur Fische damit herbeigelockt, die störend waren. Vielleicht wären sogar Haie und Barrakudas dabei.

Sie schwammen in dem sanften, monderhellten Wasser vorwärts, nur eine milchige Leere vor sich. Nach und nach waren die Umrisse des Inselfelsens zu erkennen, steil zur Oberfläche aufsteigend. Fächerkorallen wogten sanft, kleine lokkende Schleier, und die Korallenbüschel und -bäume waren grau und rätselhaft. Wegen dieser zwar harmlosen, dem Unerfahrenen aber Angst einjagenden Unterwasserformen hatte Largo beschlossen, diesmal das Team selbst anzuführen. Außerdem wollte Largo sich von der Art der Lagerung überzeugen, da es gut möglich war, daß, falls etwas schiefging, er selbst die Bomben würde hinaufholen müssen.

Der Inselfelsen war in seiner unteren Region so sehr vom Wasser ausgewaschen, daß er einem dicken Pilz ähnelte. Unter dem Überhang des Pilzschirms klaffte ein breiter Spalt, eine dunkle Wunde an der Seite des Stieles. Auf diesen Spalt schwamm Largo zu. Als er nahe genug war, schaltete er die Leuchte ein. Das gelbe Licht zeigte eine Korallengemeinschaft: die blassen Seeigel und die schwärzlich drohenden Stacheln

der See-Eier; das schwankende Tanggestrüpp; die gelben und blauen Antennen einer Languste; die Schmetterlings- und Engelfische, die wie Motten das Licht umflatterten; eine geringelte *bêche de mer;* ein paar sich schlängelnde Seeraupen und einen grüngelb-qualligen Seehasen.
Largo klammerte sich an ein Riff, stieg hinauf, blickte sich um und leuchtete den Nachkommenden, die nun ebenfalls Fuß faßten. Dann winkte er sie weiter in den breiten, glatten Spalt hinein, an dessen anderem Ende, etwa im Zentrum des Felsens, eine Spur von Mondlicht herabschimmerte. Die Höhle selbst war keine zehn Meter lang. Largo führte die beiden Gruppen in die kleine Kammer, die früher einmal einen ganz anderen Schatz beherbergt haben mochte. Aus dieser Kammer führte ein schmaler Spalt hinauf an die Luft, was bei einem Sturm sicher ein heftiges Zugloch ergeben würde. Es war aber unwahrscheinlich, daß Fischer bei einem Sturm zu nahe kamen und das Wasser aus der Mitte der Insel emporspritzen sahen.
In der Kammer, oberhalb der jetzigen Wasserlinie, hatten Largos Leute Eisenstangen in den Felsen geschlagen, an denen die Ledergurte zur Sicherung der beiden Bomben befestigt waren. Jetzt hoben die Männer die gummiverpackten Pakete eines nach dem anderen auf die Eisenstangen und zurrten sie fest. Largo prüfte die Arbeit und war zufrieden. Die Bomben würden bereit sein, sobald er sie brauchte. Strahlungsgefahr bestand praktisch keine.
Ruhig schwammen die fünf Männer zurück zur Jacht und durch die Luke in den Laderaum. Nach dem Auspumpen hob sich der Bug der *Disco* langsam aus dem Wasser, und das schöne Schiff, das eher einer Flugmaschine als einem Wasserfahrzeug glich, beschrieb einen weiten Bogen und nahm Kurs auf den Hafen.
Largo entledigte sich seiner Ausrüstung und ging nach vorn zur Funkkabine. Er hatte den Mitternachtsanruf versäumt. Jetzt war es schon 1 Uhr 15 – 7 Uhr 15 morgens für Blofeld. Während der Funker Verbindung aufnahm, stellte Largo sich Blofeld vor, wie er wartend sitzen würde, unrasiert, unruhig, die letzte einer endlosen Reihe von Kaffeetassen neben sich.
»Hier Nr. 1!«

»Hier Nr. 2. Ich höre.«
»Phase III beendet. Phase III beendet. Gelungen ein Uhr Ortszeit. Fertig.«
»Ich bin zufrieden.«
Largo nahm die Kopfhörer ab. Er dachte: »Ich auch! Zu drei Vierteln haben wir's geschafft. Jetzt kann nur mehr der Teufel uns aufhalten.« Er ging in die Passagierkabine und mischte sich ein großes Glas seines Lieblingsdrinks – Crème de Menthe frappé mit einer Maraschinokirsche obendrauf.
Er schlürfte ihn genußvoll bis zum Ende und zerkaute die Kirsche. Dann nahm er eine weitere aus der Flasche, steckte sie in den Mund und begab sich auf die Brücke.

11

Das Mädchen in dem saphirblauen MG-Zweisitzer sauste die abschüssige Parliament Street hinunter und schaltete vor der Kreuzung Bay Street wundervoll vom dritten in den zweiten durch. Ein kurzer Blick nach rechts – sie schätzte den Trab des Pferdes mit dem Strohhut vor der klapprigen, fransenverzierten Kutsche ab –, dann schoß sie aus der Nebenstraße heraus. Unwillig riß das Pferd den Kopf nach hinten, während der Kutscher mehrmals auf die große Bermudaglocke stampfte. Aber die Kutscherglocken auf Bermuda mit ihrem schönen, tiefen Dong-Dong können einfach nicht böse klingen, wie böse man auch sein mag, wenn man sie betätigt. Das Mädchen winkte mit der sonnengebräunten Hand, sauste im zweiten die Straße hinauf und hielt vor der *Friedenspfeife*, einem Tabakladen von Nassau.
Ohne erst die niedrige Tür des MG zu öffnen, schwang sie ihre braunen Beine über die Seitenwand, wobei ihre Schenkel unter dem cremefarbenen Baumwollfaltenrock fast bis zu den Hüften sichtbar wurden, und sprang aufs Pflaster. Inzwischen war die Kutsche nachgekommen. Der Kutscher hielt an. Durch die Schönheit und Beschwingtheit des Mädchens besänftigt, sagte er nur: »Missy, beinahe hättest du dem Pferdchen die Haare vom Kopf rasiert! Bißchen mehr Aufpassen wär' gar nicht schlecht!«

Das Mädchen stemmte die Hände in die Hüften: »Es gibt eben auch Leute, die was zu tun haben. Ihr beide solltet lieber draußen Gras rupfen, anstatt hier die Straßen zu verstellen!«
Der alte Neger öffnete den Mund, besann sich aber und sagte nur beschwichtigend: »Hokay, Missy, hokay.« Er schnalzte und fuhr, vor sich hinbrummend, weiter. Als er sich nochmals nach dem Teufelsmädel umwandte, war sie schon im Laden verschwunden. »Feines Stück Mädchen«, sagte er, nicht ganz konsequent, vor sich hin und brachte sein Pferd in gemächlichen Trab.
Aus einiger Entfernung hatte James Bond die Szene beobachtet. Er dachte über das Mädchen ungefähr so wie der Kutscher, wußte außerdem, wer sie war. So beeilte er sich, unter das gestreifte Sonnendach und in den angenehm kühlen Tabakladen zu treten.
Sie stand am Ladentisch und widersprach eben einem Verkäufer: »Aber wenn ich Ihnen sage, daß ich die Senior Service nicht mag! Ich will eine Zigarette, die so schlecht ist, daß man sich das Rauchen abgewöhnt. Haben Sie gar nichts in der Art?« Sie wies auf die vollgestopften Regale. »Sie werden mir doch nicht erzählen, daß es unter all dem Zeug keine scheußlichen gibt!«
Der Mann, an exzentrische Touristen gewöhnt, sagte: »Wenn Sie meinen ...«, drehte sich um und musterte gelangweilt die Regale.
Bond sah das Mädchen ernsthaft an: »Wenn Sie weniger rauchen wollen, dann kommen nur zwei Sorten in Betracht.«
Sie blickte ihn scharf an: »Wer sind Sie denn?«
»Bond. James Bond. Weltautorität für das Aufgeben des Rauchens. Ich tue es unaufhörlich. Sie haben Glück, daß ich gerade hier bin.«
Sie maß ihn von oben bis unten. Den Mann hatte sie in Nassau noch nicht gesehen. Einsachtzig, hart, gut aussehend, helle, blaugraue Augen, die ihrer Prüfung ironisch standhielten. Der Anflug von Sonnenbräune in seinem Gesicht ließ auf eine erst kürzlich erfolgte Ankunft schließen. Er trug einen dunkelblauen Einreiher mit cremefarbenem Seidenhemd und schwarzer Seidenkrawatte. Trotz der Hitze wirkte er kühl und sauber, und seine einzige Konzession an die Tropen

schienen die bloßen Füße in den schwarzen, gesteppten Sandalen zu sein. Offensichtlich wollte er mit ihr bekannt werden. Sie entschloß sich, mitzuspielen, es ihm aber nicht leicht zu machen. So sagte sie kalt: »Na schön. Schießen Sie los!«
»Der einzige Weg, aufzuhören, ist aufhören und nicht wieder anfangen. Wenn Sie sich ein oder zwei Wochen lang nur was vormachen, hat das Rationieren gar keinen Sinn. Die andere Methode ist, zu starke oder zu milde Zigaretten zu nehmen. Für Sie sind die milden besser.« Bond wandte sich an den Verkäufer: »Einen Karton Dukes, King-size, mit Filter«, und reichte ihn dann dem Mädchen. »Bitte, versuchen Sie die da. Mit Fausts Empfehlungen.«
»Aber ich kann doch nicht, ich meine . . .«
Bond hatte jedoch bereits den Karton sowie eine Packung Chesterfield für sich selbst bezahlt. Er nahm das Wechselgeld und trat hinter ihr aus dem Laden. Nebeneinander standen sie unter der gestreiften Markise. Die Hitze und das grelle Sonnenlicht waren fürchterlich. Bond sagte: »Ich fürchte, zum Rauchen gehört das Trinken. Geben Sie beides gleichzeitig auf oder eins nach dem anderen?«
Sie blickte ihn fragend an. »Das geht etwas plötzlich, Mr. — eh — Bond. Na gut — aber irgendwo außerhalb der Stadt, hier ist es zu heiß. Kennen Sie draußen hinter Fort Montague das *Pulvermagazin?«* Sie spähte die Straße entlang. »Dort ist's recht hübsch. Kommen Sie, ich fahr' Sie hin. Achtung auf das Blech, sonst gibt's Blasen!«
Sogar das weiße Leder der Polsterung brannte vor Hitze. Aber selbst wenn Bonds Anzug gebrannt hätte — es hätte ihm nichts ausgemacht. Zum erstenmal in die Stadt hineingerochen, und schon dieses Mädchen! Und was für ein blendendes Mädchen! Er hielt sich am Sicherheitsgriff fest, als sie scharf in die Frederick Street und nochmals in die Shirley Street abbogen.
Er setzte sich seitlich, um sie besser ansehen zu können. Sie trug einen breitrandigen Gondolierehut aus Stroh, verwegen in die Stirn gezogen. Seine blaßblauen Bänder flatterten lustig. Vorn stand in Goldlettern *M/Y DISCO VOLANTE.* Außer einer eher maskulinen, viereckigen Goldarmbanduhr mit schwarzem Zifferblatt trug sie keinerlei Schmuck. Die

weißen Rehledersandalen paßten zu einem ebensolchen Gürtel und einer entsprechenden Handtasche. Da Bond heute morgen etwa hundert Einreiseformulare studiert hatte, wußte er, daß das Mädchen Dominetta Vitali hieß, in Bolzano geboren war und österreichisches Blut hatte. Sie war 29 und »Schauspielerin«. Sie war vor sechs Monaten mit der *Disco* angekommen und offensichtlich die Geliebte des Jachtbesitzers, eines gewissen Emilio Largo. Hingegen war sie durchaus keine »italienische Dirne«, als die Harling, der Polizeikommissar, sie bezeichnet hatte. Eher ein unabhängiges, selbstbewußtes Mädchen, das das reiche, lustige Leben liebte. Bond jedenfalls fand sie goldrichtig. Wenn sie mit Männern schlief, dann bestimmte sicherlich *sie* die Bedingungen.

Frauen sind oft vorsichtige, verläßliche Fahrer, chauffieren aber selten erstklassig. Dieses Mädchen hingegen fuhr wie ein Mann, völlig auf die Straße vor sich eingestellt und auf das, was im Rückspiegel vorging. Und, ebenso selten bei einer Frau: sie hatte eine männliche Freude an der Maschine, am Schalten im richtigen Moment, am Einsatz der Bremsen.

Da sie von Bond keine Notiz nahm, konnte er sie ungestört betrachten. Das Profil, die gerade, kurze, nach oben gerichtete Nase, das energische Kinn und die klargeschnittene Wangenlinie waren von nahezu königlicher Entschiedenheit, und ihre Art, den Kopf zu tragen, verriet Autorität. Nur zwei Dinge störten den klaren Gesamteindruck: eine weiche, wirre Brigitte-Bardot-Frisur, die in reizvoller Unordnung unter dem Strohhut hervorquoll, und zwei tiefe, aber sanfte Grübchen, die nur durch ein — vielleicht ironisches — Lächeln entstanden sein konnten.

Der MG fegte aus der Shirley Street in die Eastern Road und folgte nun der Küste. Jenseits der breiten Hafeneinfahrt lagen die smaragd- und türkisfarbenen Untiefen von Athol Island. Eben fuhr ein Tiefseefischerboot darüber hinweg, die beiden Vier-Meter-Ruten zeichneten achtern ihre Antennenlinien. Ein schnelles Motorboot näherte sich dem Ufer, der Wasserskifahrer im Schlepp beschrieb enge Slaloms überm Kielwasser. Der Tag war schön, und im Augenblick war Bond jener tiefen Unentschlossenheit und Mutlosigkeit entrückt, die ihn stets befiel, wenn er an seinen aussichtslosen, zeitvergeudenden Auftrag dachte.

Die Bahamas, eine Kette von tausend Inseln, die sich von der Küste Floridas 800 Kilometer weit bis gegen die kubanische Nordküste hinziehen, vom 27. bis zum 21. Breitengrad, hatten fast 300 Jahre lang allen berühmten Piraten Unterschlupf geboten. Heute schlachtet die Touristenindustrie diese romantischen Legenden weidlich aus, und so verkünden die Straßentafeln *Schwarzbarts Turm, 1 Meile,* oder *Pulvermagazin. Fischspezialitäten. Schattiger Garten. Erste Abzweigung links.*

Links kam ein Sandweg. Das Mädchen bog hinein und fuhr zu einem verfallenen, steinernen Lagerhaus, neben dem ein schindelgedecktes Gebäude mit weißen Fensterrahmen und weißem Eingang im Stil des achtzehnten Jahrhunderts stand. Das Wirtshausschild zeigte in lebhaften Farben ein Pulverfäßchen mit Totenkopf und gekreuzten Knochen. Der MG fuhr in den Schatten einer Gruppe Kasuarinabäume, die beiden stiegen aus, durchschritten den Eingang und den kleinen Speisesaal mit den rot-weiß gewürfelten Tischtüchern und traten auf eine Terrasse, die auf den Resten eines steinernen Piers errichtet war. In Sonnenschirme verwandelte Seemandelbäume spendeten Schatten. Ein farbiger Kellner mit fleckiger weißer Jacke schlurfte hinter ihnen drein. Sie wählten einen der kühlen Tische am Terrassenrand mit Blick aufs Wasser. Bond sah auf die Uhr und sagte: »Es ist genau Mittag. Trinken Sie was Scharfes oder was Leichtes?«

»Was Leichtes. Ich nehme eine doppelte ›Bloody Mary‹ mit viel Worcestersauce.«

Bond meinte: »Was nennen Sie dann scharf? Ich nehme einen Wodka mit Tonic und eine Spur Bitter.« Der Kellner sagte »Yessuh« und latschte davon.

»Für mich ist Wodka auf Eis scharf. Erst dieser Tomatensaft macht ihn leicht.« Mit dem Fuß angelte sie einen Stuhl heran und streckte ihre Beine darauf aus, so daß sie Sonne bekamen. Da ihr das nicht bequem genug war, warf sie auch noch ihre Sandalen ab, lehnte sich zufrieden zurück und fragte: »Wann sind Sie angekommen? Ich habe Sie noch nie gesehen. Am Ende der Saison kennt man die meisten Gesichter.«

»Erst heute morgen, aus New York. Ich möchte mich hier

ankaufen. Meinem Gefühl nach ist es jetzt besser als während der Saison. Solange all diese Millionäre da sind, sind die Preise hoffnungslos. Aber jetzt werden sie vielleicht ein wenig fallen. Und wie lange sind Sie schon da?«

»Seit zirka sechs Monaten. Ich bin mit einer Jacht gekommen, der *Disco Volante,* falls Sie sie schon gesehen haben. Sie ankert oben an der Küste. Wahrscheinlich haben Sie sie bei Ihrem Anflug zum Windsorfeld überflogen.«

»Das lange Stromliniending? Gehört sie Ihnen? Sie hat eine wunderschöne Linie.«

»Einem Verwandten von mir.« Sie beobachtete Bonds Miene.

»Wohnen Sie an Bord?«

»Aber nein, wir haben einen Besitz an Land gemietet. *Palmyra* heißt er, liegt gerade unserem Ankerplatz gegenüber. Er gehört einem Engländer, der ihn, glaube ich, verkaufen will. Die Lage ist sehr schön, weitab von den Touristen. Der Ort heißt Lyford Key.«

»Klingt ganz so, als wäre es das, was ich suche.«

»Nun ja, in einer Woche fahren wir.«

»Ah!« Bond sah ihr in die Augen. »Das tut mir aber leid!«

»Wenn Sie schon flirten müssen, dann tun Sie's weniger auffällig.« Sie lachte auf, sagte dann reumütig: »Es war nicht so gemeint. Aber wenn man sechs Monate lang solches Zeug von diesen blöden alten Hammeln gehört hat, wird man eben grob.«

»Essen diese Herrschaften gekochtes Gemüse zum Lunch?«

»Ja, und trinken tun sie Karotten- und Pflaumensaft.«

»Dann werden wir uns nicht vertragen. Tiefer als bis zur Schneckenmuschelsuppe sinke ich nicht.«

Sie betrachtete ihn neugierig. »Sie scheinen ja eine Menge über Nassau zu wissen!«

»Daß Schneckenmuscheln die Potenz steigern, weiß man nicht nur in Nassau, sondern überall, wo es diese Tiere gibt.«

»Wirklich?«

»Auf gewissen Inseln reicht man sie Brautpaaren am Hochzeitsabend. Ich habe aber nicht gefunden, daß sie bei mir irgendwie gewirkt hätten.«

»Warum?« Sie sah ihn mißtrauisch an. »Sind Sie verheiratet?«

»Nein.« Bond schaute ihr lächelnd in die Augen. »Und Sie?«
»Auch nicht.«
»Na fein, dann könnten wir einmal miteinander eine Schnekkenmuschelsuppe probieren!«
»Was Sie da sagen, ist nicht viel besser als dieses Millionärsgequatsch. Sie müssen sich schon mehr anstrengen.«
Die Drinks kamen. Das Mädchen rührte den ihren mit dem Finger, um den braunen Satz Worcestersauce aufzumischen, und trank bis zur Hälfte. Dann griff sie nach dem Karton Dukes, riß ihn auf, öffnete eine Packung, nahm eine Zigarette, roch vorsichtig daran und ließ sich von Bond Feuer geben. Nach dem ersten Zug sagte sie unschlüssig: »Nicht schlecht. Der Rauch sieht wenigstens wie Rauch aus. Warum sagten Sie, daß Sie ein solcher Experte im Aufgeben des Rauchens seien?«
»Weil ich es so oft aufgegeben habe.« Da Bond meinte, es sei an der Zeit, von dem Geplauder abzukommen, fragte er: »Wie kommt es übrigens, daß Sie so gut Englisch sprechen? Sie haben doch einen italienischen Akzent?«
»Ja. Ich heiße Dominetta Vitali, bin aber in England zur Schule gegangen, Mädchencollege Cheltenham. Danach zu RADA, als Schauspielschülerin — die englische Art Schauspiel. Meine Eltern hielten das für vornehm. Dann kamen beide bei einem Zugunglück um, und ich ging wieder nach Italien, Geld verdienen. Mein Englisch verlernte ich ja nicht« — sie lachte ohne Bitterkeit —, »alles übrige hatte ich aber bald vergessen. Beim italienischen Theater kommt man nicht weit, wenn man mit einem Buch auf dem Kopf herumgehen kann.«
»Aber dieser Verwandte mit der Jacht« — Bond sah aufs Meer hinaus —, »hat er sich nicht um Sie gekümmert?«
»Nein.« Und als Bond keine Bemerkung machte, fügte sie hinzu: »Eigentlich ist er gar kein Verwandter, kein naher. Eher eine Art nahestehender Freund, ein Beschützer.«
»Aha.«
»Sie müssen uns auf unserer Jacht besuchen.« Jetzt mußte sie über etwas hinwegreden. »Er heißt Largo, Emilio Largo. Sie haben wahrscheinlich schon von ihm gehört, er betreibt hier eine Art Schatzsuche.«

»Wirklich? Das klingt ja recht interessant! Natürlich würde ich ihn gern kennenlernen. Worum handelt es sich denn dabei? Ist etwas dran?«
»Weiß der Himmel. Man bringt ja nichts aus ihm heraus. Offenbar gibt es da irgendeine alte Karte, aber sehen durfte ich sie nie, und wann immer er auf Erkundung ausfährt, muß ich an Land bleiben. Eine Menge Leute haben Geld dafür aufgebracht, als Teilhaber oder so. Sie sind dieser Tage angekommen, und ich nehme an, daß die richtige Suche bald beginnen kann.«
»Was für Leute sind denn das? Sehen sie vernünftig aus? Denn meist ist ja bei solchen Schatzsuchen irgendein Haken.«
»Sie scheinen ganz vernünftig. Langweilig und reich, schrecklich ernst für eine so romantische Sache. Ihre ganze Zeit verbringen sie mit Largo, Pläneschmieden und so. Der Sonne und dem Baden gehen sie aus dem Weg, als wollten sie keine Sonnenbräune bekommen. Soviel ich gehört habe, war bisher keiner von ihnen in den Tropen. Wahrscheinlich sind sie ganz umgänglich, aber ich habe nicht viel mit ihnen zu tun gehabt. Largo gibt ihnen heute abend eine Party im Kasino.«
»Und was tun *Sie* den ganzen Tag?«
»Ach, ich kaufe ein bißchen ein für die Jacht, fahre im Wagen herum, bade am Strand von leerstehenden Villen ... Ich bin eine begeisterte Unterwasserschwimmerin. Ich habe eine Aqualunge, und da nehme ich immer jemand von der Besatzung oder einen Fischer mit. Die von der Besatzung sind besser, die tauchen alle.«
»Ich habe auch ein wenig getaucht und habe meine Ausrüstung mit. Wollen Sie mir einmal ein paar gute Felsen zeigen?«
Das Mädchen blickte auf die Uhr. »Vielleicht. Aber jetzt muß ich gehn.« Sie stand auf. »Danke für den Drink, leider kann ich Sie nicht zurückbringen, ich muß in die andere Richtung. Aber man besorgt Ihnen hier ein Taxi.« Sie schlüpfte in die Sandalen.
Bond begleitete sie durch das Restaurant zum Wagen. Sie stieg ein und startete. Auf die Gefahr einer weiteren Abfuhr sagte er: »Vielleicht sehe ich Sie heute abend im Kasino, Dominetta.«

»Kann schon sein.« Sie kuppelte sogleich ein, sah ihn nochmals an und sagte: »Aber nennen Sie mich um Gottes willen nicht so! Ich werde nur ›Domino‹ gerufen.« Noch ein kurzes Lächeln, fast nur in den Augen, sie hob die Hand, die Hinterräder warfen Sand und Kiesel hoch, und der kleine blaue Wagen sauste die Einfahrt hinunter zur Hauptstraße.

12

Das Taxi brachte Bond über die Interfield Road zum Flugplatz am anderen Ende der Insel, denn der Mann von der Central Intelligence Agency sollte um 13 Uhr 15 mit Pan American ankommen. Er hieß Larkin, F. Larkin. Bond hoffte, er würde kein muskelgeschwellter Ex-Collegemann mit Marinehaarschnitt sein, nur von dem Wunsch beseelt, ihm auf Schritt und Tritt die Inkompetenz der Briten und die Rückständigkeit ihrer kleinen Kolonie zu beweisen. Hingegen erhoffte er sich jene Geräte, um die er über Abteilung A vor seiner Abreise aus London angesucht hatte: den neuesten Sender und Empfänger für Agenten im Einsatz, womit man unabhängig von Telegrafenämtern jederzeit mit London und Washington in Verbindung treten konnte, sowie die modernsten tragbaren Geigerzähler für den Land- und Unterwassereinsatz. Hervorragender Ausrüstungsstand war nach Bonds Meinung einer der Hauptvorteile der CIA, und er kannte keinen falschen Stolz, wenn es galt, sich dieses Vorteils zu bedienen.
Die Insel New Providence, auf der Nassau, die Hauptstadt der Bahamas, liegt, ist eine gelbsandige Landplatte mit einigen der schönsten Badestrände der Welt. Das Innere aber ist eine öde, mit niedrigem Gestrüpp, Mastixsträuchern, Kasuarina- und Giftbäumen bewachsene Ebene, an deren westlichem Ende ein großer, salziger See liegt. In den Millionärsgärten gibt es freilich Vögel und aus Florida importierte tropische Blumen und Palmen, aber das Landinnere bietet dem Auge nichts Anziehendes. Nur die Skelettfinger spinnenartiger Windmotoren ragen aus der Einöde empor. So verbrachte Bond die Fahrt zum Flugplatz mit Nachdenken über den Vormittag.

Er war um sieben Uhr früh angekommen, vom Adjutanten des Gouverneurs empfangen worden — ein kleiner Fehler in der Geheimhaltung — und ins *Royal Bahamian* gebracht worden, ein großes, altmodisches, erst kürzlich durch amerikanische Tüchtigkeit mit einigen Drehs aufgemöbeltes Hotel — Eiswasser und ein cellophanierter Korb zweifelhaften Obstes nebst »Empfehlungen des Direktors« auf dem Zimmer sowie ein Streifen »Hygiene«-Papier auf dem Klosettsitz. Nach einer Dusche und einem lauwarmen Touristenfrühstück auf seinem Balkon über dem wunderschönen Strand war er um neun Uhr zu einer Besprechung mit den leitenden Beamten der Polizei, der Einwanderungs- und Zollbehörde sowie mit dem Gouverneurstellvertreter ins Regierungsgebäude gegangen. Dort kam alles wie erwartet: die Vermerke »Höchst dringlich« und »Streng geheim« hatten den gehörigen Eindruck gemacht, man versprach jede nur mögliche Hilfe, doch war es offensichtlich, daß man den ganzen Fall bagatellisierte als etwas, das die normale Verwaltungsroutine der kleinen, verschlafenen Kolonie sowie die Ruhe und das Wohlbefinden ihrer Touristen nicht stören dürfe. Roddick, der Gouverneurstellvertreter, ein kompromißfreudiger Mann mit rötlichem Schnurrbart und blitzendem Zwicker, hatte die ganze Sache auf höchst vernünftige Weise darzustellen versucht.

»Sehen Sie, Commander Bond, unserer Ansicht nach — und wir haben alle Möglichkeiten sorgfältigst erwogen — läßt sich ein so großes, viermotoriges Flugzeug nirgendwo in der Kolonie verstecken. Die einzige Rollbahn für ein solches Flugzeug — habe ich recht, Harling? — befindet sich hier in Nassau. Und was eine Landung auf See betrifft, eine — eh — Notwasserung, glaube ich, heißt das, so sind die Antworten aller größeren Inseln negativ. Die Radarstation ...«

Hier hatte Bond unterbrochen: »Darf ich fragen, ob der Radarschirm wirklich Tag und Nacht besetzt ist? Ich habe den Eindruck, daß in der Nacht sehr wenig Flugbetrieb ist. Könnte sich das nicht auch auf die Radarbeobachtung auswirken?«

Der Polizeidirektor, ein angenehmer, sehr militärisch aussehender Herr in den Vierzig, dessen Silberknöpfe und Rangabzeichen von einem Glanz waren, wie ihn nur durch Nichtstun hervorgerufene Polierwut bewirkt, sagte einsichtig: »Ich glaube, der Commander hat da recht. Der Flugplatzkommandant gibt zu, daß die Aufmerksamkeit etwas nachläßt, wenn keine Maschine erwartet wird. Er hat nicht genügend Personal, und es besteht fast nur aus Einheimischen, Sir. Brave Leute, aber natürlich kaum auf Londoner Niveau. Außerdem ist das Radargerät unserer Wetterstation nur ein GZA-Apparat mit niedrigem Horizont und geringer Reichweite, wie ihn die Schiffe verwenden.«

»Gewiß, gewiß.« Der Gouverneurstellvertreter wünschte keine Diskussion über Radar oder den Wert der Nassauer Arbeitskräfte. »Das ist richtig. Zweifellos wird Commander Bond seine eigenen Nachforschungen anstellen. Aber da war doch auch diese Anfrage des Staatssekretärs« – er ließ den Titel sonor ausklingen – »die Einreisenden der letzten Zeit betreffend, verdächtige Personen und so weiter! Mr. Pitman?«

Der Chef der Einreise- und Zollbehörde, ein geschmeidiger Nassauer mit flinken braunen Augen und gewinnenden Manieren, lächelte verbindlich. »Nichts Besonderes, Sir. Die übliche Mischung von Touristen, Geschäftsleuten und zurückkommenden Einheimischen.« Er tippte auf die Aktentasche. »Ich habe alle Einreiseformulare der letzten zwei Wochen hier, Sir. Vielleicht möchte Commander Bond sie mit mir durchgehen.« Er blickte Bond flüchtig an. »Über die Hausdetektive der großen Hotels könnte ich wahrscheinlich zu jedem Namen nähere Einzelheiten bekommen. Die Paßkontrolle jedenfalls ergab keine Unregelmäßigkeiten, keiner der Namen findet sich auf unserer Gesuchtenliste.«

»Ich hätte da noch eine Frage«, sagte Bond.

Der Gouverneurstellvertreter nickte eifrig. »Aber bitte, fragen Sie, was immer Sie wollen! Dazu sind wir ja hier!«

»Ich suche nach einer Gruppe von Männern, etwa zehn oder auch mehr. Wahrscheinlich stecken sie häufig beisammen. Es können auch zwanzig oder dreißig sein. Ich schätze, es sind Europäer. Wahrscheinlich haben sie ein Schiff oder ein Flugzeug. Sie können seit Monaten hier sein oder auch erst seit wenigen Tagen. Ich nehme an, Sie haben in Nassau eine Menge Tagungen. Gibt es im Augenblick was Derartiges?«

»Mr. Pitman?«

»Nun, wir haben natürlich viele solche Zusammenkünfte. Aber in den letzten zwei Wochen hatten wir nur die Vereinigung zur Hebung der Moral im *Emerald Wave* und die Tiptop-Biscuit-Leute im *Royal Bahamian.* Sie sind jetzt fort. Es war der übliche Tagungsablauf, alles ganz in Ehren.«
»Das ist es ja eben, Mr. Pitman. Die Leute, nach denen ich suche, werden bestimmt alles daransetzen, achtbar auszusehen und sich solide zu benehmen. Wir suchen keine Bande auffallender Verbrecher, sondern vielmehr eine Gruppe sehr bedeutender Leute. Gibt es auf der Insel eine solche Gruppe?«
Der Einwanderungschef lächelte breit. »Ja — wir haben natürlich auch unsere alljährliche Schatzsuche.«
Der Gouverneurstellvertreter lachte verächtlich auf. »Jetzt ist's aber genug, Mr. Pitman! Wenn wir auch das noch einbeziehen, nimmt die Sache überhaupt kein Ende mehr. Ich glaube nicht, daß Commander Bond sich über einen Haufen reicher Strandläufer den Kopf zerbrechen will.«
Aber der Polizeidirektor sagte unsicher: »Nur, Sir, sie haben eine Jacht und ein kleines Flugzeug. Und in letzter Zeit sind eine Menge Teilhaber an dem Schwindel hier angekommen. Alles Punkte, die sich mit dem decken, wonach der Commander gefragt hat. Ich weiß, es klingt lächerlich, aber die Achtbarkeit dieses Jachtbesitzers Largo entspricht Commander Bonds Erwartungen, und außerdem ist es ungewöhnlich, daß innerhalb von sechs Monaten nicht ein einziger Fall von Trunkenheit bei der Schiffsbesatzung vorgekommen ist.«
Und Bond hatte sich auf diesen winzigen Hinweis gestürzt und ihn zwei weitere Stunden hindurch verfolgt, im Zollgebäude und im Büro des Polizeidirektors. Dann war er in die Stadt gegangen, um vielleicht dort etwas von Largo und seinen Leuten zu sehen oder irgendwelche Gerüchte über sie zu hören. Und dabei war ihm Domino Vitali über den Weg gelaufen.
Was nun?
Auf dem Flugplatz angekommen, befahl Bond dem Fahrer zu warten und betrat die lange, niedrige Ankunftshalle in eben dem Augenblick, als die Ankunft von Larkins Kursmaschine über den Lautsprecher angesagt wurde. Da er mit

der üblichen Verzögerung durch Zoll- und Einreisebehörde rechnete, ging Bond zum Andenkenladen und kaufte die »New York Times«. In der wie üblich diskreten Überschrift war immer noch die Rede von dem Verlust des Vindicator. Bond hatte den Artikel zur Hälfte gelesen, als eine ruhige Stimme ihm ins Ohr sagte: »007? Ich bin 000.«
Bond fuhr herum. Wirklich und wahrhaftig! Es war Felix Leiter!
Leiter, sein CIA-Kompagnon bei einigen der aufregendsten Fälle in Bonds Laufbahn, grinste und steckte den Stahlhaken seiner Handprothese unter Bonds Arm. »Nur die Ruhe, Freundchen. Dick Tracy wird dir alles sagen, sobald wir hier draußen sind. Das Gepäck ist schon vorn. Gehen wir.«
Bond sagte: »Der Teufel! Du alter Gauner! Hast du denn gewußt, daß ich es bin?«
»Sicher. CIA weiß alles.«
Am Eingang verlud Leiter sein umfangreiches Gepäck in Bonds Taxi und wies den Fahrer an, es ins *Royal Bahamian* zu bringen. Ein Mann, der neben einem unauffälligen Ford Consul gestanden hatte, trat herzu. »Mr. Larkin? Ich bin vom Autoverleih Hertz. Das ist der Wagen, den Sie bestellt haben. Wir hoffen, er entspricht Ihren Wünschen. Sie wollten doch etwas Unauffälliges.«
Leiter sah den Wagen flüchtig an. »Sieht ganz gut aus. Ich wollte nur einen Wagen, der fährt. Keines von diesen vornehmen Dingern, die nur Platz haben für eine kleine Blondine mit einer Badetasche. Ich bin zur Arbeit hier, nicht zum Vergnügen.«
»Darf ich Ihren New Yorker Führerschein sehen, Sir? Danke. Wenn Sie bitte hier unterschreiben wollen ... Und jetzt noch die Nummer Ihrer Diner's-Club-Karte. Wenn Sie wegfahren, lassen Sie den Wagen, wo Sie wollen, und benachrichtigen Sie uns nur. Wir holen ihn. Und nun einen angenehmen Aufenthalt, Sir!«
Sie stiegen in den Wagen, Bond setzte sich ans Steuer. Als sie vom Flugplatz weg waren, sagte er: »Na, erzähl schon! Das letztemal warst du doch bei Pinkertons. Wie geht das zu?«
»Einberufen haben sie mich, einfach einberufen. Man möchte glauben, es sei Krieg. Weißt du, James, wer einmal für CIA ge-

arbeitet hat, wird automatisch auf die Reserveoffiziersliste gesetzt, sobald er geht. Und mein alter Chef, Allen Dulles, hatte einfach nicht genügend Leute, als der Präsident Feueralarm blies. Also wurde ich eingezogen und noch einige zwanzig Burschen dazu. – Alles fallenlassen, Meldung innerhalb 24 Stunden! Bei Gott, ich dachte schon, die Russen seien gelandet! Und dann sagten sie mir, ich sollte meine Schwimmhose einpacken, Sandschaufel und Kübel, und runter nach Nassau. Hab' sie gefragt, ob ich nicht meine Canasta-Kenntnisse auffrischen und schnell noch ein paar Stunden Cha-Cha-Cha nehmen solle. Da packten sie aus und sagten mir, ich würde hier unten mit dir zusammenarbeiten. Und da hab' ich halt eingepackt, was du vom Büro verlangt hast, statt Schaufel und Kübel Pfeil und Bogen mitgenommen, und da bin ich jetzt. Das ist alles. Jetzt bist du dran, alter Hurenkerl. Freut mich teuflisch, dich zu sehen.«

Bond erzählte Leiter nun Punkt für Punkt die ganze Geschichte. Als er auf die Schießerei vor der Zentrale zu sprechen kam, unterbrach ihn Leiter.

»Was glaubst du, James? Meiner Ansicht nach ist das schon ein komisches Zusammentreffen. Ja, wenn so was am Loop in Chikago passiert – aber eine Meile von Piccadilly?«

Bond sagte ernst: »Ich werde nicht klug daraus und die anderen auch nicht. Der einzige, der es in letzter Zeit auf mich abgesehen hatte, war ein verrückter Hund, den ich in einer Art Klinik getroffen habe.« Bond berichtete zu Leiters diebischer Freude einige Einzelheiten über seine Kur in *Shrublands*. »Ich hatte herausgefunden, daß der Mann ein Mitglied des ›Roten Blitz‹ war, eines chinesischen Geheimbundes. Er muß gehört haben, wie ich das Archiv deswegen anrief. Dann ist es ihm beinahe gelungen, mich umzubringen. Nun, Spaß muß sein, und so habe ich ihn dafür halb tot geröstet.« Bond schilderte die Einzelheiten. »Netter, ruhiger Ort, dieses *Shrublands*. Du würdest dich wundern, wie Karottensaft auf die Leute wirkt.«

»Wo steht denn dieses Narrenhaus?«

»In einem Ort namens Washington. Etwas kleiner als eures. Es liegt bei Brighton.«

»Und der Brief wurde in Brighton aufgegeben?«

»Das ist aber verdammt weit hergeholt.«
»Laß nur, ich probier noch was! Einer der Punkte, die unsere Leute herausgebracht haben, ist der Umstand, daß Vollmond einen nächtlichen Flugzeugraub wie diesen sehr begünstigt. Das Flugzeug wurde aber fünf Tage nach Vollmond gestohlen. Nehmen wir einmal an, deine Grill-Spezialität war der Briefabsender. Und nehmen wir weiter an, das Gegrilltwerden hat seinen Weg zum Briefkasten um ein paar Tage verzögert. Seine Arbeitgeber wären ziemlich verärgert, ja?«
»Das ist anzunehmen.«
»Und angenommen, sie gaben den Auftrag, ihn wegen Unfähigkeit zu liquidieren. Und angenommen, der Mörder erwischte ihn gerade im Moment jenes Anschlages auf dich. Na also. Paßt doch zusammen. Oder nicht?«
In Bonds Lachen klang Bewunderung mit. »Du hast Mescalin genommen oder was Ähnliches. Für einen Comic strip ist das eine blendende Geschichte, aber im wirklichen Leben passiert so was nicht.«
»Im wirklichen Leben werden auch keine Atombomben samt Flugzeug gestohlen, außer sie werden wirklich gestohlen — du verlierst Tempo, James. Wie viele Leute würden die Akten von ein paar Fällen, in die wir beide verwickelt waren, glaubhaft finden? Erzähl mir doch nichts vom wirklichen Leben, dieses Vieh gibt es nicht.«
Bond sagte ernst: »Also, hör mal zu, Felix. An deiner Geschichte ist gerade so viel dran, daß ich sie heute abend an M durchgeben werde. Vielleicht kann der Yard was damit anfangen. Sie können in der Klinik und im Spital in Brighton nachsehen, vielleicht bringt sie das weiter. Leider sind von dem Mann selbst nur die Schuhsohlen übrig, und den Motorradfahrer werden sie nicht erwischen. Dazu sah das Ganze viel zu sehr nach Profi-Arbeit aus.«
»Na eben! Und diese Luftpiraten sind doch auch Profis. Der ganze Plan ist Profi-Arbeit! Das paßt alles zueinander. Geh nur und funk das hinüber, und genier dich nicht zu sagen, daß es von mir kommt. Meine Ordenssammlung sieht ein bißchen dünn aus, seit ich die Abteilung verlassen habe.«
Sie fuhren am *Royal Bahamian* vor, und Bond gab dem Parkwächter die Schlüssel. Nachdem Leiter sich eingetragen hatte,

fuhren sie in sein Zimmer hinauf und bestellten zwei doppelte Dry Martinis *on the rocks* und die Speisekarte. Dann setzten sie sich auf den Balkon, um Bonds Entdeckungen von heute vormittag durchzusprechen.
Nach einer halben Stunde und einem weiteren doppelten Dry Martini kam ihr großartig angepriesener Lunch. Es war ein Schlangenfraß im Gesamtwert von einem halben Dollar, aber zum Preis von »38/6 oder Dollar 5,35«. Sie aßen in verärgerter Stimmung, bis Leiter Messer und Gabel hinwarf: »Na schön, Sherlock. Und was geschieht jetzt?«
»Das Wichtigste ist, daß wir nie mehr hier essen. Das Zweitwichtigste ist ein Besuch auf der *Disco* – und zwar sofort.« Bond erhob sich. »Danach müssen wir uns darüber klarwerden, ob diese Leute tatsächlich hinter einem Goldschatz oder hinter den hundert Millionen Pfund her sind. Und dann müssen wir über unsere Fortschritte berichten.« Bond wies auf die Kisten in der Zimmerecke. »Ich habe im obersten Stock der Polizeidirektion zwei Räume bekommen. Der Direktor arbeitet mit uns zusammen, er ist verläßlich. Wir können die Funkanlage dort aufbauen und heute abend Verbindung aufnehmen. Heute abend ist auch diese große Party im Kasino. Da gehen wir hin und sehen, ob uns eines von den Gesichtern bekannt vorkommt. Aber zuerst müssen wir feststellen, ob die Jacht radioaktiv ist oder nicht. Hast du den Geigerzähler zur Hand?«
»Aber sicher! Da wirst du Augen machen.« Leiter ging zu den Kisten, öffnete eine und kam mit einer Art Rolleiflexkamera in einem Lederetui zurück. »Da, hilf mir.« Dann vertauschte er seine Armbanduhr mit etwas, das wie eine Armbanduhr aussah. Die »Kamera« hängte er über seine linke Schulter. »Zieh jetzt die Drähte von der Uhr durch meinen Ärmel hinauf und innen im Rock herunter. Richtig. Diese beiden kleinen Stecker gehen durch die Löcher in meiner Rocktasche in die zwei Löcher des Etuis. Hast du's? Dann sind wir fertig.« Leiter stellte sich in Positur. »Ein Mann mit Armbanduhr und Kamera.« Er klappte die Kamera auf. »Siehst du? Tadellose Optik und alles. Man kann so tun, als würde man fotografieren. Aber hinter dieser Tarnung gibt es eine Röhre, einen Stromkreis und Batterien. Und jetzt schau dir diese Uhr an – es ist eine

Uhr.« Er hielt sie Bond vor die Augen. »Nur ist das Uhrwerk sehr klein, und dieser Zentralsekundenzeiger ein Zähler, der die Radioaktivität angibt. Die Drähte im Ärmel verbinden ihn mit dem Apparat. Fein, du trägst ja noch deine alte Armbanduhr mit den großen Leuchtziffern! – Ich gehe also zuerst durchs Zimmer, um den Nulleffekt festzustellen. Davon gehen wir aus. Alle möglichen Dinge haben Strahlung. Und ich sehe gelegentlich auf meine Uhr, ich bin so ein nervöser Typ, habe eine Verabredung vor mir. Also hier, beim Badezimmer, gibt alles Metall etwas Strahlung ab, und meine Uhr zeigt positiv, wenn auch nur wenig. Sonst ist nichts im Zimmer, und ich weiß nun, von welchem Nulleffekt ich auszugehen habe, wenn's Ernst wird. Klar? Jetzt komme ich in deine Nähe, und meine Kamera ist nur ein paar Zentimeter von deiner Hand entfernt. Schau her! Halt deine Uhr nahe an den Zähler! Siehst du? Der Zeiger ist ganz aufgeregt. Das sind die Phosphorziffern. Natürlich«, Leiter tippte auf das Lederetui, »ist das etwas Spezielles. Die meisten Typen geben ein Tickgeräusch von sich. Wenn man Uran sucht, trägt man Kopfhörer, um das Zeug in der Tiefe zu orten. Wir brauchen hier nichts so Empfindliches. Wenn wir in die Nähe des Bombenverstecks kommen, fliegt der Zeiger auch so glatt vom Zifferblatt. Okay? Also, mieten wir uns einen Sechs-Penny-Kahn, und machen wir unserem Ozean-Rennboot einen Besuch!«

13

Leiters »Sechs-Penny-Kahn« kostete zwanzig Dollar die Stunde: es war die Hotelbarkasse, ein elegantes Rennboot mit Chryslermotoren. Sie fuhren westwärts, an Silver Cay, Long Cay und Balmoral Island vorbei, umrundeten Delaware Point, und dann ging es acht Kilometer die Küste entlang, längs prächtiger Strandbesitzungen, zu 1200 Pfund pro Strandmeter, wie der Bootsmann sagte. Nachdem sie Old Fort Point umfahren hatten, kam das schimmernde, blau-weiße Schiff in Sicht. Es lag jenseits des Riffs im tiefen Wasser vor Anker. Leiter ließ einen bewundernden Pfiff hören und sagte: »Junge, ist das ein Boot! Das wär' was für meine Badewanne!«

»Kommt aus Italien, gebaut von Rodriguez in Messina, und heißt dort *Aliscafos.* Es hat unter dem Rumpf eine Gleitfläche. Wenn's losgeht, läßt man sie gewissermaßen hinunterrutschen, das Boot hebt sich aus dem Wasser, nur ein paar Meter Heck, und die Schrauben bleiben drin. Der Polizeidirektor sagt, es macht bei ruhiger See seine fünfzig Knoten. Natürlich nur gut für Küstenfahrten, aber diese Typen fassen über hundert Passagiere, wenn sie als Schnelltransporter gebaut sind. Das hier ist für vierzig gebaut, der Rest für den Besitzer und als Laderaum. Muß eine runde Viertelmillion gekostet haben.«
Jetzt mischte der Bootsmann sich ein: »In der Bay Street hört man, daß sie dieser Tage den Schatz heben wollen, denn die Teilhaber sind schon alle da. Neulich waren sie die ganze Nacht draußen, um noch einmal nachzusehen. Er soll unten bei Exhuma oder drüben bei den Watlings Islands sein, dort, wo Kolumbus zum erstenmal Land betreten hat, so um 1490 'rum. Man hört ja immer wieder von Schätzen bei den Ragged Islands. Sogar noch weiter, bei den Crooked Islands, könnte es sein. Tatsache ist, daß sie immer nach Süden auslaufen, wenigstens, solange die Maschinen noch zu hören sind. Ostsüdost würd' ich sagen.« Er spuckte diskret über die Bordwand. »Muß schon ein ganz schöner Haufen sein, bei *den* Schiffskosten und was die sonst noch 'rausschmeißen! Jedes Auftanken, sagt man, kostet sie 500 Pfund.«
Bond sagte nebenbei: »Wann waren sie zum letztenmal draußen?«
»Das war die Nacht, nachdem sie getankt hatten — ja, die vorletzte Nacht! Um sechs sind sie abgefahren.«
Sie näherten sich unter dem Blick der blanken Bullaugen dem Schiff. Ein Matrose, der gerade das Messing der runden, kuppelförmig geschlossenen Kommandobrücke putzte, ging hinein und sagte etwas in eine Sprechmuschel. Gleich darauf erschien ein großer Mann in weißen Leinenhosen und weitem Netzleibchen auf Deck und beobachtete sie durchs Fernglas. Er rief dem Matrosen etwas zu, der darauf an die steuerbords hinabführende Leiter trat. Als sie längsseits waren, rief er durch die hohlen Hände hinunter: »Was wünschen Sie, bitte? Sind Sie angemeldet?« Bond rief zurück: »Mr. Bond, James

Bond aus New York mit Anwalt! Es ist wegen *Palmyra,* Mr. Largos Besitzung hier!«

»Moment bitte!« Der Matrose verschwand und kam mit dem Mann in Leinenhosen und Netzleibchen zurück, der freundlich herabrief: »Kommen Sie, kommen Sie an Bord!« Er bedeutete dem Matrosen, beim Anlegen behilflich zu sein. Bond und Leiter kletterten an Deck.

Largo streckte ihnen die Hand entgegen. »Ich heiße Emilio Largo. Mr. Bond und . . .?«

»Mr. Larkin, mein New Yorker Anwalt. Ich selbst bin Engländer, habe aber Besitzungen in Amerika.« Händeschütteln. »Entschuldigen Sie die Störung, Mr. Largo, aber ich komme wegen *Palmyra,* dem Besitz, den Sie, wie ich höre, von Mr. Bryce gemietet haben.«

»Ah ja, natürlich!« Largo lächelte einladend. »Aber kommen Sie doch weiter, meine Herren, in die Kabine! Leider bin ich auf Ihren Besuch nicht vorbereitet.« Seine großen, braunen Hände strichen den Körper hinunter, der breite Mund verzog sich mißbilligend. »Für gewöhnlich sagen meine Besucher sich über das Strandtelefon an. Aber wenn Sie den Formfehler entschuldigen wollen . . .« Largo ließ den Satz unbeendet und führte sie durch eine niedrige Tür die paar Aluminiumstufen hinunter in die Hauptkabine. Hinter ihm schloß sich zischend die wasserdichte Tür.

Die geräumige Kabine war mahagonigetäfelt und mit einem weinroten Teppich sowie bequemen dunkelblauen Lederfauteuils ausgestattet. Das streifig einfallende Sonnenlicht gab dem sonst eher dunklen Raum etwas Heiteres. Es spielte auf dem langen, mit Papieren und Karten bedeckten Tisch, auf den Vitrinen mit Fischereigerät, Gewehren und anderen Waffen sowie auf dem schwarzen Taucheranzug mit Aqualunge, der in einer Ecke auf einem Gestell hing. Die Klimaanlage spendete herrliche Kühle, und Bond spürte, wie sein feuchtes Hemd sich langsam vom Körper löste.

»Nehmen Sie doch Platz, meine Herren!« Largo schob achtlos die Karten und Papiere beiseite. »Zigaretten?« Er stellte eine große Silberkassette auf den Tisch. »Und was darf ich zu trinken bringen? Etwas Kaltes, und vielleicht nicht zu stark? Pflanzerpunsch? Gin und Tonic? Hier sind auch verschiedene

Biersorten. Die Fahrt im offenen Boot war sicher sehr heiß. Ich hätte Ihnen gern mein Boot geschickt.«
Sie baten um einfaches Tonic. Bond sagte: »Es tut mir wirklich leid, so hereinzuplatzen, Mr. Largo! Aber ich hatte ja keine Ahnung, daß Sie telefonisch erreichbar sind. Wir sind nämlich erst heute früh angekommen und haben nur wenige Tage Zeit, darum diese Eile. Ich möchte mich hier ankaufen.«
»Ah ja?« Largo brachte Gläser und Getränk und setzte sich zu ihnen. »Gute Idee, die Gegend ist herrlich. Ich bin jetzt sechs Monate hier und möchte fast schon für immer da bleiben. Aber die Preise!« Er hob die Hände. »Diese Halsabschneider in der Bay Street! Und die Millionäre sind noch ärger! Sehr gescheit von Ihnen, daß Sie erst zu Ende der Saison kommen, vielleicht verkaufen manche Herrschaften jetzt billiger.«
»Genau das hab' ich mir auch gedacht!« Bond lehnte sich zurück und rauchte eine Zigarette an. »Oder vielmehr, mein Anwalt, Mr. Larkin, hat mir dazu geraten, nachdem er von den verrückten Grundstückspreisen hier erfahren hatte.« Bond wandte sich höflich an Leiter: »Nicht wahr, Mr. Larkin?«
»Horrend, Mr. Largo, einfach horrend. Ärger noch als in Florida! Astronomisch. Ich würde ja keinem meiner Klienten raten, bei solchen Preisen zuzugreifen.«
»Ganz gewiß.« Largo wollte sichtlich nicht zu tief in diese Dinge gezogen werden. »Aber Sie haben *Palmyra* erwähnt. Kann ich da etwas für Sie tun?«
Bond sagte: »Wie ich höre, haben Sie diesen Besitz gemietet, Mr. Largo, und man erzählt, daß Sie in kurzer Zeit abreisen wollen. Nun habe ich den Eindruck, *Palmyra* könnte das sein, was ich suche, und weil ich annehme, daß der Besitzer bei entsprechendem Preisangebot vielleicht verkaufen würde, wollte ich Sie fragen« – Bond sah Largo entschuldigungheischend an –, »ob wir hinausfahren und den Besitz ansehen könnten. Natürlich nur, wenn Sie nicht dort sind, und zu einer Zeit, die Ihnen genehm ist.«
Freundlich die weißen Zähne zeigend, breitete Largo die Hände aus: »Aber selbstverständlich, mein Verehrtester! Wann immer Sie wollen! Es wohnt nur meine Nichte mit ein paar Dienern dort, und auch sie ist die meiste Zeit außer Haus.

Bitte, rufen Sie sie doch an, ich werde Ihren Besuch avisieren. Der Besitz ist ja wirklich reizend, wissen Sie, architektonisch wundervoll! Hätten nur alle reichen Leute so viel Geschmack!«
Bond erhob sich, Leiter ebenfalls. »Nun, das ist wirklich zu freundlich von Ihnen, Mr. Largo! Aber jetzt wollen wir nicht länger stören. Vielleicht treffen wir uns noch in der Stadt, Sie müssen mit mir speisen! Freilich« – Bond legte Bewunderung und Schmeichelei in seine Worte – »wer eine Jacht wie diese besitzt, wird ja kaum an Land kommen wollen. Das ist wohl die einzige auf unserer Seite des Atlantik! Ist nicht zwischen Venedig und Triest so eine gefahren? Ich glaube, mich zu erinnern . . .«
Largo lächelte geschmeichelt: »Jawohl, stimmt, richtig! Auch auf den italienischen Seen gibt es welche, für den Passagierverkehr. Jetzt kauft man sie auch unten in Südamerika. Für Küstengewässer ist sie wundervoll, nur einszwanzig Tiefgang bei ausgefahrener Gleitfläche.«
»Gibt es da keine Raumschwierigkeiten?«
Es ist eine Schwäche aller Menschen, durchaus nicht der Frauen allein, daß sie ihre irdischen Güter lieben. So sagte auch Largo mit einer Spur verletzter Eitelkeit: »Nein, keineswegs! Haben Sie noch fünf Minuten Zeit? Dann können Sie sich selbst davon überzeugen. Im Moment sind wir eine Menge Leute hier, Sie haben ja gewiß von unserer Schatzsuche gehört?« Er blickte sie scharf an, wie jemand, der glaubt, nicht ganz ernst genommen zu werden. »Aber davon reden wir lieber nicht, Sie glauben sicher nicht an so etwas. Wie dem auch sei, meine Teilhaber sind alle an Bord, und das macht mit der Besatzung vierzig Köpfe. Sie werden sehen, daß wir es trotzdem nicht eng haben. Wollen Sie mitkommen?« Largo wies auf die Tür in der Kabinenrückwand.
Felix Leiter zögerte. »Sie wissen, Mr. Bond, die Besprechung um fünf Uhr mit Mr. Harold Christie?«
Bond schob den Einwurf beiseite: »Mr. Christie ist ein netter Mensch und wird Verständnis haben. Ich würde das Schiff sehr gern besichtigen, wenn es Ihre Zeit erlaubt, Mr. Largo!«
Largo sagte: »Kommen Sie, es dauert keine fünf Minuten! Und Mr. Christie ist ein Freund von mir. Er wird es entschuldigen.« Damit ging er zur Tür und hielt sie offen.

Schiffe, wie modern sie auch sein mögen, gleichen einander irgendwie: die Gänge zu beiden Seiten des Maschinenraums; die Reihen von Kabinen — alle besetzt, wie Largo erklärte; die großen Waschräume die Kombüse, wo zwei freundliche, weißbejackte Italiener zu Largos Scherzen lachten und über das Interesse der Besucher erfreut schienen; der riesige Maschinenraum, wo der Erste Ingenieur und sein Maat, offenbar Deutsche, mit viel Begeisterung die mächtigen Zwillingsdiesel und die Hydraulik des Gleitflächenauslösers erklärten — alles das glich in seinem Ablauf aufs Haar den üblichen Schiffsbesichtigungen.

Das knappe Achterdeck war ausgefüllt von dem kleinen, zweisitzigen Amphibienflugzeug, blau-weiß wie die Jacht, mit hochgeklappten Tragflächen, sowie von einer großen Jolle für etwa zwanzig Insassen und einem elektrisch betriebenen Hebebaum. Nachdem Bond die Wasserverdrängung und die Höhe über der Wasserlinie überschlagen hatte, sagte er beiläufig: »Und der Laderaum? Oder gibt es noch weitere Kabinen?«

»Nur noch die Ladung, und natürlich die Treibstofftanks. Der Betrieb des Schiffes ist recht teuer. Wir müssen mehrere Tonnen mitführen. Außerdem ist das Ballastproblem bei diesen Schiffen besonders groß. Wenn der Bug hoch geht, fließt der Treibstoff nach achtern, also braucht man große, seitliche Tanks, um das auszugleichen.« Während seiner Erläuterungen hatte Largo sie zurück zum Steuerbordgang geführt. Sie kamen eben an der Funkerkabine vorüber, als Bond plötzlich sagte: »Sie haben da vorhin Ihr Küstentelefon erwähnt. Was für Apparate haben Sie sonst noch? Die üblichen Marconi-Kurz- und -Langwellengeräte, nehme ich an? Könnte ich das einmal sehen? Radio hat mich schon immer interessiert.«

Aber Largo winkte höflich ab: »Vielleicht ein andermal, wenn es Ihnen nichts ausmacht. Der Funker hat jetzt alle Hände voll zu tun mit den Wetterberichten. Sie sind zur Zeit sehr wichtig für uns.«

»Natürlich.«

Sie stiegen auf die geschlossene Brücke, wo Largo kurz die Steuerung erklärte und sie dann auf das enge Deck hinausführte. »Ja, das wäre also das gute Schiff«, sagte er abschließend. »Die *Disco Volante* – die Fliegende Untertasse. Und fliegen kann sie wirklich. Ich hoffe, Sie und Mr. Larkin kommen in den nächsten Tagen zu einer kleinen Spazierfahrt mit. Im Augenblick« – er lächelte bedeutsam – »sind wir, wie Sie vielleicht gehört haben, sehr beschäftigt.«

»Sehr aufregend, diese Schatzsuche. Und Sie glauben, eine Chance zu haben?«

»Wir wollen es glauben. Leider kann ich Ihnen darüber nichts Näheres sagen.« Er machte eine entschuldigende Handbewegung. »Meine Lippen sind, wie man sagt, versiegelt. Ich hoffe, Sie verstehen das.«

»Aber natürlich, Sie müssen auf Ihre Teilhaber Rücksicht nehmen. Ich wünschte nur, auch ich gehörte dazu und könnte mitkommen! Sie haben wohl keinen Platz mehr für eine weitere Geldeinlage?«

»Leider nein. Die Anleihe ist, wie man so sagt, voll gezeichnet. Es wäre aber sehr schön gewesen, Sie bei uns zu haben.« Largo wies auf Leiter. »Mr. Larkin hat während unseres Rundganges immer wieder auf die Uhr gesehen. Ich glaube, wir dürfen Mr. Christie nicht länger warten lassen. Es war mir ein Vergnügen! Mr. Bond ... Mr. Larkin ...«

Unter Austausch weiterer Höflichkeiten stiegen sie hinunter zu dem wartenden Boot und fuhren ab. Largo winkte noch ein letztes Mal, ehe er durch die Tür zur Brücke verschwand.

Sie saßen im Heck, außer Hörweite des Bootsmanns. Leiter schüttelte den Kopf. »Völlig negativ. Reaktionen beim Maschinen- und Funkraum, aber das ist normal. Alles war normal, verdammt normal sogar. Was hältst du von ihm und dem ganzen Zirkus?«

»Das gleiche wie du – verdammt normal. Er sieht ganz nach dem aus, was er zu sein behauptet, und er benimmt sich auch so. Was wir von der Besatzung gesehen haben, das war Besatzung – oder es waren glänzende Schauspieler. Mir sind nur zwei Kleinigkeiten aufgefallen. Es war kein Zugang zum Laderaum zu sehen. Wie kommt aber dann die Ladung, von der er gesprochen hat, hinunter? Und wenn ich auch vom Schiffbau nicht viel verstehe, so muß dieser Laderaum doch recht geräumig sein. Ich werde mich beim Zoll und am Öltankplatz noch informieren. Weiterhin ist es merkwürdig, daß wir keinen der Teilhaber gesehen haben. Als wir an Bord gingen, war es etwa drei Uhr, und die meisten können Siesta gehalten haben. Aber alle neunzehn? Was tun sie die ganze Zeit in ihren Kabinen? Noch eine Kleinigkeit: hast du bemerkt, daß Largo nicht geraucht hat und daß nirgends auf dem Schiff Tabakgeruch zu spüren war? Unter vierzig Männern kein einziger Raucher? Hätte man auch nur einen Anhaltspunkt, dann könnte man sagen, das sei kein Zufall, sondern Disziplin, denn die richtigen Berufsverbrecher trinken und rauchen nicht. Aber ich gebe zu, das ist sehr weit hergeholt. Dann der Decca-Navigator und das Echolot: beides ganz schön teuer! Für eine große Jacht natürlich ziemlich normal, aber warum hat Largo nicht darauf hingewiesen, als er uns die Brücke gezeigt hat? Reiche Leute sind stolz auf ihr Spielzeug. Das alles sind natürlich nur Strohhalme, und ich würde es vollkommen in Ordnung finden, wenn nicht dieser fehlende Schiffsraum wäre. Dieses Gerede über Treibstoff und Ballast — da stimmt doch was nicht! Was meinst du?«

»Dasselbe. Wir haben zumindest die Hälfte des Schiffes nicht gesehen. Aber auch dafür gibt es eine plausible Erklärung: er will einfach seine Schatzsucher-Einrichtungen nicht sehen lassen. Erinnerst du dich an das Handelsschiff bei Gibraltar während des Krieges? Die italienischen Froschmänner haben es als Basis verwendet. Sie hatten so eine Art großer Klapptür unterhalb der Wasserlinie in den Rumpf geschnitten. Vielleicht gibt es hier auch so was?«

Bond sah Leiter scharf an. »Die *Olterra.* Einer der schwärzesten Punkte des Geheimdienstes im ganzen Krieg.« Er machte eine Pause. »Das Wasser unter der *Disco* ist etwa zwölf Meter tief. Wenn sie die Bomben unten im Sand vergraben hätten — würde dein Geigerzähler es dann anzeigen?«

»Kaum. Ich habe auch ein Unterwassermodell, und wir könnten uns ja überzeugen, sobald es finster ist. Aber wirklich, James« — Leiter runzelte die Stirn —, »verrennen wir uns da nicht, wenn wir unterm Bett nach Einbrechern suchen? Wir haben nahezu keine Anhaltspunkte. Largo ist ein kräftiger Kerl, sieht aus wie ein Seeräuber und ist wahrscheinlich ein Gauner, soweit es Frauen betrifft. Aber was haben wir sonst gegen ihn? Hast du die ganze Gesellschaft schon überprüfen lassen?«

»Jawohl. Ich habe alles Nötige vom Regierungsgebäude aus durchgegeben, per Funk, dringend. Bis heute abend müßten wir Antwort haben. Aber überleg dir doch, Felix« – Bond blieb hartnäckig –, »da ist ein verdammt rasches Schiff mit einem Flugzeug und vierzig Mann an Bord, und keiner weiß etwas darüber. Sonst gibt es in der ganzen Gegend keine andere Gruppe oder auch nur einen Einzelgänger, der im mindesten verdächtig wäre. Ja, die Schatzgeschichte scheint zu stimmen. Aber nimm einmal an, das Ganze ist falsch, ist nur verdammt gut ausgedacht. Das müßte es wohl auch sein, wenn so viel auf dem Spiel steht. Betrachte es von dieser Seite! Die sogenannten Teilhaber treffen alle genau am 3. Juni ein. In der nämlichen Nacht läuft die *Disco* aus und bleibt bis zum Morgen fort. Angenommen, sie hatten mit dem Bomber einen Treffpunkt irgendwo im seichten Wasser vereinbart. Und angenommen, sie haben die Bomben herausgeholt und versteckt – im Sand unterm Schiff, wenn du willst. Jedenfalls dort, wo sie sicher und zur Hand sind. Alles das angenommen: was hältst du *dann* davon?«
»Nicht sehr viel, James. Aber vielleicht läßt sich daraus etwas machen.« Er lachte ironisch. »Freilich, lieber möcht' ich mich erschießen, als das heute abend im Rapport durchzugeben. Wenn wir uns schon lächerlich machen wollen, dann lieber ohne Wissen unserer verehrten Chefs. Was tun wir also weiter?«
»Du siehst zu, daß unsere Funkanlage läuft, und ich tu' mich beim Öltankplatz um. Dann rufen wir das Dominomädchen an, sehen zu, daß sie uns zu einem Drink einlädt, und schauen uns Largos Landstützpunkt rasch mal an. Dann gehen wir ins Kasino zu dem ganzen Largo-Verein. Und dann«, Bond sah stur vor sich hin, »lasse ich mir vom Polizeidirektor einen guten Mann geben, schnalle mir eine Aqualunge um und schnüffle mit deinem anderen Geigerzähler unter der *Disco* herum.«
Im Hotel wartete schon ein Meldefahrer vom Regierungsgebäude. Er salutierte stramm und überreichte Bond einen Umschlag mit dem Aufdruck *Im Dienste Ihrer Majestät.* Bond unterschrieb. Es war ein Telegramm vom Kolonialamt, an den Gouverneur persönlich gerichtet. Vor dem Text stand

PROBOND. Er lautete: IHR 1107 ARCHIV HAT NICHTS WIEDERHOLE NICHTS ÜBER DIESE NAMEN STOP ALLE STATIONEN BERICHTEN NEGATIV ÜBER FEUERBALL – STOP – FRAGE WAS HABEN SIE. Die Nachricht war mit PRISM unterzeichnet, was bedeutete, daß M sie genehmigt hatte.

Nachdem auch Leiter sie gelesen hatte, sagte er: »Wir sind auf der falschen Fährte und können Daumen drehn. Also, auf später in der *Pineapple-Bar* auf einen Dry Martini mit einer Riesenolive!«

14

Wie sich herausstellte, fiel die erste Hälfte von Bonds Abendprogramm ins Wasser. Domino Vitali sagte am Telefon, sie könnten das Haus nicht besichtigen, da für diesen Abend ihr Beschützer und einige seiner Freunde angesagt seien, doch könne man sich im Kasino treffen. Sie werde an Bord zu Abend essen, später würde die *Disco* vor dem Kasino ankern. Sie habe aber ein schlechtes Personengedächtnis, und so bitte sie Bond, eine Blume oder sonst ein Erkennungszeichen im Knopfloch zu tragen.

Bond hatte gelacht. Es würde schon klappen, er werde sie an ihren blauen Augen erkennen, die seien unvergeßlich. Mitten in ihrem amüsierten, sinnlichen Lachen hatte er aufgelegt. Er wünschte plötzlich dringend, sie wiederzusehen.

Die Fahrt des Schiffes begünstigte seinen Plan. Es im Hafen auszukundschaften war leichter. Man mußte nicht so weit schwimmen und konnte beim Polizeianlegeplatz ins Wasser gehen. Auch der frühere Ankerplatz war dann leichter zu untersuchen. Wenn aber Largo so unbekümmert herumfuhr, gab es dort vielleicht gar keine Bomben! Bond beschloß, das erst zu entscheiden, wenn er mehr und genauere Informationen über den Schiffsrumpf besaß.

Er ging in sein Zimmer und setzte seinen negativen Rapport an M auf. Sollte er etwas von dem Schatten jener Spur erwähnen, die er verfolgte? Nein, noch nicht. Nachrichten, deren Grundlage ein bloßer Wunsch ist, sind auf dem Gebiet der

Geheiminformation der gefährlichste Artikel. Bond konnte sich die Wirkung in Whitehall vorstellen, wo man in der »Feuerball«-Befehlsstelle ängstlich auf den kleinsten Hinweis wartete. Nein, die Folgen waren nicht auszudenken!
Bond wischte sich die Stirn. Er hob seine Chiffriermaschine aus dem Kasten, verschlüsselte seinen Text, kontrollierte ihn und begab sich in die Polizeizentrale. Dort saß Leiter an seiner Apparatur, schwitzend vor Konzentration. Nach zehn Minuten nahm er die Hörer ab und übergab sie Bond. Er trocknete sich das Gesicht mit dem bereits durchtränkten Taschentuch. »Erst waren's die Sonnenflecken, und ich mußte auf die Ausweichfrequenz. Und da sitzt ein Affe am anderen Ende — du weißt schon, so einer, der dir den ganzen Shakespeare durchgibt, wenn du ihn schreiben läßt.« Verärgert fächelte er mit mehreren Seiten Schlüsseltext. »Jetzt kann ich den ganzen Mist entschlüsseln! Wahrscheinlich von der Buchhaltung, wieviel Extra-Einkommensteuer mich diese Sonnenfahrt kosten wird.« Er setzte sich an einen Tisch und begann an seiner Maschine zu kurbeln.
Bond gab seine kurze Meldung durch, fragte, ob etwas für ihn da sei, schaltete ab, ließ Leiter allein und ging hinunter zum Direktor.
Harling saß in Hemdsärmeln an seinem Schreibtisch und diktierte gerade einem Sergeanten. Als Bond eintrat, entließ er den Mann, schob eine Schachtel Zigaretten über den Tisch, zündete sich eine an und fragte lächelnd: »Was Neues?«
Bond erzählte vom Verlauf seiner Nachforschungen über Largos Gruppe und von seinem Besuch auf der Jacht. Er sagte dem Direktor, was er über die Treibstofftanks der *Disco* wissen wollte. Der nickte freundlich, hob ab und verlangte Sergeant Molony von der Hafenpolizei. Dann legte er auf und erklärte: »Wir kontrollieren alle Treibstoffübernahmen. Unser Hafen ist eng und gestopft voll mit kleinen Schiffen, Tiefseefischerbooten und so weiter. Die Feuergefahr ist da ziemlich groß. Deshalb erkundigen wir uns, was jeder mitführt und wie's in den Schiffen aussieht. Eben für den Fall, daß ein Feuer zu bekämpfen oder ein bestimmtes Schiff rasch aus der Gefahrenzone zu bringen ist.« Das Telefon läutete. »Sergeant Molony?« Harling wiederholte Bonds Fragen, hörte

zu, dankte und legte auf. »Höchstens 2300 Liter Dieselöl, außerdem etwa 180 Liter Schmieröl und 450 Liter Trinkwasser — alles mittschiffs gerade vor dem Maschinenraum. Das wollten Sie doch wissen?«

Also waren Largos Erklärungen bezüglich der Seitentanks und des Ballastproblems barer Unsinn! Natürlich konnte die Schatzsuche hinter dieser Heimlichtuerei stecken, aber es war nun zumindest klar, daß Largo ein unglaubwürdiger Zeuge war. Jetzt war Bond nur noch fester entschlossen, sich den Schiffsrumpf näher anzusehen. Leiters Vermutung, das Schiff könne eine ähnliche Unterwasserluke haben wie die *Olterra*, war zwar weit hergeholt — aber vielleicht war etwas dran.

Bond deutete dem Direktor seine Gedanken an und sagte ihm, wo die *Disco* diese Nacht liegen würde. Dann fragte er nach einem wirklich verläßlichen Helfer bei seiner Unterwassertour. Ob es hier eine gutgefüllte Aqualunge gebe?

Freundlich gab Harling zu bedenken, ob eine heimliche Besichtigung nicht unklug wäre; er kenne die Gesetze über Besitzstörung nicht so genau, aber es handle sich hier um offensichtlich solide Leute, die überdies viel Geld ausgäben. Largo sei allgemein beliebt, und jeder Skandal, an dem die Polizei beteiligt wäre, würde in der Kolonie viel Staub aufwirbeln.

Aber Bond blieb fest: »Tut mir leid, Herr Direktor, ich kann Sie zwar verstehen, aber man muß es riskieren. Die Instruktionen des Staatssekretärs sind ausreichend. Falls Sie es aber wünschen, kann ich von ihm und vom Premier innerhalb einer Stunde ausdrücklich Order bekommen.«

Der Polizeidirektor schüttelte lächelnd den Kopf. »Sie müssen nicht gleich mit dem schwersten Geschütz auffahren, Commander! Selbstverständlich sollen Sie haben, was Sie wünschen. Ich wollte Sie nur über die hiesige Stimmung informieren. Der Gouverneur hätte Sie sicherlich in gleicher Weise gewarnt. Ich werde Ihnen also Konstabler Santos zuteilen lassen. Fabelhafter Kerl, stammt aus Eleuthera, wo er sämtliche Schwimmeisterschaften gewonnen hat. Er wird mit dem Tauchgerät zur Stelle sein, wo immer Sie es wünschen.«

Wieder im Hotel, nahm Bond eine Dusche, schluckte einen doppelten Bourbon Old Fashioned und warf sich aufs Bett. Er fühlte sich total erschöpft.

Die *Pineapple-Bar* hatte Bambusverkleidung, die zum Schutz gegen die Termiten lackiert war. Schmiedeeiserne Ananas auf den Tischen und an den Wänden hielten dicke, rote Kerzen, und außerdem sorgten in die Wand eingelassene, beleuchtete Aquarien sowie Deckenlichter in Form von rosafarbenen Seesternen aus Glas für zusätzliches Licht. Die Vinylit-Sitzbänke waren elfenbeinweiß, die beiden Kellner trugen scharlachseidene Kalypsohemden zu schwarzen Hosen.
Bond setzte sich zu Leiter an den Ecktisch. Beide trugen sie Smoking mit weißer Jacke. Leiter bestellte zwei Dry Martinis. »Jetzt paß auf«, sagte er verärgert.
Die Martinis kamen. Leiter warf einen Blick darauf und sagte dann dem Kellner, er solle den Barmann herschicken. Als der Barmann mit giftigem Blick herankam, sagte Leiter: »Mein Lieber, ich habe einen *Martini* verlangt, keine vollgesoffene Olive!« Er holte mit dem Cocktailstäbchen die Olive aus dem Glas: erst zu drei Vierteln gefüllt, war es jetzt nur mehr halb voll. Leiter sagte milde: »So was hat man bei mir schon probiert, als Sie noch Ihre Milch getrunken haben. Und als Sie beim Coca-Cola waren, hatte ich die Wirtschaftsprinzipien Ihres Geschäftes schon im kleinen Finger. Eine Flasche Gordon's Gin enthält sechzehn echte Portionen — das heißt doppelte, was anderes trink' ich nicht. Wenn Sie drei Unzen Wasser dazugeben, werden daraus 22. Nehmen Sie außerdem einen Mixbecher mit dickem Boden und ein Glas fetter Oliven wie die da, dann haben Sie rund 28 Portionen. Die Flasche Gin kostet zwei Dollar im Einzelhandel, also sagen wir einssechzig im Einkauf. Sie verlangen für einen Martini achtzig Cents, einssechzig für zwei. Das ist der Preis der ganzen Flasche, und Sie haben noch immer 26 Portionen. Macht bei einer Flasche Gin einen Gewinn von 21 Dollar. Ziehen wir den einen Dollar noch für die Oliven und den Schuß Wermut ab, so bleiben immer noch zwanzig Dollar für Sie, und das, mein Lieber, ist zu viel. Wenn ich mir jetzt die Mühe nähme, diesen Martini der Direktion und dann dem Touristenkomitee zu zeigen, bekämen Sie Unannehmlichkeiten. Seien Sie also lieb zu uns, und mixen Sie uns zwei große Dry Martinis ohne Oliven, aber mit etwas Zitronenschale separat. Okay? Sehr gut, dann sind wir wieder Freunde.«

Die Miene des Barmanns hatte von Entrüstung über Respekt zu Schuldbewußtsein und Furcht gewechselt. Dennoch wahrte er einen Rest seiner Berufswürde, indem er den Kellner herzitierte, damit dieser die Gläser abserviere, und dazu sagte: »Okay, Sir, wie Sie wünschen. Aber unsere Spesen sind sehr hoch, und die Mehrzahl der Gäste beschwert sich nie.«

Leiter sagte nur: »Na ja, wir sind eben schon trocken hinter den Ohren. Und ein guter Barmann sollte Leute wie uns von den Angebern unterscheiden können, die nur in Ihrer schönen Bar gesehen werden wollen.«

»Jawohl, Sir.«

Der Barmann entfernte sich mit der ganzen Würde des Schwarzen.

Die Drinks kamen. Sie waren ausgezeichnet. Das beruhigte Leiter, und er bestellte eine zweite Runde. Dann sagte er: »Ich bin einfach wütend, weil wir den Hintern in diese Sandkiste stecken müssen, während andere an den heißen Punkten sitzen, dort, wo wirklich was los ist — oder was los sein kann! Bin mir ganz schön blöd vorgekommen mit dem Geigerzähler auf einer *Jacht!* Für solche Spielereien ist man einfach schon zu erwachsen!«

Bond sagte zweifelnd: »Möglich, daß ich alles zu ernst nehme, aber irgendwas Verdächtiges geht hier vor. Ich bin der Sache mit dem Treibstoff nachgegangen, und es ist jetzt so gut wie sicher, daß Largo uns belogen hat.« Bond erzählte die Einzelheiten. »Aber heut abend muß ich's herausbekommen! Bist du dir klar, daß wir nur noch siebzig Stunden vor uns haben? Finde ich was, so schlage ich vor, wir nehmen morgen ein kleines Flugzeug und suchen womöglich das ganze Gebiet ab. So ein Bomber ist einfach zu groß, um ihn spurlos verschwinden zu lassen — auch unter Wasser. Du hast doch noch deine Fluglizenz?«

»Sicher, sicher.« Leiter zuckte die Achseln. »Natürlich komme ich mit. Wenn wir was finden, so ist diese Nachricht von heute abend vielleicht doch nicht so blöd, wie sie aussieht.«

Das also hatte Leiter so wütend gemacht! »Welche Nachricht?« fragte Bond.

Leiter nahm einen Schluck und starrte mürrisch in sein Glas.

»Ach, wieder so eine Wichtigmacherei von diesen Politikern im Pentagon! Der Text ist ein Zirkular an alle unsere Leute, daß Armee, Marine und Luftwaffe zur vollen Unterstützung der CIA bereitstehen. Stell dir das nur vor, verdammt noch mal!« Leiter sah Bond wütend an. »Diese weltweite Vergeudung von Treibstoff und Arbeitskraft! Und weißt du, was man *mir* zugeteilt hat? Du wirst lachen: ein halbes Geschwader Super-Sabre-Kampfbomber aus Pensacola und« – Leiter bohrte den Finger in Bonds Unterarm –, »und, mein Lieber, die *Manta!* Amerikas allerneuestes Atom-U-Boot!« Da Bond angesichts solcher Heftigkeit lächeln mußte, setzte Leiter ruhiger fort: »Na ja, ganz so idiotisch ist es ja nicht. Diese Sabres fliegen auf jeden Fall U-Boot-Abwehr und führen ihre Wasserbomben mit. Die müssen so und so in Bereitschaft sein. Und die *Manta* ist zufällig auf Übungsfahrt in diesen Gewässern, vielleicht zur Abwechslung mal auf dem Weg unter den Südpol oder auf sonst einer albernen Propagandatour zur Unterstützung des Marinebudgets. Aber was sagst du: dieses ganze Material im Wert von Millionen Dollar wartet nur auf den Abruf durch den Leutnant Leiter, Kommandoraum 201 im *Royal Bahamian!* Nicht schlecht, was?«
Bond zuckte die Achseln. »Euer Präsident nimmt die Sache eben ein wenig ernster als sein Mann in Nassau. Ich glaube, unsere Stabschefs machen dasselbe auf der anderen Seite des Atlantik. Jedenfalls kann es nicht schaden, wenn die großen Bataillone für den Fall bereitstehen, daß Nassaus Kasino plötzlich zum Ziel Nr. 1 wird. Was denken eure Leute übrigens wegen dieser Ziele? Was könnte hier in der Gegend zu dem Brief von SPECTRE passen? Es wird darin von einem ›Besitztum der Westmächte‹ gesprochen. Ich weiß nur von der gemeinsamen Raketenbasis bei North-West Cay am Ostende von Groß-Bahama, 250 Kilometer nördlich von hier. Die Anlagen und Raketen dort sind leicht ihre hundert Millionen Pfund wert.«
»Die einzig möglichen Ziele, die mir angegeben wurden, sind Kap Kennedy, dann der Marinestützpunkt in Pensacola und, wenn die Sache wirklich in dieser Gegend steigen sollte, Miami oder Tampa als Ziel Nr. 2. Wenn wir die Sache ernst nehmen wollen, würde ich auf Kap Kennedy oder auf North-

West Cay tippen. Ich kann nur nicht verstehen, wie sie diese Bomben zum Ziel und zur Wirkung bringen können?«

»Vielleicht mit einem U-Boot – einfach so eine Bombe durch ein Torpedorohr vor die Küste legen. Oder sogar mit einem Segelboot. Wenn sie alle Teile aus dem Flugzeug geborgen haben, werden sie diese Dinger unschwer zur Explosion bringen können. Man muß zwischen TNT und Plutonium nur den Spezialzünder einsetzen und den Aufschlagzünder in der Spitze durch eine Zeitzündung ersetzen, damit man genug Zeit hat, um sich 150 Kilometer weit abzusetzen. Natürlich braucht man dazu einen Fachmann, aber die Fahrt selbst wäre für ein Schiff wie die *Disco* kein Problem. Wenn sie die Bombe um Mitternacht vor Groß-Bahama legt, ist sie zur Frühstückszeit wieder bei *Palmyra* vor Anker.« Bond lächelte. »Verstehst du mich? Paßt alles zusammen.«

»Blödsinn!« sagte Leiter bündig. »Du mußt schon was Besseres finden, um meinen Blutdruck hinaufzutreiben. Machen wir, daß wir hier wegkommen, und essen wir in einer dieser Neppbuden in der Bay Street ein paar Eier mit Schinken. Wird uns alles in allem zwanzig Dollar kosten, aber das verbraucht die *Manta* mit jeder Schraubenumdrehung. Und dann gehen wir 'rüber ins Kasino nachsehen, ob Mr. Fuchs oder Signor Pontecorvo neben Largo am Vingt-et-un-Tisch sitzen.«

15

Das Kasino in Nassau ist das einzig legale Kasino auf britischem Boden. Welcher Auslegung der Commonwealth-Gesetze es seine Existenz verdankt, kann niemand genau sagen. Jedes Jahr wird es an ein kanadisches Spielsyndikat vermietet, dessen Gewinn während der eleganten Wintersaison sich auf durchschnittlich 10 000 Pfund beläuft. Gespielt werden Roulett mit zwei Zeros statt einer einzigen, was die Einnahmen des Hauses gegenüber den in Europa üblichen 3,6 auf ansehnliche 5,4 Prozent erhöht, ferner Vingt-et-un oder 21, woran das Haus zwischen sechs und sieben Prozent verdient, und schließlich ein Tisch Chemin-de-fer, dessen Pott bescheidene fünf Prozent ergibt. Das Unternehmen wird als Club in einem schönen Privathaus der West Bay Street geführt, hat einen hübschen Tanz- und Speisesaal mit einer Dreimannkapelle, die alte Schlager strikt im Takt spielt, und eine Bar in der Halle. Im ganzen also ein gutgeführtes, elegantes Lokal, das seinen Gewinn zu Recht verdient.

Der Adjutant des Gouverneurs hatte Bond und Leiter Mitgliedskarten überreicht, und nach einem Kaffee und Whisky an der Bar trennte man sich und ging zu den Tischen.

Largo spielte Chemin-de-fer. Vor sich hatte er einen dicken Stoß Hundert-Dollar-Plaques aufgeschichtet sowie ein halbes Dutzend der großen gelben Tausend-Dollar-Scheiben. Domino Vitali saß kettenrauchend hinter ihm und sah dem Spiel zu, das Bond aus der Entfernung beobachtete. Largo spielte sehr hoch, sagte »banko«, wann immer er konnte, und ließ die eigene Bank laufen. Er gewann stetig, die Leute scherzten mit ihm und applaudierten bei seinen gelungenen Coups. Er war sichtlich beliebt im Kasino. Domino, in Schwarz mit viereckigem Ausschnitt und einem großen Diamanten an dünner Kette, sah gelangweilt und verdrossen aus. Als die Frau rechts von Largo, die dreimal gegen ihn banko gemacht und verloren hatte, aufstand und den Tisch verließ, schlüpfte Bond auf den leeren Platz. Die Bank betrug 800 Dollar – dank Largo, der den Pott nach jedem Spiel stehenließ.

Für den Bankhalter ist es gut, wenn er den dritten banko überstanden hat. Oft bedeutet das, daß die Bank weiterläuft, was Bond sehr wohl wußte. Weit schmerzlicher war das Bewußtsein, daß sein gesamtes Kapital nur tausend Dollar ausmachte. Aber die Tatsache, daß durch Largos Glück schon alle nervös waren, machte ihn kühn. Schließlich hat ein Tisch kein Gedächtnis, sagte er sich, und dem Mutigen gehört die Welt.

»Banko!«

»Ah, mein Freund, Mr. Bond!« Largo streckte die Hand aus. »Jetzt kommen die Moneten an den Tisch. Vielleicht sollte ich die Bank weitergeben. Die Engländer verstehen sich aufs Eisenbahnspielen. Aber«, er lächelte charmant, »wenn ich schon verlieren soll, dann gegen Mr. Bond!«

Die große braune Hand schlug leicht auf die Kassette. Largo zog die rosa Spielkarte heraus und schob sie über das grüne Tuch Bond zu. Dann entnahm er eine für sich und drückte nochmals für jeden von ihnen eine weitere heraus. Bond nahm seine erste und warf sie aufgedeckt auf den Tisch: Karo-Neun. Er sah zu Largo hinüber und sagte: »Das ist immer ein guter Anfang, so gut, daß ich auch meine zweite aufdecke.« Nachlässig warf er sie neben die Neun. Es war die Pik-Zehn. Ausgezeichnet! Wenn Largos Karten nicht neun oder neunzehn ergaben, hatte Bond gewonnen.

Largos Lachen hatte einen scharfen Beiklang. »Sie zwingen mich, es zu versuchen«, sagte er belustigt und deckte seine Karten auf: Herz-Acht und Treff-König! Largo hatte um einen Punkt verloren. Er lachte übertrieben. »Einer muß der zweite sein«, sagte er zu den Umsitzenden. »Was hab' ich gesagt? Die Engländer ziehen, was sie wollen.«

Der Croupier schob die Spielmarken zu Bond hinüber, der sie vor sich aufschichtete. Dann wies er auf den Haufen vor Largo: »Das tun die Italiener auch, wie man sieht. Sagte ich Ihnen nicht heute nachmittag, wir sollten Partner werden?«

Largo lachte erfreut. »Nun, versuchen wir's noch mal! Sie setzen Ihren Gewinn, und ich mache zusammen mit Mr. Snow zu Ihrer Rechten banko! Ja, Mr. Snow?«

Mr. Snow war einverstanden. Bond setzte die 800, und die beiden setzten je 400 gegen ihn. Wieder gewann Bond um einen Punkt, diesmal mit einer Sechs gegen eine Fünf für den Tisch.

Largo schüttelte düster den Kopf. »Das war jetzt tatsächlich die Schrift an der Wand. Mr. Snow, Sie werden allein weiterspielen müssen. Gegen Mr. Bond ist für mich heute nichts zu machen, ich gebe auf.«

Largos Lächeln war jetzt gezwungen. Mr. Snow ging weiter und schob 1600 Dollar nach vorn, um Bonds Einsatz zu halten. Der dachte: 1600 Dollar in zwei Coups, das sind mehr als 500 Pfund! Wenn ich die Bank jetzt nicht nehme und sie beim nächsten Blatt verliere ... Er zog seinen Einsatz zurück und sagte: *»La main passe.«* Stimmengemurmel. Dann rief Largo theatralisch: »Tun Sie mir das nicht an! Sagen Sie nicht, daß die Bank beim nächsten Mal umfällt! Wenn ja, erschieß ich mich. Okay, okay, ich kaufe Mr. Bonds Bank, und wir werden sehen.« Er warf ein paar Plaques im Wert von 1600 Dollar auf den Tisch.

Und Bond hörte sich »banko« sagen! Banko, gegen seine eigene Bank: die dritte Kampfansage an Largo!
Largo drehte sich zu Bond und sah ihn mit besorgter Neugier an. »Aber, mein Bester, Sie verfolgen mich ja, Sie jagen mich! Was ist das? Eine Vendetta?«
Bond dachte: ich möchte doch sehen, ob eine Wortverbindung etwas bei ihm bewirkt. Er sagte: »Als ich vorhin zum Tisch kam, habe ich ein *Spectre* (Gespenst) gesehen.« Er sagte das Wort ohne jede besondere Betonung.
Das Lächeln wich aus Largos Gesicht, als wäre er geohrfeigt worden. Es war sofort wieder da, aber die Züge waren jetzt gespannt, der Blick hart und wachsam. »Wirklich? Was meinen Sie damit?«
Bond sagte leichthin: »Das *Spectre* der Niederlage. Ich sah Ihr Glück sich wenden. Aber vielleicht hatte ich unrecht.« Er wies auf die Kassette. »Sehen wir's uns an.«
Am Tisch war es still geworden. Spieler und Zuschauer spürten die Spannung zwischen den beiden Männern. Plötzlich war Feindseligkeit, was vorher nur Scherz gewesen. War es wegen des Mädchens?
Largo lachte auf. Wieder waren Fröhlichkeit und Prahlerei auf seinem Gesicht. »Aha! Mein Freund versucht's mit dem bösen Blick! Aber dort, wo ich herkomme, gibt es ein Mittel dagegen.« Er hob die eine Hand, streckte ihren ersten und letzten Finger so aus, daß sie eine Gabel bildeten, und stieß damit in Richtung auf Bonds Gesicht. Für die Zuschauer war es nur Theater, aber Bond spürte die Wut und die Böswilligkeit hinter der alten Mafiageste.
Gutmütig lachte er: »Jetzt haben Sie mich bestimmt verhext. Ob aber die Karten? Kommen Sie, mein *Spectre* gegen das Ihre!«
Wieder huschte der zweifelnde Ausdruck über Largos Gesicht. Warum nochmals die Verwendung dieses Wortes? Kräftig schlug er auf die Kassette. »Na schön, mein Freund. Entscheidungskampf in drei Sätzen. Jetzt kommt der dritte.«
Geschickt zog er die vier Karten. Am Tisch war es totenstill. Bond besah seine beiden Karten in der hohlen Hand. Er hatte im ganzen eine Fünf – eine Treff-Zehn und eine Herz-Fünf. Fünf ist eine Grenzzahl: man kann kaufen oder nicht. Bond

legte die Karten verdeckt auf den Tisch und sagte mit dem zuversichtlichen Blick des Mannes, der eine Sechs oder eine Sieben hat: »Danke, keine Karte.«
Largos Augen verengten sich, während er in Bonds Gesicht zu lesen suchte. Er drehte seine Karten um und warf sie verächtlich auf den Tisch. Gleichfalls fünf. Was tun? Nochmals blickte er auf den ruhig lächelnden Bond – und zog. Pik-Neun! Durch das Kaufen der weiteren Karte hatte er jetzt vier gegen Bonds fünf.
Unbewegt deckte Bond sein Blatt auf und sagte: »Ich fürchte, Sie hätten den bösen Blick im Paket umbringen müssen, nicht bei mir.«
Um den Tisch schwirrten die Bemerkungen. »Wenn der Italiener bei seinen fünf geblieben wäre . . .« – »Bei fünf kaufe ich immer!« – »Ich nie!« – »Es war Pech.« – »Nein, es war schlecht gespielt!«
Jetzt mußte Largo sich anstrengen, den Ärger zu verbergen. Aber es gelang ihm. Das Lächeln verlor die Gezwungenheit, die Fäuste lösten sich. Er atmete tief und streckte Bond die Hand hin. Bond war auf der Hut, aber es wurde nur ein fester Händedruck, nicht mehr. Largo sagte: »Jetzt muß ich warten, bis die Kassette wieder zu mir kommt. Sie haben mir meinen ganzen Gewinn abgenommen. Jetzt heißt es, den ganzen Abend hart arbeiten, anstatt meine Nichte zu einem Drink zu führen und mit ihr zu tanzen!« Er wandte sich an Domino. »Meine Liebe, ich glaube, du kennst Mr. Bond nur vom Telefon. Er hat meine Pläne über den Haufen geworfen, und du mußt dich nun nach einem anderen Kavalier umsehen.«
Bond wandte sich ihr zu. »Guten Abend. Haben wir uns nicht heute morgen im Tabakladen getroffen?«
Das Mädchen blickte auf und sagte gleichgültig: »Ja? Möglich. Ich hab' ein so schlechtes Personengedächtnis.«
»Darf ich Sie zu einem Drink einladen? Dank Mr. Largos Freigebigkeit kann ich mir jetzt sogar einen Nassau-Drink leisten! Denn hier bin ich ohnehin fertig, man soll sein Glück nicht versuchen!«
Sie erhob sich und sagte ungnädig: »Wenn Sie nichts Besseres zu tun haben . . .« Sie wandte sich an Largo: »Emilio, wenn ich dir diesen Mr. Bond vom Hals schaffe, wird sich dein

Glück vielleicht wieder wenden. Wir sind im Speisesaal zu Kaviar und Champagner, damit soviel wie möglich von deinem Geld in die Familie zurückkommt.«

Largo lachte. Seine gute Laune war zurückgekehrt: »Mr. Bond, jetzt kommen Sie vom Regen in die Traufe! In Dominettas Händen geht's Ihnen nicht so gut wie bei mir. Auf später, mein Lieber. Jetzt muß ich zurück in die Salzminen, zu denen Sie mich verdammt haben.«

Bond sagte: »Also, danke für das Spiel. Ich bestelle Kaviar und Champagner für drei, mein *Spectre* verdient auch seinen Lohn.«

Hatte der Schatten, der wiederum durch Largos Augen huschte, noch einen anderen Grund als nur den italienischen Aberglauben? Bond stand auf und folgte dem Mädchen zwischen den vollbesetzten Tischen zum Speisesaal. Dabei bemerkte er zum erstenmal, daß sie kaum merklich hinkte.

Als der Cliquot rosé und für fünfzig Dollar Beluga-Kaviar auf dem Tisch standen, fragte er sie: »Haben Sie sich heute beim Schwimmen verletzt?«

Sie blickte ihn ernst an. »Nein. Das eine Bein ist um zwei Zentimeter kürzer. Stört es Sie?«

»Im Gegenteil, ich finde es hübsch. Es gibt Ihnen etwas Kindliches.«

»Und nichts von einer alten, ausgehaltenen Frau, nicht wahr?« Sie sah ihn herausfordernd an.

»Kommen Sie sich so vor?«

»Auf das läuft es doch hinaus, nicht? Jedenfalls denken das alle in Nassau.«

»Davon hab' ich noch nichts gehört. Außerdem bilde ich mir meine Meinung über die Menschen lieber selbst. Wenn man andere fragt, bekommt man fast immer eine abfällige Auskunft. Die Welt liebt eben die üble Nachrede. Möchten Sie gern wissen, was ich von Ihnen denke?«

Sie lächelte. »Jede Frau hört gern von sich sprechen. Also sagen Sie's schon! Wenn es aber unwahr klingt, höre ich Ihnen nicht mehr zu.«

»Nun, Sie sind eine junge Frau, jünger als Sie selbst wissen, jünger als Sie sich kleiden. Sie sind sorgsam erzogen worden, in einem Haus mit roten Samtvorhängen und dicken Perser-

teppichen. Aber dann wurde Ihnen der Teppich unter den Füßen weggezogen, und Sie standen mehr oder weniger auf der Straße. Und da haben Sie begonnen, sich wieder zum Teppich und den Samtvorhängen zurückzuarbeiten. Sie benutzten Ihren Körper, er war ein wundervolles Mittel dazu – aber indem Sie ihn benutzten, mußten Sie Ihre Gefühle beiseite lassen, die auch jetzt noch nicht abgestorben, sondern nur verstummt sind. Ja, und jetzt haben Sie wieder alles, was Sie wollten.« Bond berührte leicht ihre Hand, die zwischen ihnen auf der Sitzbank lag. »Und vielleicht ist es Ihnen fast schon über.« Er lachte. »Aber ich soll nicht zu ernst werden! Was ich im übrigen über Sie zu sagen habe, ist Ihnen bekannt. Nur der Ordnung halber: Sie sind schön, sinnlich, herausfordernd, unabhängig, eigenwillig, leidenschaftlich und grausam.«
Sie blickte ihn nachdenklich an. »Ich finde an all dem nichts besonders Geistreiches, das meiste davon habe ich Ihnen selbst gesagt. Sie kennen sich eben mit italienischen Frauen aus. Aber warum grausam?«
»Wenn ich beim Spiel verliere, einen Schlag hinnehmen muß wie Mr. Largo, und eine Frau, *meine* Frau sitzt dabei und schaut zu, ohne mir ein Wort des Trostes oder der Ermutigung zu geben, dann sage ich, sie ist grausam. Männer verlieren nicht gern vor ihren Frauen.«
Ungeduldig sagte sie: »Ich muß so oft dabeisitzen und zusehen, wie er angibt! Ich *wollte,* daß Sie gewinnen! Sie haben nämlich eines nicht erwähnt: meine Ehrlichkeit. Entweder ich liebe ganz und gar – oder ich hasse ganz und gar. Im Augenblick stehe ich mit Largo in der Mitte zwischen beidem. Er ist nicht mein Beschützer, sondern er hält mich aus. Aber ich hab' genug davon, ich bin dieses Handels müde. Er benutzt die Frauen, aber er liebt sie nicht. Es wird mir immer schwerer, meinen Teil des Handels einzuhalten – zu ... sagen wir: zu singen für mein Nachtmahl.«
Nach einer Pause fuhr sie fort. »Geben Sie mir noch ein Glas Champagner, das Gerede macht mich durstig. Und dann möchte ich eine Packung *Players.*« Sie lachte. »*Please,* wie es in der Reklame heißt. Ich hab' genug davon, nur immer Rauch zu rauchen. Ich brauche meinen ›Hero‹, meinen Helden.«

Bond kaufte ein Paket beim Zigarettenmädchen. Er fragte: »Was meinen Sie mit Ihrem Helden?«
Mit einem Male war sie ganz verändert. Bitterkeit und Spannung waren aus ihren Zügen gewichen. »Ach, das wissen Sie nicht? Meine einzige wahre Liebe! Der Mann meiner Träume! Der Matrose vorn auf der Players-Packung.« Sie rückte näher und hielt Bond das Paket vor die Augen. »Sie verstehen die Romantik dieses wunderbaren Bildes nicht, eines der großen Meisterwerke der Welt. Dieser Mann«, sie zeigte auf den Matrosen, »war der erste, mit dem ich gesündigt habe. Ich nahm ihn mit in den Wald, ich liebte ihn im Schlafsaal, fast mein ganzes Taschengeld hab' ich für ihn ausgegeben. Dafür brachte er mir die große weite Welt in die Enge der Mädchenschule Cheltenham. Er machte mich erwachsen, er nahm mir die Befangenheit gleichaltrigen Jungen gegenüber, er war da, wenn ich mich allein oder zu jung fühlte. Ist Ihnen noch nie die Romantik dieses Bildes aufgegangen? Nichts ist darauf zu sehen – und doch ist ganz England da!« Sie nahm Bond lebhaft beim Arm. »Hören Sie die Geschichte von ›Hero‹, sein Name steht ja auf seiner Matrosenkappe!
Am Anfang war er ein Schiffsjunge auf dem Segelschiff, da, hinter seinem rechten Ohr ist es. Das war eine schwere Zeit! Maden im Zwieback, Schläge mit Marlspieke und neunschwänziger Katze, und immer wieder die Takelage hinauf bis zur Toppflagge. Aber er hielt es durch. Er ließ sich einen Schnurrbart wachsen. Er war blond und eher zu hübsch«, sie lachte, »und vielleicht mußte er um seine Unschuld – oder wie das bei den Männern heißt – zwischen den Hängematten kämpfen. Aber man sieht es an seinem Gesicht, an dieser Falte zwischen den Augen und an seinem gutgeformten Kopf, daß er ein Mann war, der es zu etwas brachte.« Sie machte eine Pause und trank hastig aus. »Hören Sie mir überhaupt zu? Langweilt es Sie nicht, wenn ich von Hero erzähle?«
»Ich bin nur eifersüchtig. Weiter.«
»Und dann fuhr er durch die ganze Welt – Indien, China, Japan, Amerika ... Er hatte viele Mädchen, bestand viele Faust- und Messerkämpfe. Nach Hause schrieb er regelmäßig – an seine Mutter und an eine verheiratete Schwester in Dover. Sie wollten, daß er heimkäme, um ein nettes Mädchen

zu heiraten. Aber er wollte nicht. Sehen Sie, er bewahrte sich für ein Traummädchen, das so aussah wie ich. Und dann kamen die ersten Dampfschiffe auf, und er ging auf ein Panzerschiff – da, rechts, ist es abgebildet. Nun war er Bootsmann und ein wichtiger Mann. Er legte Geld von seiner Heuer zurück und ließ sich diesen schönen Bart wachsen, um älter und bedeutender auszusehen, und setzte sich mit Nadel und farbigen Fäden hin und machte dieses Bild von sich. Er war gerade fertig, als er sich entschloß, die Marine zu verlassen, in der Blüte seines Lebens. Er mochte Dampfer im Grunde nicht. Gerade damals ging ihm der Goldfaden aus, er konnte das Seil um den Rettungsring nicht beenden, und so mußte er es abschneiden. Da rechts können Sie's sehen, wo das Seil die blaue Linie kreuzt. Und er kam an einem goldenen Abend heim, nach einem herrlichen Leben auf See, und das war so traurig, so schön und romantisch, daß er beschloß, aus diesem schönen Abend noch ein anderes Bild zu machen. Mit seinen Ersparnissen kaufte er eine Kneipe in Bristol, und am Morgen, noch ehe die Kneipe öffnete, arbeitete er an dem Bild, bis es fertig war, und da kann man das kleine Segelschiff sehen, das ihn von Suez heimgebracht hatte, mit einem Seesack voll Seide und Muscheln und holzgeschnitzten Andenken. Und das ist der Leuchtturm, der ihm an diesem schönen, ruhigen Abend den Hafen weist. Wissen Sie, ich trug Heros Bild immer bei mir, bis schließlich alles schiefging und ich zurück nach Italien mußte. Dort konnte ich mir keine Players mehr leisten.«
Bond mochte sie in dieser Stimmung. So fragte er: »Aber was geschah mit Heros Bildern? Wie sind die Zigarettenleute auf sie gekommen?«
»Sehen Sie, eines Tages kam ein Mann in Angströhre und Gehrock mit zwei kleinen Jungen in Heros Kneipe. Hier«, sie hielt das Paket seitlich, »das sind sie: ›John Player & Sons‹. Sehen Sie, der Text besagt, daß ihre Nachfolger jetzt das Geschäft führen. Ja, sie hatten eines der ersten Automobile, einen Rolls-Royce, und das hatte draußen vor Heros Kneipe eine Panne. Sie gingen in die Kneipe, und Mr. John Player und seine Buben bewunderten die beiden wunderschönen Teppichbilder an der Wand. Und weil dieser Mr. Player im Tabak- und Schnupfgeschäft tätig war und man die Zigaretten

eben erst erfunden hatte, wollte auch er sie zu fabrizieren beginnen. Aber er konnte um nichts in der Welt draufkommen, wie er sie nennen und welches Bild er auf das Paket geben solle. Und plötzlich hatte er eine herrliche Idee. Er fuhr in die Fabrik zurück und sprach mit seinem Direktor, und der Direktor kam zur Kneipe mit, und er sah Hero und bot ihm hundert Pfund dafür, die beiden Bilder für die Zigarettenhülle kopieren zu dürfen. Es machte Hero gar nichts aus, denn er brauchte gerade die hundert Pfund, um zu heiraten.« Sie machte eine Pause. Ihre Augen waren weit entrückt. »Sie war erst dreißig, nett, und eine gute, einfache Köchin, und ihr junger Körper hielt ihn warm, bis er viele Jahre später starb. Nun, jedenfalls wollte Mr. Player auf der einen Seite seiner Pakete Hero im Rettungsring haben, und den schönen Abend auf der anderen. Aber der Direktor zeigte ihm, daß dann für all das« — sie drehte das Paket um — »für das ›Gehaltvoll, kühl‹ und für das *›Navy Cut Tobacco‹* kein Platz mehr bleiben würde. Und da sagte Mr. Player: ›Nun denn‹, sagte er, ›dann drucken wir eben ein Bild über das andere.‹ Und genau das taten sie auch. Und ich muß sagen, es paßt recht gut, nicht wahr? Die Zigaretten wurden sehr gern gekauft, und das verdankten sie dem Bild. Die Leute glaubten, daß etwas mit einem so wundervollen Bild einfach gut sein mußte, und Mr. Player verdiente ein Vermögen, und sein Nachfolger auch. Und als dann Hero alt geworden war und nicht mehr lange zu leben hatte, ließ Mr. Player das Rettungsringbild von dem besten Künstler seiner Zeit kopieren. Es war ganz so wie das erste, nur, daß es nicht in Farben war und Hero viel älter zeigte. Und Mr. Player versprach ihm, daß auch dieses Bild immer auf seinen Zigarettenpaketen sein würde, nur auf der Innenseite. Hier.« Sie zog den Kartonbehälter heraus. »Sehen Sie, wie alt er aussieht? Mr. Player und seine Söhne kamen und schenkten ihm das Bild, bevor er starb. Das muß für ihn vieles leichter gemacht haben, glauben Sie nicht?«
»Ja, gewiß ... Mr. Player muß ein sehr rücksichtsvoller Mann gewesen sein.«
Langsam kam das Mädchen aus seinem Traumland zurück. Mit veränderter Stimme sagte sie: »Nun, danke jedenfalls, daß Sie meine Geschichte angehört haben. Ich weiß, das Ganze ist

ein Märchen. Aber Kinder sind töricht und haben gern etwas unterm Kopfkissen, bis sie ganz erwachsen sind – eine Stoffpuppe oder ein kleines Spielzeug – irgend etwas. Buben sind genauso. Mein Bruder hatte seinen kleinen Blechtalisman, den ihm seine Amme geschenkt hatte, bis er neunzehn war. Dann erst verlor er ihn. Ich werde nie die Szene vergessen, die er damals gemacht hat. Und dabei war er doch schon in der Luftwaffe, mitten im Krieg!« Sie zuckte die Achseln. »Er hätte keine Angst haben müssen, es ging alles gut. Er war viel älter als ich, aber ich hatte ihn sehr gern. Ich habe ihn auch jetzt noch gern. Mädchen haben was übrig für Gauner, besonders, wenn es die eigenen Brüder sind. Es ging ihm so gut, daß er leicht etwas für mich hätte tun können. Aber er hat nie was getan. Er meinte, jeder müsse im Leben für sich selbst sorgen. Er erzählte gern, sein Großvater sei als Wilddieb und Schmuggler in den Dolomiten so berühmt gewesen, daß er in Bolzano den schönsten Grabstein aller Petacchi bekommen habe. Und er selbst werde einen noch schöneren bekommen.«
Bond machte einen tiefen Zug aus seiner Zigarette. Dann fragte er ruhig: »Ihr Familienname ist also Petacchi?«
»Ganz richtig. Vitali ist nur mein Bühnenname. Er klingt besser. Den richtigen kennt niemand, fast habe ich ihn schon selbst vergessen. Als ich wieder in Italien war, nannte ich mich nur mehr Vitali.«
»Und was war weiter mit Ihrem Bruder? Wie war sein Vorname?«
»Giuseppe. Es ging dann bergab mit ihm. Aber er war ein wunderbarer Flieger. Als ich das letztemal von ihm hörte, hatte er eben einen hohen Posten in Paris bekommen. Vielleicht wird ihn das endlich zur Ruhe bringen, ich bete jeden Abend darum. Ich habe nur ihn und liebe ihn trotz allem. Können Sie das verstehen?«
Bond drückte seine Zigarette im Aschenbecher aus. »Ja, das kann ich«, sagte er. Dann verlangte er die Rechnung.

16

Das dunkle Wasser unterhalb des Polizeipiers gurgelte und schwappte an die rostigen Eisenpiloten. Im Schatten der Eisenkonstruktion war Konstabler Santos Bond beim Anschnallen der Aqualunge behilflich. Bond achtete darauf, daß sich das Gurtband nicht mit dem Riemen des Unterwassergeigerzählers verhedderte. Er steckte das Gummimundstück zwischen die Zähne und regulierte die Luftzufuhr. Dann drehte er sie wieder ab und nahm das Mundstück heraus. Die Musik der Stahlgitarren-Band aus dem *Junkanoo* klang fröhlich über das Wasser herüber.

Santos, ein riesenhafter Farbiger, war nackt bis auf die Schwimmhose. Bond fragte: »Wie sieht es da unten um diese Nachtzeit aus? Gibt's große Fische?«

Santos grinste. »Das übliche Hafenzeug, Sir. Vielleicht ein Barrakuda, womöglich ein Hai. Aber alle faul und überfressen von den Abfällen. Keine Gefahr – außer, Sie bluten. Dann gibt's noch das Kriechzeug auf dem Grund – Hummern, Krabben, ein paar kleinere Seegurken. Außerdem die seegrasbewachsenen Wrackteile und massenhaft Flaschen – ein Dreckhaufen, Sir. Aber das Wasser selbst ist klar, und mit dem Mond und den Lichtern von der *Disco* wird alles okay sein. Ich schätze, Sie werden so zwölf, fünfzehn Minuten brauchen. Komisch, jetzt schau' ich schon eine Stunde hinüber, aber keine Deckwache zeigt sich, und niemand ist im Ruderhaus.«

»Also, dann los! Wiedersehen, in einer halben Stunde!« Bond tastete nach dem Messer im Gürtel, zog nochmals den Riemen zurecht und nahm das Mundstück zwischen die Zähne. Dann drehte er die Luftzufuhr an und schritt mit klatschenden Flossen über den schlammigen Sand hinunter ins Wasser. Dort bückte er sich, spuckte in seine Maske, um das Anlaufen zu verhindern, wusch sie und setzte sie auf. Dann ging er langsam weiter. Am Ende des Piers war er schon bis zu den Ohren im Wasser. Er tauchte unter und begann, die Hände ruhig an den Seiten, mit leichtem Kraulschlag geradeaus zu schwimmen.

Der Schlammboden fiel jetzt steil ab, und Bond ging auf etwa dreizehn Meter Tiefe bis knapp über den Grund. Er blickte auf die Leuchtziffern seiner Uhr: 12 Uhr 10. Das fahle Mondlicht schimmerte bis herunter. Die Abfälle – Autoreifen, Dosen, Flaschen – warfen dunkle Schatten. Ein kleiner Krake, der die Druckwelle spürte, änderte seine Farbe und kroch wieder in die Öffnung seines Ölfasses zurück. Seeanemonen, die gallertartigen Polypen, die nachts aus dem Sand wachsen, schrumpften zusammen, sobald Bonds schwarzer Schatten sie traf. Bond beobachtete die rätselhaften Lebewesen mit den Augen des Unterwasserforschers. Das war die einzige Art, im Meer die Ruhe zu bewahren. Während er seinen Kurs einhielt, den Mond stets über der rechten Schulter, dachte er an das Dominomädchen. Sie war also die Schwester des Bomberpiloten! Wahrscheinlich wußte das nicht einmal Largo, falls er überhaupt in die Sache verwickelt war. Diese Verwandtschaft mußte Zufall sein, das Mädchen wäre sonst nicht so ahnungslos gewesen. Und doch war das ein weiterer der wenigen Hinweise, die auf Largos Beteiligung an dem Unternehmen deuteten. Und dann seine Reaktion auf das Wort *Spectre!* Aberglaube? Das alles war so ungewiß! Sollte er es berichten? Und wieviel sollte er sagen, wieviel verschweigen?

Plötzlich spürte Bond Gefahr! Sein Körper spannte sich, die Hand griff nach dem Messer, und sein Kopf wandte sich instinktiv nach rechts.

Ein großer Barrakuda, wiegt er zwanzig Pfund oder mehr, ist der fürchterlichste Fisch des Meeres. Glatt, langgestreckt und bösartig, ist er nichts als feindliche Waffe; angefangen von dem langen Rachen mit den grausamen Kiefern, die er nahezu rechtwinklig öffnen kann, über den stählern schimmernden Körper bis zur kraftvollen Schwanzflosse, die diesen Fisch zu einem der schnellsten des Meeres macht. Der hier bewegte sich parallel zu Bond, in zehn Metern Abstand, gerade innerhalb der Sichtgrenze, und zeigte seine Gefahrenmerkmale: die breiten, seitlichen Streifen waren deutlich zu sehen – das böse Jagdmerkmal. Das schwarzgoldene Tigerauge starrte herüber, und das lange Maul war zentimeterbreit geöffnet, so daß die scharfe Zahnreihe bloßlag – eine Zahnreihe, die nicht nur zuschnappt, sondern Stück um Stück aus dem Körper reißt und verschlingt.

In Bond kroch die Angst hoch. Seine Haut straffte sich über den Rippen. Vorsichtig sah er nach der Uhr. Noch etwa drei Minuten zu schwimmen! Mit einer plötzlichen Wendung schwamm er auf den großen Fisch zu, wobei sein Messer in den raschen Angriffsstößen blinkte. Der Riesenbarrakuda tat zwei träge Schwanzschläge, und als Bond seinen alten Kurs wieder aufnahm, schwenkte er gleichfalls ein und nahm gleichgültig, höhnisch seine Reise wieder auf, abschätzend, welches Stück er zuerst aus Bonds Körper reißen würde.
Bond suchte sich zu erinnern, was er über große Raubfische wußte. Die erste Regel war immer, keine Angst zu haben; denn Angst teilt sich dem Fisch mit. Also keine Verwirrung zeigen und nicht unüberlegt handeln. Also den Rhythmus beibehalten!
Nun änderte sich die fahle Mondlandschaft, wurde zur weichen Wiese aus träge wogendem Seegras, in der spärlich verstreut die großen, schwarzen Gebilde toter Schwämme wie riesige Löwenzahnkronen aufwuchsen. Bonds schwarzer Schatten strich über die atmende Wiese wie eine schwerfällige Fledermaus, und rechts davon bewegte sich ruhig und genau die dünne, schwarze Lanze des Barrakuda.
Inmitten des wogenden Grases wirkte der schwarze Stachel des Ankers wie ein weiterer Feind. Die hängende Kette schien aus dem Meeresboden zu steigen, bis sie sich oben im Nebelhaften verlor. Bond schwamm an ihr hinauf und vergaß über der Erleichterung, sein Ziel gefunden zu haben, an den Barrakuda zu denken.
Er schwamm jetzt sehr vorsichtig und beobachtete, wie das Mondlicht heller wurde. Nur einmal blickte er hinunter: von dem Barrakuda war nichts zu sehen. Vielleicht hatten Anker und Kette ihn verscheucht. Der lange Schiffsrumpf nahm Gestalt an — ein großer, im Wasser schwebender Zeppelin. Der Gleitflächenmechanismus wirkte plump, als gehöre er nicht dazu. Bond klammerte sich an den Steuerbordrand der Gleitfläche, um sich zu orientieren: links unter ihm befanden sich die großen Zwillingsschrauben. Langsam schwamm Bond längs des Rumpfes zu den Schrauben hin. Ausschau haltend nach dem, was er vermutete. Er hielt den Atem an: da war es! Deutlich waren die Leisten einer breiten, etwa vier Meter im

Quadrat messenden Unterwasserluke zu erkennen! Bond drückte den Schalter des Geigerzählers und hielt das Gerät an die Stahlplatten. Er blickte auf das Zifferblatt an seinem linken Handgelenk: der Zeiger zitterte, zeigte aber nur den minimalen Ausschlag, der für den Schiffsrumpf normal war. Bond schaltete aus. So war das also! Dann nichts wie heim.
Der metallene Aufschlag an seinem Ohr erfolgte gleichzeitig mit einem harten Stoß gegen seine linke Schulter. Automatisch stieß Bond sich vom Schiffsrumpf ab und sah eben noch die helle Nadel eines Speers unter sich in die Tiefe taumeln. Bond wirbelte herum: der Schwimmer, dessen schwarzer Gummianzug im Mondlicht wie eine Rüstung glänzte, schwamm mit wütendem Beinschlag, während er einen zweiten Speer in den Lauf seines CO_2-Gewehres stieß. Mit wild rudernden Beinen stürzte Bond sich auf ihn. Der Mann zog den Ladehebel zurück und zielte. Bond erkannte, daß er es nicht mehr schaffen würde – es fehlten ihm noch sechs Stöße. So stoppte er plötzlich, duckte den Kopf und ließ sich nach unten wegkippen. Er spürte die Stoßwelle der lautlosen Gasexplosion, und etwas traf seinen Fuß. Jetzt! Er schwang sich unter dem Gegner in die Höhe, stieß das Messer blindlings nach oben und spürte die Klinge in etwas eindringen. Gummi drückte gegen seine Hand. Dann traf ihn der Griff des Gewehrs hinters Ohr, eine weiße Hand kam herunter und langte nach seinem Atemschlauch. Bond hieb und stach wild um sich, wobei seine Bewegungen vom Wasser erschreckend verlangsamt wurden. Wieder riß seine Messerspitze irgend etwas auf. Die fremde Hand löste sich von seiner Maske, aber Bond konnte trotzdem nichts sehen. Wieder traf der Gewehrkolben seinen Kopf! Das Wasser war jetzt voll schwarzer Schwaden – schwerem streifigem Zeug, das am Glas seiner Maske haftete. Mühsam schwamm er weg und wischte das Glas sauber. Endlich sah er wieder!
Die Schwaden drangen aus dem Bauch des Schwimmers. Seine Füße mit den Flossen bewegten sich jetzt kaum, er ließ sich langsam auf Bonds Höhe heruntersinken, das Gewehr kam erneut hoch, die helle Speerspitze ragte aus seiner Mündung. Aber Bonds bleischwere Glieder gehorchten nicht mehr. Er schüttelte den Kopf, um sich wach zu rütteln, doch Hände und

Füße bewegten sich nur schwach. Er kam nicht mehr vom Fleck! Schon konnte er die entblößten Zähne rund um das Mundstück des anderen erkennen, schon zielte das Gewehr auf seinen Kopf, auf seine Kehle, sein Herz! Schützend hielt Bond die Hände vor sich, während seine Flossen langsam wie gebrochene Schwingen unter ihm schlugen.
Und dann schleuderte es den Mann plötzlich auf ihn zu: die Arme öffneten sich wie zur Umarmung, und das Gewehr kippte langsam zwischen ihnen nach unten und verschwand. Ein Strom dunklen Blutes quoll aus dem Rücken des Feindes und färbte das Wasser rundum, während seine Hände sich wie zur Übergabe hoben und der Kopf sich rückwärts drehte, als wollte der Mann sehen, wer ihm das angetan hatte.
Wenige Meter entfernt stand der Barrakuda, quer zu den Kämpfenden – ein gut drei Meter langer, blausilberner Torpedo. Um sein Maul zog sich als dünner Blutnebel der Geschmack, der ihn zum Angriff angestachelt hatte.
Das große Tigerauge starrte kalt auf Bond und dann hinunter auf den langsam absackenden Gegner. Jetzt tat der Fisch einen fürchterlich gähnenden Schluck, drehte sich herum, erbebte in seiner ganzen Länge und stieß hinab. Mit weitoffenem Rachen verbiß er sich in die rechte Schulter seines Opfers, schüttelte es wütend – und schwamm davon.
Bond spürte, wie das Erbrechen ihn würgte, schluckte krampfhaft und begann mit trägen, schläfrigen Stößen aus dem Gefahrenbereich zu schwimmen.
Er war nicht weit gekommen, als links von ihm etwas durch die Wasseroberfläche brach: es war eine Art Ei, das im Mondlicht glänzte und in langsamen Drehungen herabsank. Bond beachtete es nicht weiter. Plötzlich weckte ihn ein fürchterlicher Stoß in den Magen aus seiner Betäubung. Er begann, schneller zu schwimmen und tiefer zu gehen.
In rascher Folge trafen ihn nun die weiteren Stöße, aber die Wasserbomben fielen alle um den Blutfleck beim Schiffsrumpf, so daß die Stoßwellen ihrer Explosionen schwächer wurden.
Jetzt kam wieder der Boden in Sicht, der freundlich wogende Graspelz mit den großen, schwarzen Formen abgestorbener Schwämme. Scharen kleiner Fische flohen wie Bond vor den Explosionen. Er schwamm jetzt mit aller Kraft, denn jeden

Moment konnte dort oben ein Boot zu Wasser gelassen werden, jeden Moment konnte ein weiterer Taucher herabkommen. Gelang es Bond aber, ungesehen zu entkommen, so würde man an Bord bei einigem Glück nur annehmen, daß ein Hai oder Barrakuda die Unterwasserwache getötet habe. Wie aber würde Largo den Fall der Hafenpolizei darstellen? Denn es war schwierig, die Notwendigkeit einer bewaffneten Unterwasserwache für eine Vergnügungsjacht in friedlichen Hafengewässern zu motivieren!
Weiter ging es über das wogende Seegras. Der Kopf schmerzte heftig. Vorsichtig befühlte Bond die beiden großen Beulen: die Haut war unverletzt. Noch immer benommen, erreichte er das Ende des Seegrasfeldes, schwamm weiter über die grauverschlammten Autoreifen, über die Flaschen und Dosen und kam endlich zum Eisengerüst des Piers. Er glitt über den abschüssigen Sand und kniete schließlich mit gesenktem Kopf in dem seichten Wasser — unfähig, die schwere Aqualunge zum Strand hinaufzutragen. Er war zum Umfallen erschöpft.

17

Bond zog sich an und gab dabei dem Konstabler Santos nur ausweichende Antworten. Dieser erzählte, es habe offenbar irgendwelche Unterwasserexplosionen an der Steuerbordseite der Jacht gegeben. Mehrere Männer seien dann ziemlich aufgeregt auf Deck erschienen. Ein Boot sei an der küstenabgewandten Seite zu Wasser gelassen worden. Bond sagte, er wisse nichts davon, er habe sich nur den Kopf an der Schiffswand angeschlagen, wirklich zu dumm! Aber er habe gesehen, was er habe sehen wollen, und sei dann zurückgeschwommen. Ein voller Erfolg, und Santos sei ihm dabei eine große Hilfe gewesen. Besten Dank und gute Nacht; er, Bond, werde am Morgen den Polizeidirektor aufsuchen.
Vorsichtig ging er die Seitenstraße hinauf, wo er Leiters Ford geparkt hatte. Vom Hotel aus rief er Leiter an, und sie fuhren gemeinsam zur Polizeidirektion. Bond berichtete von den Vorfällen und von seiner Entdeckung. Jetzt waren ihm die Folgen gleichgültig: er würde seinen Bericht abfassen. In London war

es nun acht Uhr früh und keine vierzig Stunden mehr bis zur entscheidenden Stunde.
Leiter sagte entschieden: »Ja, tu das! Und ich schicke eine Kopie davon an CIA und bestätige alles. Außerdem fordere ich jetzt die *Manta* an. Sie soll schleunigst herkommen.«
»Wirklich? Was ist denn plötzlich in dich gefahren?«
»Weißt du, ich hab' mir im Kasino alle die Teilhaber und Schatzjäger gut angesehen. Meist sind sie in Gruppen herumgestanden und haben sich bemüht, so auszusehen, als wären sie zum Vergnügen da. Aber bis auf Largo ist ihnen das nicht gelungen. Hab' im Leben noch keinen solchen Haufen Gauner gesehen — alles im Smoking, mit Zigarre, Champagnerglas und so weiter. Wahrscheinlich auf Befehl. Aber keines von den Gesichtern sagte mir etwas, bis mir so ein kleiner Kerl über den Weg lief, mit buschigen Brauen, einem großen Eierkopf und dicken Brillengläsern, der aussah wie ein Mormone, der sich in ein Bordell verirrt hat. Er schien ziemlich nervös und sagte jedem, der es hören wollte, was für ein schöner Ort das sei und wie wohl er sich hier fühle. Im übrigen stand er nur hilflos herum. Also, das Gesicht kam mir bekannt vor. Ich wußte, ich hatte es schon irgendwo gesehen, aber ich kam nicht drauf, du weißt ja, wie das ist. So ging ich zur Rezeption und sagte dort, ich hätte da einen Klassenkollegen getroffen, der nach Europa ausgewandert sei, aber ich wisse seinen Namen nicht mehr und so weiter. Wir sahen dann die Mitgliedskarten durch, und es stellte sich heraus, daß der Mann jetzt Traut heißt, Emil Traut. Schweizer Paß, gehört zu Mr. Largos Jachtgesellschaft.« Leiter machte eine Pause. »Nun, ich nehme an, der Schweizer Paß brachte mich darauf.« Er wandte sich Bond zu. »Erinnerst du dich an einen Mann namens Kotze, einen ostdeutschen Physiker? Kam vor zirka fünf Jahren nach dem Westen und pfiff alles, was er wußte. Mit einem fetten Scheck für die Information tauchte er dann in der Schweiz unter. Die Akte ging bei der CIA in Washington über meinen Schreibtisch. War ein verdammt guter Fang damals. Ich kannte seine Fratze nur aus der Akte — aber es gibt keinen Zweifel, der Mann ist Kotze. Und was macht ein Spitzenphysiker an Bord der *Disco*? Paßt doch ganz genau, nicht?«

Sie waren bei der Polizeidirektion angekommen. Nur im Erdgeschoß brannte Licht. Bond wartete mit seiner Antwort, bis sie nach Meldung beim diensthabenden Beamten ihr Zimmer erreicht hatten. »Damit dürfte der Fall klar sein, Felix. Was tun wir jetzt?«
»Zusammen mit dem, was du heute nacht gefunden hast, würde es für Untersuchungshaft ausreichen. Die ganze Gesellschaft wegen Verdachts einsperren, das ist überhaupt keine Frage!«
»Verdacht auf was? Largo würde seinen Anwalt kommen lassen, und in fünf Minuten wären sie draußen. Ordentliches Gerichtsverfahren und so weiter. Und haben wir eine einzige Tatsache, vor der Largo sich *nicht* drücken kann? Alles läßt sich durch diese Schatzsuche erklären – die Tarnung ist perfekt, sie motiviert alles! Und was haben wir dann? Eine Klage wegen unbegründeter Festnahme und wegen Besitzstörung!« Bond lächelte grimmig. »Verstehst du?«
Leiter sagte ungeduldig: »Also, was sollen wir tun? Eine Haftmine? Versenken wir den Kahn – rein aus Versehen!«
»Nein. Wir warten.« Bond hob beschwichtigend die Hand. »Wir schicken unseren Bericht ab, vorsichtig formuliert, sonst kriegen wir eine Division Luftlandetruppen auf den Hals. Und wir werden sagen, daß wir nur die *Manta* brauchen. Mit ihrer Hilfe können wir die *Disco* jederzeit unter Kontrolle halten. Inzwischen bleiben wir in Deckung, überwachen weiterhin die Jacht und warten ab, was geschieht. Noch sind wir unverdächtig. Largo muß jetzt die Bomben holen und sie für Ziel Nr. 1 innerhalb der nächsten dreißig Stunden bereitmachen. Bevor er nicht wenigstens eine von ihnen an Bord hat oder wir ihn beim Versteck erwischen, können wir nichts unternehmen. Das Versteck kann nicht sehr weit sein, ebensowenig der Vidicator. Also nehmen wir morgen das Amphibienflugzeug und suchen die Gegend in einem Umkreis von 150 Kilometern ab. Und zwar das Meer, nicht das Land. Der Bomber muß irgendwo im seichten Wasser liegen. Bei dieser ruhigen See müßten wir ihn finden können. Und jetzt komm! Wir funken unsere Berichte und gehen dann schlafen. Und sag ihnen, daß wir zehn Stunden lang unerreichbar sind!«

Sechs Stunden später waren sie im klaren Morgenlicht draußen auf Windsor Field. Die Bodenmannschaft zog mit einem Jeep das kleine Grumman-Amphibienflugzeug aus dem Hangar. Leiter ließ eben die Motoren anspringen, als ein uniformierter Meldefahrer quer über die Rollbahn auf sie zukam.

Bond sagte: »Mach weiter, rasch! Da kommt der Papierkrieg!«

Leiter löste die Bremsen und fuhr schnell zur Nord-Süd-Rollbahn hinüber. Im Radio krachte es. Nachdem er sich überzeugt hatte, daß der Himmel leer war, drückte Leiter den Steuerknüppel hinunter; das kleine Flugzeug schnurrte immer schneller über den Beton und hob sich schließlich vom Boden. Das Radio knisterte noch immer. Leiter griff hinauf und schaltete es ab.

Bond hielt die Seekarte auf den Knien. Sie flogen nordwärts, weil sie mit Groß-Bahama beginnen und sich dabei das mögliche Ziel Nr. 1 ansehen wollten. 300 Meter weiter unten erstreckte sich die Kette der Berry Islands wie ein Halsband.

»Siehst du?« sagte Bond. »Bis zu fünfzehn Metern Tiefe kann man alles Größere durch dieses Wasser erkennen. Einen so großen Gegenstand wie den Vindicator würde man in jeder beflogenen Gegend längst bemerkt haben. Also habe ich mir die selten beflogenen angezeichnet. Wenn der Südostkurs der *Disco* ein Trick war, so könnte man im Nordwesten suchen. Acht Stunden war sie fort. Zwei davon ab für die Bergungsarbeiten, macht sechs Stunden Fahrt mit zirka dreißig Knoten. Eine Stunde ab für das Legen der falschen Spur, macht fünf. Ich habe also ein Gebiet von Groß-Bahama bis zur Biminigruppe angezeichnet. Hier müßte das Flugzeug liegen — wenn's überhaupt in der Gegend ist.«

»Hast du mit dem Polizeidirektor gesprochen?«

»Jawohl. Er wird zwei gute Leute mit Tag- und Nachtgläsern auf die *Disco* ansetzen. Wenn sie ihren Ankerplatz bei *Palmyra* verläßt und wir nicht rechtzeitig zurück sind, läßt er sie von einem Charterflugzeug der Bahama-Fluggesellschaft beschatten. Ich hab' ihm mit ein, zwei Andeutungen ganz schön Angst gemacht. Er wollte mit der Geschichte gleich zum Gouverneur, aber ich sagte nein. Er ist soweit ganz in Ordnung, möchte nur nicht zuviel Verantwortung. Ich beruhigte

ihn im Namen des PM, und so wird er schon alles richtig machen. Wann, glaubst du, kann die *Manta* hier sein?«
»Heut' abend, würd' ich sagen.« Leiters Stimme klang beunruhigt. »War schon eine Schnapsidee, sie anzufordern! Wir verursachen da eine ganz schöne Panikstimmung, James. Jetzt, bei Tag besehen, sieht das Ganze gar nicht gut aus. Na, hol's der Teufel. Da vorn kommt Groß-Bahama in Sicht! Soll ich die Raketenbasis anrufen? Sperrgebiet, aber wenn wir schon dabei sind ... Paß auf, welchen Anpfiff wir in den nächsten Minuten kriegen!« Er griff nach oben und schaltete das Radio ein.
Sie flogen ostwärts, längs der achtzig Kilometer langen herrlichen Küste, auf eine Art kleiner Stadt aus Aluminiumschuppen zu. Zwischen den Schuppen ragten rote, weiße und silberfarbene Gebäude wie kleine Wolkenkratzer auf. »Da ist es schon«, sagte Leiter. »Siehst du die gelben Warnungsballons? Die sind für die Flieger und die Fischer, da ist für heute morgen ein Flugtest angesetzt. Halten wir uns lieber weiter südlich überm Wasser. Wenn's ein voller Test ist, schießen sie auf Ascension Island, zirka 8000 Kilometer östlich, vor der afrikanischen Küste. Ich möcht' keine Atlasrakete in den Hintern kriegen. Schau, dort, links — der Bleistift grad neben der rot-weißen Signalbrücke! Eine Atlas- oder Titan-Interkontinental. Oder vielleicht eine Polaris. Die beiden andern Rampen sind für Matador und Snark oder vielleicht auch Thunderbird. Die beiden tellerförmigen Reflektoren sind die Radarantennen. Menschenskind! Eine davon dreht sich auf uns zu! Gleich ist der Teufel los!«
Über ihren Köpfen krachte das Radio. Eine metallische Stimme sagte: »N/AKOI, N/AKOI. Sie sind im Sperrgebiet. Können Sie mich hören? Drehen Sie sofort nach Süden ab. N/AKOI. Hier Raketenbasis Groß-Bahama. Verlassen Sie das Sperrgebiet. Verlassen Sie das Sperrgebiet.«
Leiter sagte: »Ach, verdammt! Hat keinen Sinn, den Fortschritt aufzuhalten. Jedenfalls haben wir gesehen, was wir wollten, und in den Windsor-Field-Bericht wollen wir lieber nicht kommen.« Er beschrieb eine scharfe Kurve. »Hast du jetzt gesehen? Wenn die kleine Metallwarenhandlung da unten keine Viertelmilliarde Dollar wert ist, soll mich der Teufel

holen. Und von Nassau sind's gerade 150 Kilometer. Für die *Disco* ideal.«
Wieder begann das Radio. »N/AKOI, N/AKOI. Sie werden angezeigt wegen Überfliegens von Sperrgebiet und Nichtbestätigen des Empfangs. Halten Sie Südkurs und achten Sie auf plötzliche Turbulenz. Ende.« Das Radio verstummte.
Leiter sagte: »Das heißt, sie machen einen Testabschuß. Schau hin und sag mir, wann. Ich werd' die Tourenzahl verringern. Warum sollen wir nicht zusehen, wie zehn Millionen Dollar Steuergelder in die Luft gejagt werden? Schau! Der Radarschirm zeigt wieder nach Osten. Da unten schwitzen sie jetzt ganz schön. Ich hab' einmal zugesehen, alles ist unterirdisch.«
Bond sah durchs Fernglas aus dem unteren Teil der Rakete eine Rauchfahne dringen, dann eine große Rauch- und Dampfwolke und einen blendenden Feuerschein, der rot wurde. »Jetzt hebt sie sich, da ist der Feuerstrahl. Sieht aus, als würde sie drauf sitzen bleiben. Jetzt geht sie hoch wie ein Lift. Und jetzt legt sie los! Mein Gott, ist die schnell! Jetzt ist sie nur noch ein Lichtfunken am Himmel. Und jetzt ist sie weg. Brr.«
Eine Viertelstunde später tauchte die kleine Kette der Riffe im Norden der Biminis auf. Sie ragten kaum über das Wasser, das hier sehr seicht war. Ein idealer Platz für den Bomber! Sie gingen auf dreißig Meter hinunter und flogen langsam und im Zickzack auf die Gruppe zu. Das Wasser war so klar, daß Bond die größeren Fische sehen konnte. Von teueraussehenden Tiefseefischerbooten mit ausgelegten, langen Ruten winkten fröhliche Leute herauf. Ein nacktes Mädchen, das auf dem Oberdeck einer eleganten Kabinenjacht ein Sonnenbad nahm, griff hastig nach dem Handtuch. »Echte Blondine!« stellte Leiter fest. Sie flogen weiter zu den Cat Cays südlich der Biminis. Noch immer trafen sie vereinzelte Fischerboote. Leiter brummte: »Sinnlos, hier herumzufliegen. Diese Fischer hätten ihn längst gefunden, wenn er hier läge!« Aber Bond befahl ihm, auf Südkurs zu bleiben, denn fünfzig Kilometer weiter gab es auf der Seekarte eine Reihe unbezeichneter Flecke. Bald wurde das dunkelblaue Wasser wieder seicht und grün. Sie flogen über drei ziellos kreisende Haie hinweg. Dann gab

es nur mehr blendenden Sand und gelegentliche Korallenflekken unter der glasigen Oberfläche.
Als das Wasser wieder blau wurde, sagte Leiter: »Also, das war's. Noch achtzig Kilometer, und wir sind in Andros. Zu dicht besiedelt. Man hätte dort das Flugzeug gehört — wenn überhaupt eins da war.« Er sah auf die Uhr. »11 Uhr 30. Was nun, Sherlock? Ich habe nur noch Treibstoff für zwei Stunden.«
Irgend etwas ließ Bond keine Ruhe. Irgendein winziges Detail. Etwas, das nicht stimmte ... Was war es nur gewesen? Die Haie! In zwölf Meter tiefem Wasser kreisten sie an der Oberfläche! Was machten sie dort? Es mußte etwas geben — etwas Totes, das sie angelockt hatte. Bond sagte dringlich: »Felix, flieg noch mal zurück. Über die Untiefen. Da war etwas —«
Das kleine Flugzeug wendete. Leiter verringerte die Tourenzahl und flog gerade noch schnell genug, um bei fünfzehn Metern keine Höhe mehr zu verlieren. Bond öffnete die Tür und streckte den Kopf hinaus, die Gläser in Naheinstellung. Da waren die Haie wieder, zwei an der Oberfläche und einer tief unten! Er stieß mit der Nase an etwas herum, hatte die Zähne in etwas drin und zog daran. Zwischen den dunklen und hellen Flecken des Grundes sah man eine dünne, gerade Linie. Bond rief: »Flieg noch mal zurück!« Das Flugzeug beschrieb einen Kreis. Mein Gott, warum mußten sie so schnell fliegen? Aber jetzt hatte Bond eine zweite, rechtwinklig von der ersten wegführende Linie entdeckt! Er ließ sich in seinen Sitz zurückfallen und schlug die Tür zu. Dann sagte er ruhig: »Setz sie dort bei den Haien aufs Wasser, Felix. Ich glaube, hier ist es.«
Leiter sah Bond kurz an und sagte: »Na, hoffentlich gelingt's mir. Verdammt knifflig, den richtigen Horizont zu kriegen. Das Wasser ist wie Glas.« Er zog weg, kurvte zurück und ging langsam hinunter: ein leichter Stoß — und dann zischte das Wasser unter den Gleitkufen. Leiter stellte die Motoren ab, das Flugzeug kam zum Stillstand und schaukelte auf den Wellen, nur zehn Meter von der angegebenen Stelle entfernt. Die beiden Haie an der Oberfläche ließen sich nicht stören. Sie zogen weiter ihre Kreise und kamen langsam zurück. Sie

waren dem Flugzeug so nahe, daß Bond die gleichgültigen rosa Knopfaugen sehen konnte. Er spähte durch das Kielwasser der beiden Rückenflossen hinab. Jawohl! Diese Felsen auf dem Boden waren vorgetäuscht, waren gemalte Flecke wie die Sandstellen auch! Bond konnte jetzt die geraden Ränder der riesigen Tarnplane deutlich erkennen. Der dritte Hai hatte ein großes Stück davon zurückgeschoben und bohrte und schaufelte mit seinem flachen Kopf, um darunterzukommen.
Bond lehnte sich zurück und wandte sich zu Leiter: »Wir haben es! Es liegt eine große Tarnplane drüber.«
Während Leiter über Bond hinweg hinunterspähte, überlegte Bond fieberhaft. Sollten sie den Polizeidirektor auf der Polizeifrequenz benachrichtigen? Die Meldung nach London weitergeben lassen? Nein! Der Funker auf der *Disco* würde ihren Funkverkehr abhören. Also hinunter und nachsehen, ob die Bomben noch drin waren, und Beweisstücke mitbringen. Die Haie? Einen abschießen, dann würden die anderen auf die Leiche losgehen.
Leiter setzte sich wieder zurück, sein Gesicht glänzte vor Erregung. »Ja, der Teufel, Junge, Junge!« Er schlug Bond auf den Rücken. »Wir haben ihn! Wir haben den verdammten Bomber gefunden! Was sagst du jetzt?«
Bond hatte die Walther-PPK gezogen und durchgeladen. Jetzt legte er sie auf den linken Unterarm und wartete darauf, daß die Haie erneut vorbeikämen. Der vordere war der größere, ein Hammerhai von fast vier Metern Länge. Bond zielte auf den Ansatz der Rückenflosse, die wie ein dunkles Segel das Wasser durchschnitt. Gleich darunter war das Rückgrat, verwundbar nur mit Stahlmantelgeschossen. Er drückte ab. Man hörte den Aufschlag, und der Knall der schweren Waffe rollte über das Wasser. Der Hai reagierte nicht. Bond feuerte nochmals. Das Wasser schäumte, als der Fisch sich aufbäumte, kurz untertauchte und dann seitlich schlagend wieder hochkam. Es gab einen kurzen Todeskampf, das Geschoß mußte das Rückgrat getroffen haben. Der große, braune Körper begann immer weitere Kreise zu beschreiben. Die häßliche Schnauze kam kurz aus dem Wasser, man sah das offene, sichelförmige Maul, und dann rollte der Hai auf den Rücken; sein Bauch leuchtete weiß in der Sonne.

Der zweite Hai, der das alles beobachtet hatte, kam jetzt vorsichtig näher, versuchte einen Blitzangriff und drehte ab. Als er sich sicher fühlte, stieß er wieder vor, schien an dem sterbenden Fisch zu schnüffeln, hob dann den Kopf aus dem Wasser und stieß mit aller Kraft in die Seite des Hammerhais. Er faßte, aber das Fleisch war zäh. Er schüttelte sich wie ein Hund und riß sich los. Eine Wolke von Blut färbte das Wasser. Jetzt kam auch der andere Hai vom Grund herauf, und beide zerrten nun wütend an dem noch immer zuckenden Körper.

Die Haie bewegten sich mit der Strömung weiter, und bald war nur mehr ein Spritzen in der Ferne zu sehen. Bond reichte Leiter die Pistole. »Ich geh' hinunter. Es kann einige Zeit dauern, aber die Haie haben für eine halbe Stunde zu tun. Kommen sie zurück, dann schieß einen ab. Und wenn du willst, daß ich heraufkomme, dann schieß mehrmals ins Wasser. Ich werde die Stoßwelle gerade noch spüren.«

Er legte seine Kleider ab und schlüpfte mit Leiters Hilfe in die Aqualunge. Es war eine schwierige Prozedur. Noch ärger würde es sein, ins Flugzeug zurückzukommen, und Bond meinte, er werde die Taucherausrüstung über Bord werfen müssen. Leiter sagte ärgerlich: »Fürs Leben gern käme ich mit, aber dieser verdammte Haken da schwimmt ja nicht wie eine Hand! Ich muß mir endlich irgendeine Gummiflosse ausdenken!«

»Halt du nur die Kiste hier unter Dampf! Wir sind schon hundert Meter abgetrieben, sei also so gut und bring sie wieder zurück. Ich weiß nicht, wen ich dort unten alles vorfinden werde. Der Bomber liegt gute fünf Tage hier, da kann er schon Besuch haben!«

Leiter drückte den Starter und fuhr an die alte Stelle zurück. Er sagte:

»Kennst du dich in einem Vindicator aus? Weißt du, wo die Bomben und wo die Zünder liegen sollen?«

»Jawohl. London hat mich genau instruiert. Also auf bald. Und sag Mutter, ich sei mutig gestorben!« Damit erklomm Bond den Cockpitrand und sprang.

Er tauchte ruhig durch das helle Wasser. Jetzt sah er, daß ganze Schwärme von Fischen die Umgebung belebten –

Knochenhechte, kleine Barrakudas und sonstige Arten von Fleischfressern. Widerwillig machten sie ihrem großen Konkurrenten Platz. Bond schwamm zu der zurückgeschobenen Stelle der Tarnplane, zog zwei der langen Verankerungsspieße heraus, knipste seine wasserdichte Taschenlampe an und schlüpfte, das Messer in der anderen Hand, darunter.

Zwar hatte er ähnliches erwartet, aber das Wasser war so verpestet, daß es ihn würgte. Er schloß die Lippen fester um das Mundstück und schob sich dorthin, wo Flugzeugrumpf und Tarnplane einen Hohlraum bildeten. Dort stand er auf und richtete den Lichtkegel unterhalb einer Tragfläche auf etwas, das unter einer wimmelnden Masse aus Krabben, Langusten, Seeraupen und Seesternen begraben lag. Auch darauf war Bond gefaßt gewesen. Er kniete nieder und machte sich an sein grausiges Werk.

Bald hatte er die glänzende Erkennungsmarke losgemacht und die goldene Armbanduhr von dem ekelerregenden Handgelenk genommen. Er stellte fest, daß die klaffende Wunde unter dem Kinn nicht von Seetieren stammen konnte. Er leuchtete auf die Erkennungsmarke und las: *Giuseppe Petacchi. No. 15 932*. Dann zog er die beiden Beweisstücke über sein eigenes Handgelenk und machte sich an die Untersuchung des Flugzeugrumpfes. Er fand den Riß, wo der Rumpf beim Aufschlag abgebrochen war, und kletterte dann durch den offenen Notausstieg ins Innere.

Drinnen wurde sein Licht von einer Unzahl roter Augen reflektiert, die wie Rubine in der Finsternis glühten. Es gab leichte Bewegung und eilige Flucht. Er leuchtete den Raum ab. Überall Kraken, kleine nur, aber zu Hunderten, die sich auf den Spitzen ihrer Arme dahinschlängelten, sich in schützende Schatten drückten, nervös ihre Tarnfarbe von dunklem Braun änderten und zu phosphoreszieren begannen. Der ganze Rumpf wimmelte auf schauderhafte Weise von ihnen, und als Bond den Lichtkegel zur Decke richtete, bot sich ihm ein noch schlimmerer Anblick: in der schwachen Strömung leise schwankend, schwebte die Leiche eines Besatzungsmitglieds. Die Verwesungsgase hatten sie hochgetrieben, und Kraken, die wie Fledermäuse an ihr hingen, ließen jetzt los und schossen innerhalb des Flugzeuges umher – scheußliche, glänzende, rotäugige Kometen, die sich an den dunklen Kanten stießen und sich heimlich in Spalten und unter die Sitze zwängten. Bond fand den rotberingten Cyanidbehälter und steckte ihn in den Gürtel. Er zählte die Leichen, stellte fest, daß die Klappen zum Bombenschacht offen waren und die Bomben fehlten. Er blickte in die offenen Behälter unterm Pilotensitz und suchte an anderen möglichen Stellen nach den Atomzündern. Aber auch sie waren fort. Schließlich, nachdem er unaufhörlich tastende Fühler mit dem Messer von seinen nackten Beinen hatte wegschlagen müssen, fühlte er, daß seine Nerven nicht mehr durchhielten. Er hätte noch vieles mitnehmen sollen: die Erkennungsmarken der Besatzung, die breiige Masse des Logbuches, Kontrolluhren vom Instrumentenbrett — aber er konnte keine Sekunde länger in dieser Katakombe aushalten. Er glitt durch den Notausgang und schwamm geradezu hysterisch auf den schmalen Lichtrand der Tarnplane zu. In seiner verzweifelten Hast verhedderte er sich mit dem Sauerstoffzylinder auf seinem Rücken in den Falten der Plane und mußte noch einmal zurück, um sich zu befreien. Doch dann war er draußen in dem herrlich klaren Wasser und stieg zur Oberfläche auf. Bei sechs Meter mahnte ihn der Schmerz in den Ohren, daß er wegen des Druckausgleichs anhalten mußte. Ungeduldig starrte er auf den Rumpf des Wasserflugzeuges, über sich und wartete auf das Abklingen des Schmerzes. Dann war er oben, hielt sich an einem der Schwimmer fest und riß sich die Ausrüstung vom Körper, um mit ihr den Schmutz der Tiefe loszuwerden. Er ließ sie zurück ins Wasser klatschen und sah ihr nach, wie sie langsam auf den Sand hinuntersank. Dann spülte er sich den Mund mit dem angenehm salzigen Meerwasser und schwamm bis in Reichweite von Leiters ausgestreckter Hand.

18

Als sie sich Nassau wieder näherten, wollte Bond noch einen Blick auf die vor *Palmyra* liegende *Disco* werfen. Sie lag wieder an ihrem alten Platz, hatte aber nur den Buganker geworfen. Das Deck war leer. Plötzlich sagte Leiter aufgeregt: »Schau doch, James, dort am Strand, das Bootshaus bei dem kleinen Fluß! Siehst du die Doppelspur, die aus dem Wasser hinauf zur Bootshaustür führt? Sie ist sehr tief, das ist merkwürdig. Sieht aus, als hätte man dort was Schweres an Land gezogen. Woher sie wohl stammt?«

Bond blickte durchs Fernglas. Die Spuren waren parallel und zeigten, daß etwas Schweres zwischen Meer und Bootshaus gezogen worden war. Aber daher konnte es doch unmöglich sein! Gespannt sagte er: »Schnell weg von hier, Felix!«, und als sie schon landeinwärts brummten: »Verdammt, ich kann mir nicht vorstellen, woher diese Spur kommen soll! Wenn sie daher stammt ... nein, da hätten sie sie sofort beseitigt.«

Leiter sagte lakonisch: »Jeder Mensch macht Fehler. Wir werden uns den Ort doch ansehen müssen. Hübsches Nest. Ich glaube doch, ich werde Mr. Emilio Largo beim Wort nehmen müssen und in Wahrnehmung der Interessen meines geschätzten Klienten, Mr. Rockefeller Bond, da hinausfahren.«

Es war ein Uhr, als sie auf Windsor Field aus der Maschine kletterten. Der Kontrollturm hatte sie schon seit einer halben Stunde über Funk gerufen. Jetzt mußten sie zum Flugfeldkommandanten. Glücklicherweise war der Adjutant des Gouverneurs da und gab dessen Blankovollmacht für die Kette von Untaten, deren sie sich schuldig gemacht hatten. Dann überreichte er Bond einen dicken Umschlag mit Funksprüchen für beide.

Der Inhalt begann mit den erwarteten »Zigarren«, weil sie nicht geantwortet und der Forderung nach weiteren Meldungen nicht entsprochen hatten. (»Die werden sie kriegen!« bemerkte Leiter, während sie in dem bequemen Rücksitz der Humberlimousine des Gouverneurs nach Nassau rasten.) Die Ankunft der *Manta* war für fünf Uhr nachmittags zu erwarten. Die Nachforschungen durch Interpol und italienische Polizei bestätigten alle Vermutungen: Giuseppe Petacchi war Dominetta Vitalis Bruder, ihre Lebensgeschichte stimmte, Emilio Largo war ein Abenteurer großen Stils und galt als verdächtig, wenngleich sein Polizeidossier nichts aufwies. Die Quelle seines Reichtums war unbekannt, jedenfalls nicht in Italien zu suchen. Die *Disco* war in Schweizer Franken bezahlt worden, und die Firma bestätigte den Einbau einer Unterwasserkammer mit elektrischem Hebezeug und einer Vorrichtung zum Aussetzen von kleinen Unterwasserfahrzeugen und Sporttauchern, angeblich zu Unterwasserforschungszwecken. Kotze hatte die Schweiz vor vier Wochen verlassen, Fotos von ihm waren auf dem Luftwege hierher. Aber trotz allem mußte die »Feuerball«-Befehlsstelle Largos Schatzgeschichte mangels konkreter Beweise anerkennen. Man würde also die Suche überall in der Welt fortsetzen, wenn auch mit Vorrang der Bahamas. Wegen dieses Vorrangs und der drängenden Zeit würden Brigadier Fairchild, C.B., D. S. O.*, britischer Militärattaché in Washington, und Konteradmiral Carlson, früher US-Navy und bis vor kurzem Sekretär des Komitees der US-Generalstabschefs, mit der Boeing 707 des Präsidenten um neunzehn Uhr ankommen, um gemeinsam die weiteren Operationen zu leiten. Volle Unterstützung der Herren Bond und Leiter sei angeordnet, und bis zur Ankunft der beiden Offiziere solle stündlich ein genauer Lagebericht nach London, Kopie an Washington, gesendet werden.

Leiter und Bond blickten einander an. Schließlich sagte Leiter: »James, ich schlage vor, wir ignorieren den letzten Abschnitt. Wir haben heute schon vier Stunden versäumt und können den Rest des Tages nicht am Funkgerät vertun. Ich geb' ihnen jetzt das Neueste durch und teile ihnen mit, daß die letzten Entwicklungen uns das Weitersenden verbieten. Dann gehen wir hinüber nach *Palmyra* und sehen uns den Besitz an, besonders das Bootshaus und diese Spuren. Dann, um fünf, müssen wir auf die *Manta*, die Verfolgung der *Disco* vorbereiten. Die beiden Generalstäbler können im Regierungsgebäude bis morgen früh Bézigue spielen. Heute abend geht's los, da haben wir keine Zeit für Förmlichkeiten. Okay?«

»Einverstanden. Mit der *Manta* können wir alles allein erledigen. Wir müssen nur wissen, wann die Bomben an Bord der *Disco* sind. Da kommt mir eine Idee! Laß mich beim Hotel aussteigen, ich will mich an das Mädchen heranmachen. Gegen 4 Uhr 30 bin ich wieder da. Wenn Harling was Neues über die *Disco* hat, soll er es dir durchgeben. Wegen des Flug-

* C. B. = Companion of the Order of the Bath (Mitglied des Bath-Ordens); D. S. O. = Distinguished Service Order (Kriegsverdienstorden).

zeugs ist alles klar? Okay. Petacchis Erkennungsmarke behalte ich noch. Auf später!«
Bond eilte durch die Hotelhalle. An der Rezeption händigte man ihm einen Zettal aus. Er war von Domino: »Bitte um sofortigen Anruf.«
Auf seinem Zimmer bestellte Bond erst einmal ein Clubsandwich sowie einen doppelten Bourbon mit Eis. Dann rief er den Polizeipräsidenten an und erfuhr, die *Disco* sei am frühen Morgen aufgetankt worden und dann zu ihrem Ankerplatz vor *Palmyra* zurückgekehrt. Vor einer halben Stunde sei das Wasserflugzeug mit Largo und einem weiteren Mann gestartet, Richtung Süd. Die Radarstation habe es aber nach etwa achtzig Kilometern bei den südwestlichen Inseln verloren. Ja, und die *Manta* werde erwartet, gegen fünf Uhr abends. Ob Bond etwas Neues wisse?
Bond legte sich nicht fest. Es sehe so aus, sagte er, als spitzten sich die Dinge zu. Er bitte um Nachricht, sobald das Flugzeug zurück sei. Auch Leiter möge man davon verständigen. Ja, und ob er einen Wagen bekommen könne, gleichgültig welchen? Ein Landrover wäre gut – alles, was vier Räder habe. Erst dann rief Bond Domino in *Palmyra* an. Sie schien auf den Anruf gewartet zu haben: »Wo sind Sie den ganzen Nachmittag gewesen, James?« fragte sie ungeduldig. Zum erstenmal nannte sie ihn beim Vornamen. »Bitte, kommen Sie heute nachmittag schwimmen! Ich muß nämlich packen und heute abend an Bord sein; Emilio sagt, es geht los. Aber das ist geheim, also erzählen Sie's niemand! Er weiß nicht genau, wann wir zurück sein werden, sagte auch etwas von Miami, und da dachte ich« – sie zögerte –, »nun, vielleicht sind Sie dann schon auf dem Weg nach New York. Ich hab' Sie so wenig gesehen! Warum sind Sie gestern nacht so plötzlich fortgegangen?«
»Ach, nur Kopfschmerzen. Wahrscheinlich von der Sonne, der Tag war recht anstrengend. Aber ich freue mich aufs Schwimmen! Wo treffen wir uns?«
Sie beschrieb es ihm. Es gebe da eine Seitenstraße und eine Strohhütte, nicht zu verfehlen. Das Ganze gehöre einem schwedischen Millionär, der verreist sei. In einer Stunde? Gut, dann würden sie mehr Zeit haben. Auf dem Riff natürlich.

Bond rollte seine Schwimmhose in ein Handtuch, zog ein dunkelblaues Baumwollhemd über und hängte sich Leiters Geigerzähler über die Schulter. Dann vergewisserte er sich, daß er die Erkennungsmarke mithatte, und fuhr mit dem Lift hinunter.

Als er nach all dem Gerumpel über die schlechten Straßen den Sandweg zu der Kasuarinabaumgruppe gefunden und den Wagen an der Küste geparkt hatte, wollte er nur noch ins Wasser. In der palmstrohgedeckten Strandhütte gab es getrennte Umkleideräume: in dem einen fand er eine Handvoll Seidenzeug und die weißen Rehledersandalen vor, in dem anderen zog er selbst sich aus. Dann trat er ins Freie. Der kleine, bogenförmige Sandstrand war von Felsen umschlossen. Von dem Mädchen war nichts zu sehen. Der Boden fiel steil ins Wasser ab. Bond tat ein paar Schritte und tauchte. Wieder an der Oberfläche, kraulte er gemächlich ins Meer hinaus. Aber nichts zeigte sich, und so kehrte er bald wieder ans Ufer zurück, wo er sich mit dem Gesicht nach unten in den festen Sand legte.

Einige Zeit später hörte er ein Geräusch und schaute auf. Aus der Bucht schwamm jemand auf ihn zu: erst sah er nur eine Blasenspur; nach und nach wurde der gelbe Aqualungenzylinder mit der Schwimmerin darunter erkennbar. Als das Mädchen im flachen Wasser war, stützte sie sich auf einen Ellbogen, nahm die Maske ab und sagte streng: »Liegen Sie da nicht so faul herum, kommen Sie lieber zu mir her und retten Sie mich!«

Bond erhob sich und ging die paar Schritte zu ihr hin. »Sie sollten nicht allein tauchen. Was ist passiert? Hat ein Hai an Ihnen genascht?«

»Reden Sie nicht so dumm daher! Ich hab' mir Seeigelstacheln eingetreten. Sie müssen sie irgendwie 'rausbringen. So nehmen Sie mir doch zuerst die Aqualunge ab, ich kann nicht mit dem ganzen Gewicht auftreten!« Sie griff nach der Gürtelschnalle und öffnete sie. »Jetzt können Sie sie abheben.«

Bond nahm ihr den Sauerstoffzylinder ab und trug ihn in den Baumschatten. Sie saß jetzt im flachen Wasser und untersuchte ihre Fußsohle. »Es sind nur zwei, aber schwer zu erwischen.«

Er kniete neben ihr nieder. Knapp unter der Mittelzehe waren

zwei schwarze Punkte sichtbar. Er stand auf und streckte ihr die Hand hin. »Kommen Sie in den Schatten, das wird nicht so schnell gehen. Und treten Sie nicht auf, sonst drückt sich das Zeug noch tiefer hinein. Ich trage Sie!«
Sie lachte zu ihm auf. »Mein Held! Na gut. Aber nicht fallen lassen!« Sie hob beide Arme. Bond bückte sich, faßte sie unter Kniekehlen und Achseln, während sie ihm die Arme um den Nacken schlang. Einen Moment stand er im seichten Wasser und blickte ihr ins Gesicht. Ihr Blick sagte ja, und er küßte sie fest auf den halbgeöffneten Mund.
Ihre Lippen ließen ihn nur langsam los. Ein wenig außer Atem sagte sie: »Sie sollten Ihren Lohn nicht im voraus nehmen.«
»Das war erst ein Vorschuß.« Bond schloß die Hand fest über ihrer rechten Brust, watete aufs Trockene und trug sie in den Schatten der Kasuarinabäume, neben die Strandhütte. Dort ließ er sie sanft auf den weichen Boden gleiten. Sie lag da, ihr Haar mit den Händen gegen den Sand schützend, und sah ihn durch halbgeschlossene Lider an. Bond, der fühlte, daß ihn die Selbstbeherrschung verließ, sagte rauh: »Dreh dich um.«
Sie gehorchte. Er kniete nieder, griff nach ihrem rechten Fuß, wischte die Sandkörnchen ab und spannte die Zehen. Dann bückte er sich und preßte den Mund auf die schwarzen Stacheln. Nach einer Minute festen Saugens kam ihm ein Stückchen in den Mund, und er spuckte es aus. »Das wird lange dauern«, sagte er, »außer, ich tu' dir ein bißchen weh. Darf ich?«
Er sah, wie ihre Rückenmuskulatur sich in Erwartung des Schmerzes straffte. »Ja«, sagte sie.
Bond grub seine Zähne in das Fleisch rund um die Stacheln und saugte. Sie suchte ihm den Fuß zu entwinden. Während er ein paar weitere Fragmente ausspuckte, sah er, daß er weiße Bißspuren hinterlassen hatte und daß Blutstropfen aus den beiden Öffnungen quollen. Aber nun war fast gar nichts Schwarzes mehr unter der Haut, und er sagte: »Ich esse zum erstenmal eine Frau. Schmeckt ganz gut.«
Sie krümmte sich nur, sagte aber nichts.
Bond wußte, daß sie Schmerzen hatte. »Sehr brav, Domino«, sagte er ermutigend. »Nur noch ein letzter Mundvoll.« Er gab ihrer Fußsohle einen beruhigenden Kuß und machte sich

abermals mit Zähnen und Lippen darüber her. Wenig später spuckte er das letzte Stück Stachel in den Sand. Er legte den Fuß behutsam nieder und sagte: »Jetzt darf dir kein Sand hineinkommen! Komm, ich trag' dich in die Hütte, dort ziehst du die Sandalen an.«
Sie drehte sich herum, die Augen noch feucht von Schmerztränen: »Weißt du, daß du der erste Mann bist, der mich zum Weinen bringt?«
Bond hob sie auf. Diesmal küßte er sie nicht. Er trug sie zur Hütte und in seinen Umkleideraum. Dort warf er sein Hemd und seine Shorts zur Andeutung eines Bettes auf den Boden und setzte sie sanft darauf ab.

19

Bond stützte sich auf den Ellbogen und blickte auf sie hinunter. Augen und Schläfen waren schweißnaß, die Halsschlagader pulsierte heftig. Dann öffneten sich die feuchten Lider, und der abwesende Blick schien ihn erst nach und nach wahrzunehmen. Es war, als sähe sie Bond zum erstenmal.
Er sagte: »Tut mir leid. Ich hätte das nicht machen sollen.«
Das schien sie zu belustigen. Lächelnd sagte sie: »Du sprichst wie ein Mädchen, das es zum erstenmal gemacht hat. Wirst es deiner Mutter erzählen müssen!«
Bond beugte sich nieder, küßte sie und sagte: »Komm schwimmen. Ich hab' dann noch mit dir zu reden.« Er stand auf und streckte ihr die Hände hin. Widerwillig nahm sie sie. Er zog sie zu sich hoch. Sie lächelte. Bond drückte sie an sich. Er wußte, daß sie nur noch ein paar ungetrübte Minuten vor sich hatten, und sagte: »Komm, Domino. Wir brauchen nichts anzuziehen, der Sand wird dir nicht weh tun. Ich hab' vorhin nur so getan.«
Sie sagte: »Ich auch, als ich aus dem Wasser kam. Die Stacheln waren gar nicht so schmerzhaft.«
Bond lachte. »Gehen wir jetzt ins Wasser!« Er küßte sie, trat zurück und blickte sie noch einmal an. Dann drehte er sich um, rannte ins Meer und tauchte.
Als er wieder ans Ufer kam, war sie schon in der Hütte und kleidete sich an. Auf ihre lachenden Bemerkungen durch die

Trennwand antwortete er einsilbig. Schließlich fiel ihr sein verändertes Benehmen auf. »Was ist mit dir, James? Stimmt etwas nicht?«
»Ja, Liebling.« Beim Anziehen der Shorts klirrte die kleine Kette in seiner Tasche. Er sagte: »Komm mit hinaus. Ich muß mit dir reden.«
Diesmal wählte Bond einen Platz an der anderen Hüttenseite. Er setzte sich, schlang die Arme um die Knie und starrte aufs Meer hinaus. Sie ließ sich neben ihm nieder. »Du wirst mir weh tun. Wahrscheinlich fährst du fort. So sag es schon, mach's kurz und schmerzlos. Ich wein' schon nicht.«
Bond sagte: »Ich fürchte, es ist ärger als das, Domino. Es betrifft deinen Bruder.«
Er spürte, wie ihr Körper sich spannte. Mit tiefer Stimme sagte sie: »Also, sag es schon.«
Er nahm das Armband heraus und gab es ihr.
Sie blickte es kaum an, drehte sich nur weg. »Tot. Wie ist das geschehen?«
»Das ist eine böse und sehr ernste Geschichte. Auch dein Freund Largo ist darin verwickelt. Es handelt sich um eine riesige Verschwörung, und ich bin im Auftrag meiner Regierung hier, um die Dinge zu klären. Eine Art Polizist. Ich sage dir das und alles andere, weil Hunderte, vielleicht Tausende sterben müssen, wenn du mir nicht hilfst, es zu verhindern. Ich breche meinen Eid, indem ich dir das sage, aber ich habe Vertrauen zu dir.«
»Ach, deshalb hast du mich haben wollen – damit ich tue, was du willst. Und jetzt noch die Erpressung mit dem Tod meines Bruders!« Die Worte zischten zwischen den Zähnen hervor: »Pfui Teufel, wie ich dich hasse!«
Aber Bond blieb sachlich: »Dein Bruder wurde von Largo oder in Largos Auftrag getötet. Ich wollte dir das gleich sagen, als ich herkam. Aber dann«, er zögerte, »ist es über mich gekommen. Ich hätte die Kraft haben müssen, es nicht zu tun; denn so, mit meinem Wissen, war es verantwortungslos. Aber du hast so schön und so glücklich ausgesehen, und da wollte ich dir nicht gleich weh tun, das ist meine einzige Entschuldigung.« Er machte eine Pause. »Und jetzt hör zu und bemüh dich, deinen Haß zu vergessen! Du wirst gleich merken, daß

wir in all dem gar nicht mitzählen.« Er begann nun von Anfang an und ging den ganzen Fall im einzelnen durch, verschwieg nur die bevorstehende Ankunft der *Manta*. Er schloß: »Du siehst jetzt, daß wir nichts unternehmen können, solange die Bomben nicht an Bord der *Disco* sind. Bis dahin ist Largos Schatzsucher-Alibi nicht zu erschüttern. Dabei wissen nur er und seine Leute, wo die Bomben versteckt sind. Wenn wir schon jetzt einschreiten, das Schiff aus irgendeinem Grund festhalten, wird das nur eine Verschiebung des SPECTRE-Planes bewirken. Sie können sogar die *Disco* aus der ganzen Sache herausnehmen und dafür ein anderes Schiff oder ein Flugzeug einsetzen. Nach einer Woche beginnt die ganze Geschichte von vorn. Nur wird das Ultimatum dann vielleicht schon nach 24 Stunden ablaufen, und wir werden die härteren Bedingungen akzeptieren müssen. Darum müssen wir die Bomben haben, verstehst du?«

»Ja. Was ist also zu tun?« Ihre Stimme war rauh.

»Sobald die Bomben an Bord der *Disco* sind, müssen wir es wissen, das ist alles. Erst dann können wir handeln. Und wir haben einen großen Vorteil: Largo fühlt sich sicher. Er glaubt immer noch, daß alles planmäßig abläuft. Das ist unsere einzige Stärke, verstehst du?«

»Und wie willst du erfahren, daß die Bomben an Bord sind?«

»Das wirst *du* uns sagen.«

»Ja. – Aber wie soll ich es wissen?«

»Wann sollst du an Bord sein?«

»Um fünf. Das Boot holt mich von *Palmyra*.«

Bond sah auf die Uhr. »Jetzt ist es vier. Ich habe hier einen Geigerzähler. Er ist einfach zu handhaben und gibt dir sofort an, ob die Bomben an Bord sind oder nicht. Du nimmst ihn mit, und wenn er reagiert, gibst du uns Lichtsignale aus deiner Kabine. Das Schiff steht unter Dauerbeobachtung. Den Geigerzähler wirfst du dann über Bord.«

Sie sagte verächtlich: »Sehr dramatisch, ganz wie es in den Reißern steht! Aber in Wirklichkeit geht kein Mensch in die Kabine und dreht bei Tag das Licht an. Nein, wenn die Bomben da sind, komme ich an Deck – das wirkt viel natürlicher. Und passiert nichts, so bleibe ich in der Kabine.«

»Auch gut. Mach es, wie du willst. Aber mach es!«
»Natürlich. Wenn ich ihn nicht vorher schon umbringe! Aber wenn du mir versprichst, daß er umgebracht wird, sobald ihr ihn habt . . .«
»Das glaub' ich nicht. Die ganze Besatzung wird lebenslänglichen Kerker bekommen, vermute ich.«
Sie überlegte. »Ja, das genügt. Das ist sogar noch ärger als der Tod. Zeig mir jetzt, wie der Apparat funktioniert!«
Sie erhob sich, ging ein paar Schritte den Strand entlang, blickte auf das ruhige Wasser hinaus und sprach irgendwelche Worte vor sich hin. Plötzlich beugte sie sich zurück und warf die Kette samt Marke weit ins Meer hinaus. Erst, als der Wasserspiegel sich wieder geglättet hatte, kam sie zurück.
Bond erklärte ihr das Gerät. Er ließ den Armbanduhr-Anzeiger weg und sagte ihr, sie solle nur auf das Ticken achten. Am besten wäre es in der Nähe des Laderaums. »Sag einfach, du willst eine Aufnahme vom Achterdeck machen oder ein paar Abschiedsbilder von Nassau und von der Jacht.«
»Ja.« Sie hatte aufmerksam zugehört. Jetzt berührte sie seinen Arm und sagte scheu: »Du — daß ich dich hasse, ist nicht wahr. Aber ich kann es noch immer nicht glauben, daß Largo etwas damit zu tun hat. Wir hatten eine Art Liebesaffäre in Capri . . . Er sieht gut aus, und es war einfach verlockend, ihn all diesen eleganten Frauen wegzuschnappen, die sich um ihn rissen. Er erzählte mir von der Jacht und von seiner Schatzsuche. Natürlich kam ich gern mit, wer hätte schon nein gesagt! Dafür tat ich ja auch, was meiner Stellung zukam . . .« Sie sah ihn kurz an. »Ja, tut mir leid, aber so ist es! Als wir dann nach Nassau kamen und er mich von der Jacht fernhielt, war ich zwar überrascht, aber nicht beleidigt. Dazu sind die Inseln zu schön, und ich hatte ja auch genug zu tun. Jetzt erst verstehe ich, warum ich nie in die Funkerkabine durfte und warum die Besatzung so zugeknöpft und mürrisch war. Sie behandelten mich wie jemand Unerwünschten, und mit Largo standen sie auf merkwürdigem Fuß. Sie wirkten wie Gleichgestellte. Sie waren auch gebildeter, als Seeleute es sonst sind. Ich kann mich sogar erinnern, daß Largo die Woche vor dem letzten Donnerstag schrecklich nervös und reizbar war. Damals glaubte ich nur, er habe mich über. Ich dachte schon daran,

allein nach Hause zu fliegen, aber in den letzten Tagen war es wieder besser, und als er mir sagte, ich solle packen und heute abend an Bord kommen, hatte ich nichts dagegen. Ich war ja auch sehr aufgeregt wegen dieser Schatzsuche. Aber dann bist du gekommen, und heute nachmittag, nachher, war ich entschlossen, hierzubleiben und mit dir zu gehen.« Zum erstenmal sah sie ihm voll ins Gesicht. »Wär' dir das recht gewesen?«

Bond strich ihr über die Wange. »Natürlich.«

»Aber was soll jetzt werden? Wann seh' ich dich wieder?«

Da war sie, die Frage, der Bond hatte ausweichen wollen! Denn indem er sie an Bord schickte, noch dazu mit dem Geigerzähler, setzte er sie einer doppelten Gefahr aus. Eine Entdeckung war gleichbedeutend mit Tod; und kam es zu einer Verfolgung, was beinahe sicher schien, so würde die *Manta* nötigenfalls Geschützfeuer oder Torpedos einsetzen, wahrscheinlich ohne Warnung. Bond hatte das alles eingerechnet, aber nicht daran denken wollen. Er schob es auch jetzt beiseite und sagte nur: »Wenn alles vorbei ist, komme ich zu dir, wo immer du bist. Jetzt wirst du in Gefahr sein, das weiß ich schon.«

Sie sah auf die Uhr und sagte: »Es ist halb fünf, ich muß gehen. Komm nicht mit zum Wagen, küß mich und bleib da. Und mach dir keine Gedanken wegen heute nachmittag! Ich werd' es schon machen, entweder so — oder ein Stilett in seinen Rücken.« Sie breitete die Arme aus. »Komm.«

Minuten später hörte Bond ihren Wagen starten. Er wartete, bis der Lärm sich in der Ferne verloren hatte, ging zu seinem Landrover, kletterte hinein und folgte ihr.

Anderthalb Kilometer weiter, bei den zwei weißen Obelisken, die die Zufahrt nach *Palmyra* markierten, hing noch der Staub über der Straße. Rasch fuhr er weiter nach Old Fort Point, wo in der Garage einer verlassenen Villa die Polizeibeobachter saßen. Der eine lag lesend in einem Liegestuhl, während der andere hinter einem Stativ mit Doppelfernrohr saß und durch einen Spalt im Fensterladen zur *Disco* hinüberspähte. Das Funksprechgerät stand neben ihm auf dem Boden. Bond gab den beiden die neuen Direktiven, rief über Funk den Polizeidirektor an und erhielt von ihm zwei Mitteilungen Leiters: Der Besuch in *Palmyra* sei negativ gewesen, das Bootshaus harmlos. Es enthalte nur ein Boot mit Glasboden und ein Pedalboot, von dem die Spuren herrührten. Die zweite Nachricht besagte, daß die *Manta* in zwanzig Minuten einlaufen werde. Bond möge Leiter am Prinz-Georgs-Pier treffen.

Die *Manta,* die mit größter Vorsicht den Kanal heraufkam, hatte nichts von der Schnittigkeit der üblichen Unterseeboote an sich. Sie wirkte gedrungen und häßlich. Ihre plumpen Metallaufbauten, die überdies verhüllt waren, um die Radaranlage zu verbergen, ließen keineswegs vermuten, daß dieses Schiff unter Wasser vierzig Knoten lief, wie Leiter behauptete. »Aber das werden sie dir nicht sagen, James. Auf der *Manta* ist alles geheim, sogar das Klosettpapier. Sie gehört zur George-Washington-Klasse, hat etwa 4000 Tonnen und hundert Mann Besatzung, Preis zirka hundert Millionen Dollar. Aktionsradius unbegrenzt und nur vom Proviant abhängig oder vom Kernreaktor, falls er eine Auffüllung braucht – das geschieht so alle 150 000 Kilometer. Wenn sie die gleiche Bewaffnung führt wie die *Washington,* hat sie sechzehn Vertikalrohre in zwei Reihen zu je acht für die Polarisraketen mit festem Treibstoff, Reichweite etwa 2000 Kilometer. Die Besatzung nennt die Rohre ›Sherwood-Wald‹, weil sie grün gestrichen sind und die Raketenbatterie wie eine Baumstumpfreihe aussieht. Abgefeuert werden die Polarisdinger unter Wasser, wobei das U-Boot keine Fahrt machen darf. Seine genaue Position ist jederzeit durch Funkpeilung und Sternbeobachtung mit einem heiklen Ding namens Sternsuchperiskop gegeben. Die Raketen werden automatisch mit diesen Daten gefüttert. Der Feuerleitoffizier braucht nur mehr den Knopf zu drücken, und schon geht so ein Ding mit Preßluft nach oben. Erst beim Durchstoßen der Oberfläche zündet der feste Treibstoff. Eine teuflische Waffe, wenn man's recht besieht.«
Das riesige Unterseeboot stieß leicht gegen die Kaimauer. Stahltrossen wurden geworfen, ein Aluminiumsteg wurde ausgefahren. Hinter dem Polizeikordon brach die Zuschauermenge in Hochrufe aus, und Leiter sagte: »Also vorwärts!

Fängt gar nicht gut an! Nicht einmal einen Hut zum Grüßen haben wir. Mach du einen Knicks, ich werd' einen Diener machen.«

20

Das Innere des Unterseebootes war über Erwarten geräumig. Über Stufen, nicht über Leitern, ging es hinunter. Überall herrschte peinlichste Ordnung. Der schimmernde Anstrich war in zwei Grüntönen gehalten, und die lebhaften Farben der elektrischen Leitungen brachten in die fast spitalmäßige Ausstattung eine fröhliche Note. Der vorangehende wachhabende Offizier, ein junger Mann von etwa 22, führte sie zwei Decks tief hinunter. Die Luft war erfrischend kühl. Am Fuß der Treppe wandte er sich nach links und klopfte bei *Fregattenkapitän P. Pedersen, USN.*

Der Kapitän saß pfeiferauchend hinter seinem Metallschreibtisch, vor sich eine leere Kaffeetasse und einen Telegrammblock, auf den er eben geschrieben hatte. Er erhob sich, reichte Bond und Leiter die Hand, bot ihnen zwei Stühle vor seinem Schreibtisch an und sagte zu dem Wachoffizier: »Kaffee bitte, Stanton, und lassen Sie das da abgehen, ja?« Er riß das beschriebene Blatt ab und reichte es hinüber.

Er setzte sich. »Nun, meine Herren, willkommen an Bord! Commander Bond, ich freue mich, ein Mitglied der Royal Navy begrüßen zu können. Schon auf U-Booten gewesen?«

»Jawohl«, sagte Bond, »aber nur als Superkargo. Reiner Schokoladeseemann.«

Der Kapitän lachte. »Sehr gut! Und Sie, Mr. Leiter?«

»Nein, Kapitän. Aber ich habe ein eigenes U-Boot besessen, mit Gummiballon und Schlauch. Leider hat man mir nie genug Wasser in die Wanne gelassen.«

»Klingt ganz nach Marineministerium. Die wollen mich dieses Schiff auch nie richtig ausprobieren lassen. Jedesmal, wenn man loslegen will, kommt die Nadel über so eine verdammte rote Linie, die irgendein Blindgänger aufs Zifferblatt gemalt hat. – Also, meine Herren«, der Kapitän sah Leiter an, »wie ist die Lage? Seit Korea hab' ich keinen solchen Haufen von ›Streng Geheim‹ und ›Höchst Dringlich‹ bekommen.

Das letzte war sogar vom Marinechef persönlich. Ich soll mich als unter Ihrem Befehl stehend betrachten, im Falle Ihres Todes unter dem von Commander Bond, bis Admiral Carlson ankommt. Was ist eigentlich diese ›Operation Feuerball‹?«
Während Leiter die ganze Geschichte bis zum Start von Largos Wasserflugzeug um 13 Uhr 30 und zu Bonds Instruktionen für Domino Vitali erzählte, horchte Bond auf die Geräusche des Unterseebootes. Da war das hohe Pfeifen des Generators. Gelegentlich knackte es im Lautsprecher über dem Schreibtisch, worauf unverständliche Anweisungen durchgegeben wurden: »Roberts an Bootschef«, »Oppenshaw sofort zum Ersten Ingenieur«, »Blaues Team zur Abteilung F«, und alle zwei Minuten setzte das Saugen und Gurgeln einer Pumpe ein. Es war, als befände man sich im Innern eines von hydraulischen und elektrischen Impulsen geleiteten Roboters.
Nach zehn Minuten lehnte Kapitän Pedersen sich zurück, griff nach seiner Pfeife und begann sie gedankenvoll zu stopfen. »Das ist ja eine verteufelte Geschichte!« Er lächelte. »Und komisch: auch ohne die Funksprüche vom Marineministerium würde ich sie glauben. Hab' mir immer schon gedacht, daß so was eines Tages passieren könnte. Diese Atomwaffen sind einfach zu gefährlich! Jede einzelne der Inseln hier herum könnte die Vereinigten Staaten erpressen, mit einem einzigen meiner Geschosse. Man braucht es nur auf Miami zu richten. Und hier bin ich, Peter Pedersen, 38, geistig gesund oder auch nicht, und schleppe gleich sechzehn von diesen Dingern herum, genug, um ganz England auszuradieren. Jedenfalls«, er legte die Hände auf den Tisch, »so ist das. Jetzt haben wir nur einen kleinen Teil des ganzen Problems vor uns – und auch der ist so groß wie die Welt. Was sollen wir also tun? Wenn dieser Largo die Bomben hat, wird uns das Mädchen Nachricht geben. Schön. Und wir fahren hin und nehmen das Schiff oder blasen es aus dem Wasser. Stimmt's? Was aber, wenn er die Bomben *nicht* hat oder wir *keine* Nachricht bekommen?«
Bond sagte ruhig: »Wir bleiben ihm auf den Fersen bis zur entscheidenden Zeit, also noch 24 Stunden. Wir können nichts anderes tun, wenn wir legal bleiben wollen. Nach Ablauf dieser Zeit können wir unsere Regierungen entscheiden lassen,

was mit der *Disco*, dem Bomberwrack und allem sonstigen zu geschehen hat. Aber im Augenblick befinden wir uns noch in der Lage des Detektivs, der einen Mann beschattet, welcher vielleicht einen Mord begehen wird. Der Detektiv kann nichts anderes tun, als dem Mann folgen und warten, bis er tatsächlich die Waffe hervorzieht und zielt. Dann, und nur dann, darf der Detektiv schießen oder den Mann verhaften.« Bond wandte sich an Leiter. »Stimmt's vielleicht nicht, Felix?«
»Ja, darauf läuft's wohl hinaus. Und, Kapitän, wären Commander Bond und ich nicht so verdammt sicher, daß Largo unser Mann ist, wir hätten niemals die *Manta* herbeigerufen! Man kann hundert gegen eins wetten, daß er die Bombe nachts legt, und heute ist die letzte Nacht. Übrigens, Kapitän, haben Sie Dampf aufgemacht oder wie man das in der Atomsprache nennt?«
»Wir können innerhalb von fünf Minuten auslaufen.« Der Kapitän schüttelte den Kopf. »Aber leider muß ich Sie enttäuschen, meine Herren. Ich weiß nämlich nicht, wie wir der *Disco* auf den Fersen bleiben sollen.«
»Wieso? Sie fahren doch die nötige Geschwindigkeit, nicht?« Leiter ertappte sich dabei, wie er mit seinem Stahlhaken drohend auf den Kapitän wies. Rasch legte er ihn wieder aufs Knie.
Der Kapitän lächelte. »Das schon, aber Sie vergessen die Navigationsschwierigkeiten in diesen Gewässern!« Er wies auf die Seekarte an der Wand. »Überzeugen Sie sich doch selbst! Haben Sie jemals eine Karte mit so vielen Zahlen gesehen? Das sind die Tiefenangaben, meine Herren, und ich kann Ihnen sagen, daß wir abgehängt werden, wenn die *Disco* sich nicht an einen der Tiefwasserkanäle hält.« Er drehte sich wieder zum Schreibtisch. »Nein, meine Herren, dieses Schiff ist verdammt gut gewählt. Mit seiner Gleitfläche hat es wahrscheinlich nur einen Faden Tiefgang. Wenn es im flachen Wasser bleibt, ist die Sache für uns hoffnungslos. Total hoffnungslos!« Der Kapitän blickte von einem zum anderen. »Soll ich das Marineministerium anrufen und die Jagdbomber von Fort Lauderdale anfordern?«
Die beiden Männer sahen einander an, dann sagte Bond: »Sie wird ohne Lichter fahren. Was sagst du, Felix? Vielleicht soll-

ten wir die Bomber anfordern, und sei's auch nur zur Küstenwache! Und dann, wenn der Kapitän zustimmt, nehmen wir den Nordwestkanal, sobald die *Disco* abfährt, und setzen auf die Raketenstation Bahamas als Ziel Nr. 1.«
Felix Leiter fuhr sich mit der Linken durchs strohfarbene Haar. »Verdammt noch mal«, sagte er wütend, »das glaub' ich auch! Sieht schon blöd genug aus, daß wir die *Manta* mobilisiert haben. Was bedeutet da noch ein Geschwader Jagdbomber! Natürlich müssen wir unseren Verdacht belegen. Komm, setzen wir mit dem Kapitän zusammen einen Funkspruch auf, der sich gewaschen hat, Kopie an CIA und an deinen Chef. Wie soll er lauten?«
»Admiralität für M, ›Operation Feuerball‹.« Bond fuhr sich übers Gesicht. »Mein Gott, das wird sie aber aufscheuchen!« Er sah auf die große Metalluhr an der Wand. »Sechs. In London ist es jetzt Mitternacht. Beliebte Zeit für solche Durchgaben.«
Die Lautsprecheranlage meldete sich: »Wachhabender an Kapitän. Polizeimelder mit dringender Nachricht für Commander Bond.« Der Kapitän drückte die Sprechtaste. »Bringen Sie ihn herunter. Klarmachen zum Auslaufen. Alle Mann auf Stationen.« Er wartete die Bestätigung ab und schaltete aus. Lächelnd sagte er: »Wie heißt das Mädchen? Domino? Also, Domino, jetzt sag das richtige Wort!«
Die Tür ging auf. Ein Polizeikorporal, die Mütze unterm Arm, trat ein, schlug die Hacken zusammen und überreichte Bond einen gelben Umschlag. Bond schlitzte ihn auf, überflog den Inhalt und las vor: »FLUGZEUG 1730 AN BORD GENOMMEN STOP DISCO 1755 ABGEFAHREN VOLLE GESCHWINDIGKEIT KURS NORDWEST STOP MÄDCHEN ERSCHIEN NICHT WIEDERHOLE NICHT AN DECK.«
Der Text war vom Polizeikommissar unterzeichnet. Er erbat sich vom Kapitän ein Formular und schrieb:
»*Manta* versucht Verfolgung durch Nordwest-Providence-Kanal. Jagdbombergeschwader Fort Lauderdale fliegt Sperre 300 Kilometer vor Floridaküste. *Manta* hält Verbindung über Luftkontrolle Windsor Field. Marineministerium und Admiralität werden informiert. Bitte informieren Sie Gouverneur und Admiral Carlson sowie Brigadier Fairchild bei Eintreffen.«

Bond zeichnete ab und reichte das Blatt dem Kapitän weiter, der gleichfalls unterschrieb, ebenso Leiter. Dann steckte er die Nachricht in einen Umschlag und gab sie dem Korporal, der stramm grüßte und verschwand.
Der Kapitän drückte die Sprechtaste und befahl Auslaufen auf Nordkurs, zehn Knoten, Überwasserfahrt. Dann sagte er ruhig: »Meine Herren, wir sind soweit. Mir wäre es lieber, die Jagd sähe hoffnungsvoller aus. Aber ich will für Sie tun, was ich kann. Und jetzt setzen wir den Funkspruch auf.«
Bond war mit seinen Gedanken nur halb bei der Abfassung des Textes. Er war in Sorge wegen Domino. Es sah schlecht aus. Entweder hatte das Flugzeug gar keine Bomben gebracht, oder Domino war am Betreten des Decks gehindert worden. Vielleicht sollten die Bomben erst auf dem Weg nach Ziel Nr. 1 übernommen werden? Der westliche Kurs, vielleicht in Richtung Nordwestleuchtturm durch den Berry-Island-Kanal, machte auch das wahrscheinlich. Das Bomberwrack lag im Westen, südlich der Biminis, ebenso auch Miami und andere mögliche Ziele an der amerikanischen Küste. Nun konnte die *Disco* nach Durchfahren des Kanals etwa achtzig Kilometer nordwestlich von Nassau auch Nordkurs einschlagen und nach weiteren achtzig Kilometern Flachwasserfahrt wieder in den Nordwest-Providence-Kanal kommen, von wo sie direkt auf Groß-Bahama und den Raketenstützpunkt zufahren konnte.
Zermürbt vom Zweifel und von der Angst, er und Leiter könnten sich unsterblich blamieren, zwang Bond sich dazu, eines als sicher anzunehmen: wenn die Bomben an Bord der *Disco* waren, wenn die *Disco* nach Norden auf Groß-Bahama in Richtung der Raketenbasis abdrehte, dann konnte die *Manta,* wenn sie volle Fahrt durch den Nordwestkanal lief, sie noch rechtzeitig abfangen und stellen.
Warum aber hatte Domino kein Zeichen gegeben? Was war mit ihr geschehen?

21

Wie ein dunkler Torpedo jagte die *Disco* über den schwarzblauen Spiegel der See und hinterließ eine tiefe, schäumende Heckwelle. In der großen Hauptkabine war es still bis auf das dumpfe Maschinengedröhn und das leise Klingeln eines Glases auf der Anrichte. Obwohl die Bullaugen abgeblendet waren, brannte nur eine Navigationslaterne. Ihr schwaches rotes Licht beleuchtete unruhig die Gesichter der um den langen Tisch versammelten zwanzig Männer.

Eben begann Largo, der den Vorsitz führte, mit schweißglänzendem Gesicht zu sprechen. Seine Stimme war heiser vor verhaltener Erregung. »Ich muß Ihnen berichten, daß ein Alarmfall eingetreten ist. Vor einer halben Stunde ertappte Nr. 17 auf dem Oberdeck Miß Vitali, wie sie mit einer Kamera herumspielte. Sie gab vor, ein Foto von *Palmyra* zu machen, hatte aber die Schutzkappe noch auf der Linse. Nr. 17 schöpfte Verdacht und berichtete mir den Vorfall. Ich untersuchte die Kamera: sie ist eine Attrappe und enthält einen Geigerzähler, der natürlich über 500 Millirröntgen anzeigt. Auf meine Befragung erhielt ich keine Antwort, aber zu gegebener Zeit werde ich Miß Vitali zum Sprechen zwingen und sie dann liquidieren lassen. Ich habe den Vorfall bereits Nr. 2 berichtet.«

Largo verstummte. In das drohende Gemurmel der anderen fragte Nr. 14, einer der Deutschen: »Und was sagt Nr. 2 dazu?«

»Er befahl uns, weiterzumachen. Die ganze Welt sei jetzt voll von Geigerzählern, die nach uns suchten. Sämtliche Geheimdienste seien gegen uns mobilisiert. Aber Nr. 2 meint, es gebe nichts mehr zu fürchten, sobald wir erst die Bombe ins Zielgebiet gebracht hätten. Wir haben den Funkverkehr zwischen Nassau und der Küste abgehört. Er ist normal. Das Unternehmen läuft also planmäßig weiter. Nach Verlassen des Teilgebiets geht die Bleihülle der Bombe über Bord. Sie wird die Leiche von Miß Vitali enthalten.«

Nr. 14 blieb hartnäckig: »Aber zuerst werden Sie doch die Wahrheit aus dieser Frau herausbringen? Wir müssen für später wissen, ob wir unter Verdacht stehen!«

»Ich beginne gleich nachher mit der Befragung. Ich selbst glaube ja, die beiden Männer von gestern — Mr. Bond und Mr. Larkin — haben dabei die Hand im Spiel. Möglicherweise sind es sogar Geheimagenten. Larkin hatte eine Kamera, die der von Miß Vitali glich. Leider war ich nicht vorsichtiger, aber das Anliegen der beiden klang so überzeugend. Jedenfalls ist morgen früh nach unserer Ankunft in Nassau größte Vorsicht geboten. Miß Vitali wird über Bord gefallen sein, ich werde die Einzelheiten der Geschichte inzwischen ausarbeiten. Unsere Zeugen werden unerschütterlich sein. Natürlich brauchen wir auch die Münzen als zusätzliches Alibi für unseren Verbleib während der Nacht. Nr. 5, ist der Erosionszustand der Münzen zufriedenstellend?«

Nr. 5, der Physiker Kotze, sagte: »Er ist hinreichend und wird einer flüchtigen Prüfung standhalten. Es sind echte Dublonen und Realen aus dem frühen siebzehnten Jahrhundert. Seewasser hat keinen großen Einfluß auf Gold und Silber, ich habe also ein wenig Säure verwendet. Man wird die Münzen natürlich dem Untersuchungsrichter übergeben und als Schatzfund deklarieren müssen, aber den Ort brauchen wir nicht preiszugeben. Allenfalls die Wassertiefe – sagen wir zehn Faden, an irgendeinem Riff. Draußen bei den Riffen fällt der Grund oft sehr steil und tief ab. Miß Vitali könnte da Schwierigkeiten mit ihrer Aqualunge gehabt haben und über einer Tiefe von hundert Faden verunglückt sein.«

Largo sah zufrieden aus. »Und jetzt noch rasch die letzten Einzelheiten.« Er sah auf seine Uhr. »Wir haben Mitternacht. Von drei Uhr an herrscht Mondlicht, kurz nach fünf wird es schon Tag. Es bleiben uns also zwei Stunden. Wir nehmen Nordkurs auf West End, das ist die normale Zufahrt zu den Inseln. Sollte uns das Radar der Raketenbasis entdecken, so wird man uns für eine Jacht halten, die vom Kurs abgekommen ist. Um drei Uhr gehen wir vor Anker, das Schwimmkommando nimmt dann die Bombe die letzten 800 Meter zur Küste mit. Die fünfzehn Mann schwimmen in Keilformation, Wagen und Bombenschlitten in ihrer Mitte. Diese Ordnung ist genau einzuhalten, um Abweichungen zu vermeiden. Alles richtet sich nach dem Blaulicht auf meinem Rücken. Verliert jemand den Anschluß, so kehrt er unverzüglich zum Schiff zurück. Die Bedeckung achtet in erster Linie auf Haie und Barrakudas. Denken Sie stets daran, daß unsere Schußweite nur sechs Meter beträgt und daß die Fische in den Kopf zu treffen sind! Jedenfalls sollte ein einziger Treffer genügen, wenn das Curare tatsächlich im Wasser nicht leidet. Vergessen

Sie aber nicht, vor dem Schuß die Schutzkappe von der Spitze abzunehmen. Entschuldigen Sie, wenn ich diese Punkte nochmals wiederhole, aber wir müssen auf Unvorhergesehenes gefaßt sein und jederzeit damit fertig werden. Gibt es dazu noch Fragen?«

Nr. 10, ein ehemaliger SMERSH-Terrorist namens Strelik, begann zu sprechen. Er saß zwei Plätze links von Largo, wandte sich aber nicht an ihn, sondern ans Plenum. »Kameraden, ich muß sagen, das alles ist ganz ausgezeichnet vorbereitet. Und ich glaube auch, daß sich der Einsatz der zweiten Bombe erübrigen wird, nachdem die erste an die 2000 Personen getötet hat. Unter diesen Umständen«, die langweilige Stimme wurde lebhaft, »kann unsere Arbeit innerhalb 24 Stunden beendet sein. Dann liegt der ungeheure Gewinn zum Greifen nahe. Nun ist mir da ein höchst unwürdiger Gedanke gekommen, den der Versammlung mitzuteilen ich trotzdem für meine Pflicht halte.« (Largo entsicherte den kleinen 25er-Colt in seiner Rocktasche.) »Sollte mein Verdacht unbegründet sein, so bitte ich schon jetzt um Verzeihung.«

Die Versammlung war verdächtig still geworden. Was wußte Nr. 10? Was würde er eröffnen? Largo zog den Revolver aus der Tasche und hielt ihn an der Hüfte bereit.

»Binnen kurzem wird der Moment da sein«, fuhr Nr. 10 fort, wobei er die Gesichter der Gegenübersitzenden beobachtete, »wo fünfzehn von uns dort draußen im Dunkel sein werden, während fünf Mitglieder sowie sechs Unteragenten an Bord des Schiffes bleiben. In diesem Moment, Kameraden, wäre es für die Zurückgebliebenen leicht, mit dem Schiff abzufahren und uns unserem Schicksal zu überlassen.« Rund um den Tisch erhob sich Bewegung und Gemurmel. Nr. 10 hob die Hand. »Lächerlich, werden Sie sagen. Aber wir sind allesamt nur Menschen. Keiner kann für sich garantieren. Und, Kameraden, wenn fünfzehn von uns weniger sind, um wieviel größer würde der Gewinn für die Überlebenden sein?«

Leise sagte Largo: »Und was schlagen Sie vor?«

Nun erst blickte Nr. 10 nach rechts, ohne den Ausdruck von Largos Augen wahrnehmen zu können. In aufsässigem Ton sagte er: »Ich schlage vor, daß ein Mitglied jeder nationalen Gruppe an Bord bleibt, um über die Interessen seiner Landsleute zu wachen. Das würde das Schwimmerkommando zwar auf zehn verringern, aber jeder Mann würde seinen Auftrag mit mehr Begeisterung erfüllen, da er sicher sein könnte, das Schiff am alten Platz vorzufinden.«

Largos Antwort war von höflicher Gelassenheit: »Darauf gibt es eine sehr kurze und einfache Antwort, Nr. 10.« Die drei Kugeln jagten so rasch in das Gesicht des Russen, daß die drei Explosionen und das dreifache Mündungsfeuer fast zusammenfielen. Nr. 10 hob gerade noch die Hände zur Abwehr, raffte sich auf – und krachte rücklings über den splitternden Stuhl zu Boden. Largo, die Revolvermündung unter der Nase hin und her bewegend, als wäre sie eine Phiole zarten Parfüms, blickte über die zwei Reihen Gesichter und sagte leise: »Die Versammlung ist geschlossen. Besten Dank.«

Als er allein war, stand er auf, streckte sich und gähnte ausgiebig. Danach ging er zur Anrichte, zog eine Schachtel Zigarren aus der Lade, rauchte eine davon mit einem Ausdruck von Widerwillen an und nahm den Eiswürfelbehälter an sich. Damit begab er sich zur Kabine von Domino Vitali.

Das Mädchen war mit ausgebreiteten Armen und Beinen an die Ecken des Doppelbetts gefesselt. Largo stellte den Eisbehälter auf der Kommode ab und legte die Zigarre vorsichtig daneben. Das Mädchen beobachtete ihn.

Er trat zu ihr. »Meine Liebe, ich habe an deinem Körper viel Vergnügen gehabt. Falls du aber weiterhin schweigst, werde ich dir großen Schmerz zufügen müssen. Und zwar durch Hitze«, er nahm die Zigarre, hielt sie hoch und blies die Glut an, »und durch Kälte – mit diesen Eiswürfeln. Wissenschaftlich angewendet, wird dir beides helfen, die Wahrheit zu sagen. Also, was ist dir lieber?«

Haßerfüllt sagte das Mädchen: »Meinen Bruder hast du schon umgebracht. Jetzt bin ich dran. Geh und vergnüg dich doch, solang du erst mit einem Fuß im Grab stehst! Aber wenn der zweite drankommt – und das wird bald sein! – sollst du noch tausendmal mehr leiden als wir beide!«

Höhnisch auflachend trat Largo näher und sagte: »Na gut, meine Liebe, da müssen wir eben sehen, was wir mit dir tun können. Sehr sanft und sehr, sehr langsam.«

Er beugte sich vor, hakte den Finger in Hemd- und Büstenhalterausschnitt und riß das Ganze kräftig nach unten. Danach entblößte er ihren Körper. Nachdenklich betrachtete er ihn, ging zur Kommode, holte auch die Eiswürfel und setzte sich auf den Bettrand. Er sog an der Zigarre, klopfte die Asche ab und beugte sich vor.

22

Im Kommandoraum der *Manta* war es sehr still. Kapitän Pedersen stand hinter dem Mann am Echolot und sprach gelegentlich über die Schulter zu Bond und Leiter, für die in einiger Entfernung von den Tiefen- und Geschwindigkeitsmessern Klappstühle aufgestellt waren. Jetzt verließ der Kapitän das Echolot und trat zu den beiden. Er lächelte ermunternd: »Dreißig Faden, und die nächste Insel eine Seemeile westlich. Wir haben jetzt freie Fahrt bis zu Groß-Bahama, und wir machen gute Fahrt. Das heißt, daß wir in vier Stunden, eine Stunde vor Morgengrauen, vor Groß-Bahama sind. Wie wär's mit einem Imbiß und etwas Schlaf? Während der nächsten Stunde gibt es nichts auf dem Radar als diese Berry Islands. Erst wenn wir daran vorüber sind, können wir sehen, ob jemand parallelen Kurs mit uns läuft. In diesem Fall tauchen wir. Schlafen Sie ruhig weiter, wenn Sie die Alarmklingel hören! Bevor wir nicht Gewißheit haben, daß die *Disco* im Zielgebiet ist, können wir nichts unternehmen. Erst dann müssen wir wieder überlegen.« Der Kapitän ging zur Treppe. Sie folgten ihm nach unten durch einen Gang in die Messe, wo sie, abgesondert von Offizieren und Mannschaft, an einem Tisch Platz nahmen. Der Kapitän wies auf die pastellfarbenen Wände: »Mal was anderes als das ewige Schlachtschiffgrau. Sie glauben gar nicht, wieviel gescheite Leute sich wegen der Ausstattung dieses Bootes die Eierköpfe zerbrochen haben!« Ein Steward kam mit den Speisekarten. »Also, lassen Sie sehen ... Bringen Sie mir Virginiaschinken mit Schnapssauce, Apfelkuchen mit Eis und Eiskaffee. Und, Steward, seien Sie nicht zu vorsichtig mit dem Schnaps!«
Bond bestellte verlorene Eier mit Roggentoast und Kaffee. Die innerliche Spannung nahm ihm jeden Hunger. Sie würde erst

weichen, sobald die *Disco* auf dem Radarschirm erschien. Und überdies war da noch die Sorge um das Mädchen: war es richtig gewesen, ihr so viel anzuvertrauen? Hatte sie ihn verraten? War sie ertappt worden? Lebte sie noch? Er stürzte ein Glas Eiswasser hinunter und lauschte den Erklärungen des Kapitäns über Destillation des Trinkwassers aus dem Meer.
Schließlich hielt er dieses unverbindliche Geplauder nicht mehr aus, und er sagte: »Entschuldigen Sie, Kapitän, aber könnten wir uns nicht über die weiteren Schritte klarwerden für den Fall, daß wir die *Disco* vor Groß-Bahama treffen? Ich habe zwar meine eigenen Ideen, aber Sie meinten doch, wir sollten sie entern oder gleich in die Luft sprengen?«
Des Kapitäns graue Augen hatten einen merkwürdigen Ausdruck. Er sagte: »Das, meine Herren, möchte ich ganz Ihnen überlassen. Das Marineministerium stellt mich unter Ihren Befehl. Ich bin nur der Chauffeur, sonst nichts. Ich führe gern alle Ihre Vorschläge aus, solange sie mein Schiff nicht *zu* sehr gefährden. Die Freigabe für den von uns gewünschten Einsatz habe ich, und mehr brauche ich nicht. Ich erwarte nur noch Ihre Order.«
Das Essen kam. Bond stocherte in den Eiern herum, schob sie weg und zündete sich eine Zigarette an. Mit einem Blick auf Felix Leiter sagte er: »Nun, ich weiß nicht, was du davon hältst, Felix, aber vorausgesetzt, daß die *Disco* im flachen Wasser unter der Deckung der Berry Islands nach Norden gefahren ist und Kurs auf Groß-Bahama nimmt bis irgendwo vor die Raketenstation, stelle ich mir die Sache so vor: wenn sie die Bombe so nahe wie möglich ans Ziel bringen wollen, werden sie etwa anderthalb Kilometer vor der Küste bei zehn Faden Tiefe ankern und die Bombe den letzten Kilometer selbst heranbringen. In etwa vier Metern Tiefe werden sie sie auf Grund legen, den Zeitzünder einstellen und machen, daß sie wegkommen. Bis zur entscheidenden Stunde können sie zweimal in Nassau sein. Ich wette, Largo geht dorthin zurück und wartet auf weitere Befehle von SPECTRE!« Er hielt inne, vermied aber Leiters Blick. »Das heißt, wenn es ihm nicht inzwischen gelungen ist, die Wahrheit aus dem Mädchen herauszupressen.«
Der Kapitän unterbrach: »Sehen wir einmal davon ab, Com-

mander Bond! Bleiben wir bei der Einsatzfrage. Wie wird er Ihrer Meinung nach die Bombe vom Schiff ans Ziel bringen? Ich glaube ja auch, daß er mit der Jacht nicht viel näher herangehen kann. Er muß nicht nur mit dem Küstenradar, sondern auch mit dem Patrouillenboot rechnen.«
Bond sagte entschieden: »Dafür hat er ja das Unterwasserabteil! Sicher haben sie solch einen Unterwasserschlitten dort drin und wahrscheinlich auch einen Elektroschlepper dazu. Sie werden die Bombe auf den Schlitten laden und sie mit einer Gruppe von Unterwasserschwimmern ans Ziel bringen. Wozu hätten sie sonst die ganze Ausrüstung?«
Der Kapitän sagte langsam: »Da können Sie recht haben, Commander. Aber was soll *ich* dabei tun?«
Bond sah dem Kapitän in die Augen. »Es gibt nur einen Augenblick, diese Leute zu fassen. Decken wir unsere Karten zu früh auf, so bleibt ihnen noch Zeit genug, die Bomben in ein paar hundert Faden Tiefe abzuwerfen. Wir müssen also warten, bis die Gruppe das Schiff verlassen hat und mit der Bombe unterwegs ist — das heißt, wir müssen ihre Unterwassergruppe mit der unseren kriegen. Die zweite Bombe, wenn sie überhaupt an Bord ist, spielt keine Rolle. Die können wir mit dem Schiff versenken.«
Der Kapitän blickte auf seinen Teller, legte Gabel und Messer zurecht, nahm den Rest seines Kaffees, stellte das Glas ab und hob den Kopf: »Ich glaube, Commander, Ihr Vorschlag hat Hand und Fuß. Wir haben genügend Sauerstoffapparate an Bord, und außerdem zehn von den besten Schwimmern der Atomflotte. Aber wir haben außer Messern keine Unterwasserwaffen. Ich werde fragen müssen, wer freiwillig mitmachen will.« Er überlegte. »Nur, wer soll sie anführen?«
»Ich!« sagte Bond. »Zufällig ist Sporttauchen eines meiner Hobbies. Ich weiß, auf welche Fische man achten muß, und kann Ihre Leute entsprechend instruieren.«
Felix Leiter unterbrach: »Glaub ja nicht, daß du mich dalassen kannst! Ich werde mir da eine dritte Fußflosse drüberziehen«, er hielt den Prothesenhaken hoch, »und das Rennen mitmachen, trotz Haxen mit Faxen! Du würdest dich wundern, was man alles improvisieren kann, wenn dir jemand den Arm abgenagt hat! Kompensation nennen das die Mediziner, schon davon gehört?«

Der Kapitän erhob sich lächelnd: »Okay, okay, ich lass' euch zwei Helden das allein ausfechten. Inzwischen red' ich ein Wort mit den Leuten durch den Lautsprecher. Dann müssen wir noch die Karten studieren und die Ausrüstung in Ordnung bringen. Sie werden also doch nicht lange zum Schlafen kommen. Dafür lass' ich Ihnen eine Ration Kampfpillen geben, Sie werden sie brauchen können!« Er verließ die Messe.
Leiter wandte sich wieder an Bond: »Also, in welcher Ordnung werden wir schwimmen? Können wir Lanzen aus diesen Messern machen? Wie wollen wir Freund und Feind unterscheiden? Wir müssen das Unternehmen genau vorbereiten.«

Die Alarmglocke weckte den in einer der Offizierskojen schlafenden Bond. Der Lautsprecher sagte: »Alle Mann auf Tauchstationen! Alle Mann auf Tauchstationen!« Die Koje begann zu vibrieren, und der ferne Maschinenton änderte seine Höhe. Grimmig lächelnd erhob sich Bond und ging hinauf in den Kommandoraum. Leiter war bereits da. Der Kapitän wandte sich vom Radarschirm ab. »Sieht aus, als behielten Sie recht, meine Herren. Die *Disco* fährt fünf Seemeilen voraus, zwei Strich steuerbord! Sie macht etwa dreißig Knoten Fahrt und hat alle Lichter gelöscht. Wollen Sie durchs Periskop sehen?«
Bond blickte durch die Optik. Es dauerte eine Minute, bis er etwas sah. Er trat zurück. »Welchen Kurs hat sie?«
»Denselben wie wir — aufs westliche Ende von Groß-Bahama. Wir gehen jetzt tiefer und erhöhen die Geschwindigkeit. Verlieren können wir sie nicht, weil wir sie auch auf dem S-Gerät haben. Wenn wir auf gleicher Höhe mit ihr sind, gehen wir nach oben und später näher dran. Der Wetterbericht sagt für den frühen Morgen eine leichte Brise voraus — das wird unserem Schwimmkommando beim Aussteigen helfen, man wird da die aufsteigende Druckluft nicht bemerken. Hier, das ist Maat Fallon«, der Kapitän wandte sich an einen athletisch gebauten Mann in weißen Leinenhosen, »der das Schwimmerkommando anführen wird, natürlich nach Ihren Befehlen. Alle guten Schwimmer haben sich gemeldet, und er hat neun davon ausgewählt. Ich habe sie vom Dienst befreit für den Fall, daß Sie, meine Herren, mit dem Team bekannt werden und das Nähere besprechen wollen. Der Waffenmeister sorgt inzwi-

schen für die Bewaffnung.« Der Kapitän lächelte. »Er hat ein Dutzend Klappmesser organisiert – die Leute wollten sie erst nicht hergeben – und sie fast zu Nadeln heruntergeschliffen. Das Ganze wird dann an Besenstielen befestigt, aber Sie werden eine Bescheinigung über die Besen unterschreiben müssen, sonst kriegt ihn der Versorgungsoffizier dran, wenn wir aus der Sache heraus sind.«

Bond und Leiter folgten dem Maat über das Unterdeck zur Reparaturwerkstätte. Der lange, mit den verschiedensten Präzisionsmaschinen ausgestattete Raum bot einen merkwürdigen Anblick: an seinem einen Ende, schon in Schwimmhosen, standen die neun sonnengebräunten Schwimmer; am anderen arbeiteten zwei Männer in grauen Overalls an den surrenden Drehbänken, von denen die Messerklingen kleine Fontänen blauorangener Funken sprühten. Einige der Schwimmer hatten ihre Speere schon. Bond prüfte einen: es war eine tödliche Waffe. Die zum Stilett geschliffene Klinge war vorn gezähnt, hinten zum Widerhaken gebogen und mit Drahtwicklung an der Stockspitze befestigt. Nicht einmal eine Haifischhaut konnte da widerstehen. Wie aber würde der Gegner bewaffnet sein? Gewiß mit CO_2-Gewehren! Bond musterte die sonnenverbrannten jungen Leute. Es würde Verluste geben, vielleicht sogar schwere. Alles hing davon ab, den Gegner zu überrumpeln. Aber die helle Hautfarbe war im Mondlicht auf sechs Meter noch gut zu sehen – gerade die richtige Distanz für die Gewehre, nicht aber für die Speere! Bond wandte sich an Fallon: »Gummianzüge haben Sie wohl nicht an Bord?«

»Aber gewiß doch, Commander! Die brauchen wir fürs Aussteigen im kalten Wasser. Wir fahren nicht immer unter Palmen herum.«

»Dann also einen Gummianzug für jeden Mann. Und könnten Sie weiße oder gelbe Nummern auf den Rücken malen lassen, möglichst groß? Das erleichtert das Erkennen.«

»Gewiß, gewiß.« Der Maat wandte sich an seine Leute. »Hallo, Fonda und Johnson, ihr holt vom Quartiermeister Gummianzüge für die ganze Gruppe! Bracken, du besorgst einen Eimer Gummifarbe vom Magazin und malst Nummern auf die Rückenteile, von eins bis zwölf! Vorwärts!«

Später, die schwarzen Anzüge hingen schon wie Riesenfledermäuse an der Wand, rief Bond die Mannschaft zusammen. »Jungs, wir gehen in eine heiße Unterwasserschlacht. Es wird Verluste geben. Will jemand noch zurücktreten?« Alle grinsten ihn an. »Na, dann ist's ja gut. Wir schwimmen in Keilformation, ich als erster, hinter mir Mr. Leiter als Nr. 2 und Maat Fallon als Nr. 3. Jeder folgt nur der Nummer vor sich, so kann niemand verlorengehen. Achtet auf die einzelstehenden Korallenfelsen. Für die Fische ist jetzt die erste Freßzeit, also paßt auf alles Große auf. Hütet euch vor den Seegurken auf den Korallen, und schützt eure Speerspitzen! Haltet die Speere ganz oben unter der Klinge. Und vor allem eines: schwimmt möglichst ruhig! Wir müssen sie überrumpeln, bevor sie zum Schuß kommen, denn sie haben CO_2-Gewehre, Reichweite zirka sechs Meter. Aber das Laden dauert lange. Wenn einer auf euch zielt, dann bietet ihm ein möglichst kleines Ziel; also flach im Wasser bleiben, ja nicht die Beine absinken lassen! Und nach dem Schuß drauf auf ihn wie der Teufel, mit dem Speer voran! Ein Stich, egal wohin, und der Mann ist erledigt. Verwundete müssen sich selbst helfen, Tragbahren haben wir nicht. Bei Verwundung sofort aus dem Kampf und zu einem Korallenriff! Oder schwimmt an Land Hat einer einen Speer im Körper stecken, dann nicht herausziehen! Maat Fallon hat ein Signallicht für das U-Boot. Bei Angriffsbeginn läßt er es aufsteigen, dann taucht der Kapitän sofort auf und schickt uns ein Rettungsboot mit einem bewaffneten Hilfstrupp und dem Schiffsarzt nach. Noch irgendwelche Fragen?«

»Was machen wir, sobald wir das Schiff verlassen haben?«

»Wir steigen rasch auf drei Meter Tiefe und reihen uns in die Formation ein. Dabei darf keinerlei Strudel an der Oberfläche entstehen!«

»Und wie verständigen wir uns, zum Beispiel, wenn eine Maske nicht funktioniert oder sonstwas?«

»Daumen abwärts für alle Arten Notzustand. Bei großem Fisch den Arm gestreckt halten. Daumen hinauf heißt: ›Verstanden‹ oder: ›Ich komme dir zu Hilfe‹. Mehr brauchen wir nicht.« Bond lächelte. »Ja: und Füße nach oben heißt: ›Ich bin erledigt.‹«

Die Männer lachten.
Plötzlich ertönte die Lautsprecherstimme: »Schwimmerkommando zur Ausstiegsschleuse. Schwimmerkommando zur Ausstiegsschleuse. Ausrüstung anlegen. Ausrüstung anlegen. Commander Bond bitte zum Kommandoraum.«
Das Maschinengesumm ließ nach und verstummte. Mit einem leisen Stoß legte die *Manta* sich auf Grund.

23

Mit einem Schwall komprimierter Luft schoß Bond aus der Schleuse nach oben. Hoch über ihm, eine glänzende Quecksilberdecke, brodelte und wirbelte in kleinen Wellen die See. Die Luftblase stieg rasch an ihm vorbei und platzte bombengleich an der Oberfläche. In seinen Ohren fühlte Bond einen stechenden Schmerz. Um den Druck auszugleichen, verlangsamte er seinen Aufstieg, bis er drei Meter unter dem Wasserspiegel schwebte. Unter ihm wirkte die lange, schwarze Form der *Manta* seltsam und gefährlich. Der Gedanke, daß darin bei elektrischem Licht an die hundert Mann ihrer Arbeit nachgingen, gab ihm ein gruseliges Gefühl. Eben ertönte beim Notausstieg eine weitere Explosion, und Leiter schoß in einer Kaskade silbriger Luftblasen auf ihn zu. Bond ruderte zur Seite und schwamm zur Oberfläche hinauf. Vorsichtig spähte er über das leicht wogende Meer: die *Disco,* noch immer mit gelöschten Lichtern, stand weniger als eine Seemeile seitab. Eine Zeitlang beobachtete Bond das Schiff, sah aber nichts Verdächtiges. An Bord war es vollkommen still. Eine Meile weiter nördlich stieg langgestreckt und dunkel die Landmasse von Groß-Bahama aus dem weißen Sandstrand und der gekräuselten See. Da und dort war die schimmernde Wasserfläche von schwärzlichen Korallenfelsen unterbrochen. Über der Insel blinkten rot die Flugwarnungslichter der Raketenstation. Nachdem er sich orientiert hatte, hechtete Bond wieder nach unten, machte in drei Metern Tiefe halt und hielt seinen Körper in der gewünschten Richtung, während er auf den Rest seiner Mannschaft wartete.
Zehn Minuten vorher war Kapitän Pedersens unerschütter-

liche Ruhe einer unterdrückten Erregung gewichen. »Heiliger Strohsack, alles kommt so, wie Sie es vorausgesagt haben!« hatte er erstaunt gerufen, als Bond den Kommandoraum betrat. »Vor zehn Minuten haben sie beigedreht, und seither nimmt das S-Gerät merkwürdige Geräusche auf, Unterwassergeräusche, als ob sie in ihrem Unterwasserabteil alles fertigmachten! Ich glaube, Sie und die Jungens sollten lieber losziehen. Sobald ihr draußen seid, fahre ich die Oberflächenantenne aus und funke einen Lagebericht ans Marineministerium. Sie sollen inzwischen auf der Raketenstation die Evakuierung vorbereiten lassen für den Fall, daß es schiefgeht. Dann steige ich auf sechs Meter, lasse zwei Rohre laden und bleibe am Periskop. Maat Fallon kriegt noch ein zweites Signallicht, das er hochlassen soll, wenn die Dinge schlechtstehen. Kommt es hoch, so fahre ich hin, schieße die *Disco* mit der 10,5 bewegungsunfähig und entere sie. Und dann wird 'rangegangen, bis wir die Bombe haben!« Zweifelnd hatte der Kapitän den Kopf geschüttelt und war sich durchs Haar gefahren. »Eine verteufelte Lage, Commander! Wir müssen sozusagen ohne Noten spielen!« Dann hatte er Bond die Hand hingestreckt: »Na, Sie müssen jetzt raus! Viel Glück! Ich hoffe, die Burschen machen dem Schiff keine Schande.«

Bond spürte einen Schlag auf der Schulter. Es war Leiter, der ihn hinter der Maske angrinste und den Daumen hob. Bond blickte die Reihe zurück. Die Männer lagen in schmaler Keilformation, Flossen und Hände ruderten langsam, abwartend. Bond nickte und begann mit ruhigem, gleichmäßigem Beinschlag vorwärts zu schwimmen – die eine Hand an der Seite, mit der anderen den Speer bei der Brust haltend. Hinter ihm schwärmten die Männer aus und schwammen wie ein deltaförmiger Riesenrochen ihrer Beute entgegen.
In der schwarzen Schutzhülle war es heiß und eklig. Der durchs Mundstück strömende Sauerstoff schmeckte nach Gummi. Aber Bond vergaß das Unbehagen über der Konzentration auf gleichmäßiges Tempo und den direkten Kurs auf den zum Richtpunkt gewählten, aus dem Wasser ragenden Felsen.
Wieder blickte Bond über die Schulter. Ja, sie waren alle da, elf blinkende Maskenscheiben mit den rudernden Flossen

dahinter und dem Blitzen des Mondlichts auf den Speerspitzen. Könnten wir sie nur überrumpeln, dachte Bond. Was für ein furchtbarer Hinterhalt, wenn man aus den Schatten der Riffe auf sie zustieße!

Ein kleiner Korallenfelsen nahm Gestalt an und fesselte Bonds Aufmerksamkeit. Wachsam spähte er geradeaus. Jetzt tauchten weitere Formen auf, dann kamen die tintigen Flecke der Seegurken. Schwärme glitzernder Riffbewohner schossen durch einen Wald von Fächerkorallen, der träge im Gezeitenstrom wogte. Bond verlangsamte sein Tempo und spürte, wie jemand — Leiter oder Fallon? — an seine Flossen stieß. Vorsichtig schwamm er weiter und hielt Ausschau nach dem silbrigen Wellenschlag an der Spitze des Felsens, den sie sich als Ziel gewählt hatten. Dort war es, weiter links! Er war gute sechs Meter davon abgekommen. Nun schwenkte er darauf zu, gab das Haltesignal und stieg unter dem Schutz des Felsens nach oben. Mit äußerster Vorsicht hob er den Kopf über die wirbelnden Wellen: ja, die *Disco* war noch da. Sie war im vollen Mondlicht viel deutlicher auszumachen und zeigte noch immer kein Lebenszeichen. Langsam überprüfte Bond die dazwischenliegende Wasserfläche. Nichts, bis auf ein paar Wellen in dem glitzernden Licht. Er glitt um den Felsen herum auf die andere Seite. Auch hier nichts. Nur das seichte Wasser — und in ungefähr 600 Meter Entfernung die Küstenlinie. Bond durchforschte die klaren Kanäle nach einer ungewöhnlichen Bewegung, nach irgendwelchen Gestalten. Nichts. Oder doch? Dort, hundert Meter weiter, im stillen Wasser zwischen den Korallen, war ein bleicher Kopf mit blinkendem Maskenglas sekundenlang an die Oberfläche gekommen, hatte kurz umhergeblickt und war sofort wieder untergetaucht!

Bond nahm das Atemrohr aus den Zähnen, holte hastig ein paar tiefe Züge frischer Luft, schob es wieder fest zwischen die Lippen und glitt hinunter.

Unten starrten ihm elf Männer in Erwartung seines Signals entgegen. Durch die Masken sah er die blitzenden Zähne. Die Lanze zum Angriff vorschiebend, warf Bond sich über die niedrigen Korallen.

Jetzt hing alles von der Geschwindigkeit und dem vorsichtigen Manövrieren zwischen den gelegentlichen Bodenerhe-

bungen ab! Die Fische stoben auseinander, und das ganze Riff schien in der Stoßwelle der zwölf voranhastenden Körper zu erwachen. Erst nach fünfzig Metern gab Bond das Zeichen zum Langsamerwerden und Ausschwärmen in die Angriffslinie. Dann schwamm er weiter, während seine vor Anstrengung schmerzenden Augen sich mühten, zwischen den gezackten Formen hindurchzusehen, die wie hinter einem Nebelschleier lagen. Jetzt! Ein Schimmer von weißem Fleisch! Wieder – und wieder! Bond gab das Angriffszeichen. Dann stürzte er sich mit vorgehaltenem Speer nach unten.
Seine Gruppe kam von der Flanke herein. Sofort sah er, daß das ein Fehler war: die SPECTRE-Mannschaft bewegte sich mit erstaunlicher Geschwindigkeit vorwärts. Aber als er die kleinen, rotierenden Propeller auf dem Rücken der Feinde bemerkte, wußte er Bescheid: Largos Leute trugen Preßluftzylinder zwischen den beiden Zylindern ihrer Aqualungen! Zusammen mit dem Flossenschlag ergab das im freien Wasser mindestens die doppelte Schwimmgeschwindigkeit. Hier freilich, zwischen den Korallenfelsen, und behindert durch den vom Elektroschlepper gezogenen Schlitten, war die Mannschaft nur um einen Knoten rascher als Bond und seine Leute, die jetzt auf einen Abfangepunkt zuhielten, der offensichtlich zu kurz lag. Und die Zahl der Feinde war verteufelt groß! Bei zwölf hörte Bond zu zählen auf. Die meisten trugen CO_2-Gewehre und dazu Pfeilköcher am Oberschenkel. Wenn er jetzt nur unbemerkt in Speerreichweite kommen konnte!
Dreißig Meter, zwanzig. Bond blickte sich um. Sechs seiner Leute waren fast auf Armlänge heran, die übrigen im Bogen ausgeschwärmt. Largos Leute blickten immer noch geradeaus und hatten die durch die Korallen sich nähernden schwarzen Gestalten nicht bemerkt. Jetzt aber, als Bond mit Largos Nachhut gleichzog, fiel sein Schatten auf einen hellen Sandfleck, und ein, zwei Gegner blickten sich nach ihm um. Bond stieß sich mit dem einen Fuß von einem Felsen ab, und schoß nach vorn, seinem Opfer blieb keine Zeit mehr zur Gegenwehr: Bonds Speer traf den Mann in die Seite und schleuderte ihn gegen dessen Nachbarn. Nachstoßend drehte Bond die Speerspitze in der Wunde. Der Mann ließ sein Gewehr fallen, preßte die Hände gegen den Leib und klappte zusam-

men. Die Gegner stoben nun nach allen Seiten auseinander, wobei ihr Tempo durch den Propellerantrieb aus den Preßlufttornistern beschleunigt wurde. Ein weiterer von Largos Leuten sackte vor Bond weg und griff nach seiner Maske: ein Stoß von Bond hatte ihm das Glas zertrümmert. Während der Mann nach oben strampelte, trat er Bond ins Gesicht. Gleichzeitig fühlte Bond, wie ihm etwas den schützenden Gummi überm Bauch zerschnitt. Er spürte Schmerz und eine Nässe, die vom Blut oder vom Seewasser herrühren konnte. Irgend etwas blitzte, er duckte ab, und ein Gewehrkolben schlug ihm hart gegen den Kopf. Benommen klammerte er sich an einen Felsen, um einige Augenblicke zu verschnaufen, während die schwarze Flut seiner Leute an ihm vorüberströmte und die Einzelkämpfe das Wasser ringsum mit schwarzen Schwaden von Blut erfüllten.

Der Hauptkampf hatte sich jetzt in eine weite Bucht mit klarem Wasser verlagert, die nur von vereinzelten Korallenblöcken durchsetzt war. Am jenseitigen Ende dieser Bucht bemerkte Bond den mit seiner langen, plumpen, gummiverhüllten Last beladenen Schlitten und davor die silbrige Torpedoform des Schleppers mit einer geschlossenen Gruppe von Schwimmern, in der sich auch Largo befand. Er war unverkennbar! Unter der Deckung des Korallenfelsens ging Bond bis knapp zum Sandgrund hinab und begann sich am Rand der Bucht an die Gruppe heranzuarbeiten. Fast sofort mußte er sein Vorhaben unterbrechen: im Felsenschatten kauerte ein Mann, der soeben mit dem Gewehr auf Leiter zielte. Einer von Largos Leuten hielt Leiter an der Kehle gepackt, während Leiter seinen von der Flosse entblößten Haken in den Rücken des Mannes geschlagen hatte. Mit zwei Flossenschlägen war Bond bei dem Schützen und schleuderte auf zwei Meter Entfernung seinen Speer. Zwar fehlte dem leichten Holz die Durchschlagskraft, aber die Klinge zerschnitt dem Schützen die Hand, während er abdrückte, so daß der Schuß danebenging. Der Mann wirbelte herum und stürzte sich mit dem leeren Gewehr auf Bond. Der sah seinen Speer nach oben entschwinden, tauchte nach den Beinen seines Gegners und zog sie ihm weg. Dann, als ihn die Gewehrmündung an die Schläfe traf, griff er verzweifelt nach der

Maske des Feindes und riß sie ihm ab. Das genügte. Im Wegschwimmen sah Bond den vom Salzwasser Geblendeten zur Oberfläche streben. Aber schon spürte er einen leichten Stoß am Arm: es war Leiter, der mit verzerrtem Gesicht seinen Atemschlauch umklammerte. Mit der freien Hand machte er eine Geste nach oben. Sofort faßte Bond ihn um die Taille und brachte ihn die fünf Meter hinauf. Oben riß sich Leiter das zerrissene Rohr aus dem Mund und schnappte gierig nach Luft. Bond hielt ihn während des Anfalls fest und zog ihn dann zu einem Korallenfelsen. Als Leiter ihn verärgert in die Seite stieß und ihm bedeutete, er solle sich in Dreiteufelsnamen wieder hinunterscheren und ihn allein lassen, hob er den Daumen, wandte sich um und tauchte wieder hinab.

Erneut versuchte er, sich durch den Korallenwald an Largo heranzupirschen. Gelegentlich sah er Einzelkämpfe, und einmal kam er unter einem Besatzungsmitglied der *Manta* vorbei. Das nach unten gekehrte Gesicht des Mannes starrte zu ihm hinunter, ohne Maske und Sauerstoffrohr, und der Mund stand entsetzlich weit offen. Bond hob zwei der herumliegenden Gewehrpfeile auf. Er hatte jetzt den Rand des offenen Kampfplatzes erreicht. Der Schlitten mit seiner plumpen Ladung war noch da, zwei schußbereite Leute bewachten ihn, aber von Largo war nichts zu sehen. Bond spähte durch die Nebelwand, die vom Mondlicht jetzt schon schwächer erhellt wurde: aber nichts war zu sehen als kleine, fressende Fische.

Er hatte keinerlei Überblick mehr über den Stand der Schlacht! Was ging jetzt oben vor? Als er Leiter hinaufgebracht hatte, war das Meer von dem roten Signallicht erleuchtet gewesen. Würde das Hilfsboot rasch genug zur Stelle sein? Sollte er nachsehen? Sollte er da bleiben und die Bombe bewachen?

Erschreckend plötzlich wurde ihm die Entscheidung abgenommen: aus dem Nebel schoß von rechts die glänzende Torpedoform des Elektroschleppers ins Bild! In seinem Sattel saß zusammengeduckt Largo, in der Linken zwei der *Manta*-Speere vor sich haltend, während er mit der Rechten die Steuerung bediente. Bei seinem Erscheinen ließen die beiden Wachen ihre Gewehre fallen und ergriffen das Anschlußstück des Schlittens. Largo drosselte die Fahrt und fuhr an den Schlitten heran, während der eine Wächter sich bemühte, den

Schlepper zu dem Anschlußstück zu dirigieren. Sie wollten also hinausfahren! Largo wollte die Bombe wieder durch die Riffe bringen und sie im Tiefen verschwinden lassen! Verfuhr er mit der Bombe auf der *Disco* ebenso, so konnte er hinterher sagen, er sei von Schatzsucherkonkurrenten überfallen worden. Wie habe er wissen können, daß die Angreifer von einem US-Unterseeboot kamen? Seine Leute hatten mit ihren Haigewehren in Notwehr zurückgeschossen, aber eben nur, weil sie angegriffen worden waren. Wieder würde die Schatzsuche alles decken!

Noch immer plagten die Männer sich mit dem Anschlußstück herum. Largo blickte unruhig nach hinten. Bond schätzte die Entfernung, stieß sich mit aller Kraft von den Korallen ab und stürzte sich nach vorn.

Sein Gegner drehte sich gerade noch rechtzeitig herum, um den Lanzenstoß parieren zu können, der von den Zylindern der Aqualunge abglitt, ohne zu verletzen. Bond warf sich auf Largo und streckte die Hände nach dessen Atemrohr. Largo ließ die Speere fallen, riß den Steuerknüppel zurück und hielt dann beide Hände schützend vor sich. Der Schlepper ruckte nach vorn und kippte dann unter dem Gewicht der beiden ringenden Männer nach.

Es war unmöglich, systematisch zu kämpfen. Beide Männer rissen aneinander herum, aber Largo, mit dem Sattel zwischen den Knien, hatte den festeren Halt, während Bond die eine Hand zum Festhalten brauchte. Immer wieder stieß ihn Largos Ellbogen ins Gesicht. Bond suchte den Stößen so auszuweichen, daß das lebenswichtige Maskenfenster nicht zertrümmert wurde. Gleichzeitig hämmerte er mit der freien Hand auf Largos Nieren, sein einzig erreichbares Ziel.

Die unter Bonds Gewicht aufwärtsragende Schleppernase durchbrach schließlich die Wasseroberfläche. Ziellos kurvte das Fahrzeug umher, aber Bond war jetzt zur Hälfte im Kielwasser. Nur mehr Minuten, und Largo würde sich herumwerfen und ihn mit beiden Händen attackieren. Entschlossen ließ Bond Largos Aqualunge los, umklammerte mit den Beinen das Heck des Schleppers und rutschte nach hinten, bis er die Ruderspitze im Rücken fühlte. Jetzt nur nicht in die Schraube geraten! Mit der einen Hand griff er zwischen den Beinen hinunter, drückte sich mit aller Kraft vom Ruder ab und schnellte sich rücklings von der Maschine. Sein Gesicht geriet in den Strudel des surrenden Propellers, aber er zerrte weiter nach unten und spürte, wie das Heck sich mehr und mehr senkte. Bald würde das verdammte Ding fast senkrecht stehen! Bond riß das Ruderblatt im rechten Winkel herum, und während die Anstrengung ihm fast die Arme ausriß, ließ er los. Über ihm, durch die scharfe Drehung abgeworfen, klatschte Largo seitlich aufs Wasser, wandte sich aber rasch herum und spähte nach Bond aus.

Zerschlagen und erschöpft wie er war, konnte Bond jetzt nur versuchen, wegzukommen und sein Leben zu retten. Die Bombe lag nun fest, und der Schlepper kreiste oben im Meer herum. Largo war geliefert. Bond nahm die letzten Kräfte zusammen und tauchte langsam zwischen die schützenden Korallen.

Im Vollbesitz seiner Kräfte, fast träge, kam Largo in leichten, weitausholenden Kraulstößen hinter ihm her. Bond schwenkte ab und wand sich zwischen den Korallenblöcken weiter. Er folgte einer weißen Sandpassage bis zu einer Gabelung und wählte den engeren Kanal zwischen den scharfkantigen Blökken. Aber über ihm schwebte der schwarze Schatten seines Verfolgers. Largo war gar nicht in den Kanal hineingeschwommen, er hielt sich über den Korallenblöcken, behielt Bond im Auge und wartete ab. Bond blickte hinauf: rund um das Mundstück sah er die Zähne blinken.

Jetzt erweiterte sich der enge Gang. Vorn war weißer Sand! Aber Bond konnte hier nicht wenden und hielt inne. Um ihn zu holen, mußte Largo hereinkommen!

Jetzt glitt der große, schimmernde Körper, eine Blasenspur hinter sich, vorsichtig ins offene Wasser! Jetzt stieß er rasch und gewandt wie ein heller Seehund auf den Sandgrund herab und stand Bond gegenüber! Langsam kam Largo zwischen den Korallenwänden heran, die großen Hände griffbereit vorgestreckt. In zehn Schritt Entfernung blieb er stehen. Sein Blick überflog die Korallen, dann stieß seine Rechte zu, riß einen kleinen Kraken heraus und hielt ihn vor sich wie eine wehende Blume. Grinsend hob Largo die freie Hand und schlug sich auf die Maske. Bond bückte sich nach einem der

seegrasbewachsenen Steine. Largo machte es dramatisch, aber ein Stein in seine Maske würde wirksamer sein als ein Krake auf die von Bond. Er hatte keine Angst vor Kraken: einzig Largos größere Reichweite machte ihm Sorge.
Schrittweise kam Largo näher, schrittweise wich Bond zurück, tiefer und tiefer in den schmalen Gang, wobei er darauf achten mußte, seine Gummihaut nicht zu zerreißen. Aber Largo rückte nach. Noch wenige Schritte, und er würde angreifen!
Draußen, hinter Largo, gab es eine Bewegung. Kam da jemand zu Hilfe? Aber der Schimmer war weiß, also war es einer von Largos Leuten!
Und jetzt schoß Largo auf ihn zu!
Bond stieß sich ab und tauchte nach Largos Unterleib, den scharfkantigen Stein in der Faust. Aber Largo war darauf gefaßt: sein Knie prallte hart gegen Bonds Kopf, und gleichzeitig kam seine rechte Hand herab und drückte den kleinen Kraken quer auf Bonds Maskenfenster. Dann fühlte Bond zwei kräftige Hände seinen Hals umklammern.
Er konnte nichts sehen. Irgendwie spürte er die glitschigen Krakenarme auf seinem Gesicht, spürte, wie sie sein Mundstück faßten und sich daran festsaugten. In seinen Schläfen hämmerte das Blut; er wußte, es war aus mit ihm.
Langsam ging er in die Knie. Aber — was war mit den Händen an seiner Kehle? Seine vor Schmerz zusammengepreßten Lider öffneten sich: er sah Licht! Der Krake, jetzt auf seiner Brust, ließ los und schoß zwischen den Korallen davon. Und Largo lag auf dem Grund, einen Speer durch den Hals und schwach mit den Beinen zuckend. Hinter ihm stand eine kleine, bleiche Gestalt und schob eben einen zweiten Speer in das Unterwassergewehr. Das lange Haar umfloß ihren Kopf wie ein Schleier aus Mondlicht.
Langsam kam Bond auf die Beine. Er tat einen Schritt vorwärts und spürte, wie seine Knie nachgaben. Finsternis überschwemmte ihn, er fiel gegen die Korallen, die Lipppen auf dem Sauerstoffrohr erschlafften, Wasser drang in seinen Mund. Nein! sagte er sich. Nein! Nur das nicht! Nur jetzt nicht schlappmachen!
Eine Hand ergriff die seine, aber Dominos Blick hinter der Maske war leer. Was war mit ihr? Plötzlich war Bond wieder

hellwach! Er nahm die Blutflecken auf ihrem Badetrikot wahr, er sah die bösen roten Male auf ihrem Körper. Wenn er nichts unternahm, würden sie beide sterben! Langsam und bleischwer begannen sich seine schwarzen Flossen zu bewegen. Sie stiegen. Es war gar nicht so schwer. Und jetzt halfen auch ihre Flossen ein wenig mit.
Sie erreichten gemeinsam die Oberfläche und trieben dann mit dem Gesicht nach unten im flachen Wasser.

24

Felix Leiter betrat das weiße, desinfizierte Zimmer des Krankenhauses und schloß mit Verschwörermiene die Tür hinter sich. Er kam an das Bett, auf dem der von den Drogen noch halbbenommene Bond lag. »Na, wie geht's, Bürschchen?«
»Ganz gut. Zu viele Tabletten.«
»Der Arzt hat mir's verboten, aber du willst doch wissen, wie es steht?«
»Sicher.« Bond suchte sich zu sammeln. Eigentlich war's ihm egal, er konnte nur an das Mädchen denken.
»Also, ich mach' es kurz. Der Arzt ist gerade auf Visite und macht mich zur Sau, wenn er mich hier findet. Beide Bomben sind sichergestellt, und Kotze, der Physiker, pfeift wie ein Vogel. SPECTRE ist offenbar ein Haufen richtiger Großverbrecher — ehemalige SMERSH-Leute, Mafia, Gestapo, die großen Organisationen eben. Hauptquartier war Paris, der Boß ein Mann namens Blofeld. Der Schuft ist aber getürmt, jedenfalls haben sie ihn laut CIA noch nicht erwischt. Kotze gibt an, daß sie seit der Gründung von SPECTRE vor fünf, sechs Jahren Millionen Dollar kassiert haben. Diese Sache sollte die letzte sein. Mit Miami hatten wir übrigens recht, es *war* Ziel Nr. 2. Dort wollten sie die Bombe ins Jachtbassin legen.«
Bond lächelte schwach. »Also ist alles zufrieden.«
»Ja, sicher, außer mir. Ich komm' von dem verdammten Radio nicht mehr weg. Die Röhren sind beinah' schon durchgebrannt, und auf dich wartet ein ganzer Stoß Schlüsseltext von M. Aber heut' abend kommen die hohen Tiere von

der CIA und auch ein Team von euch, da können wir alles übergeben und zusehen, wie unsere Regierungen damit fertig werden – was man der Öffentlichkeit sagen soll, was mit den SPECTRE-Leuten geschieht, ob du Lord wirst oder Herzog, wie man mich dazu bringt, als Präsident zu kandidieren – solche Kleinigkeiten eben. Und dann machen wir, daß wir wegkommen, und saufen uns irgendwo anständig voll! Vielleicht willst du das Mädchen mitnehmen? Sie verdient als einzige die Medaille! So was von Schneid! Die sind auf den Geigerzähler gekommen. Weiß der Teufel, was dieses Schwein Largo ihr angetan hat – aber gepfiffen hat sie nicht, kein einziges Wort! Als dann das Schwimmerkommando unterwegs war, hat sie sich irgendwie aus der Luke gezwängt, mit Gewehr und Aqualunge, und ist ihm nach. Und hat ihn erwischt und dir noch rasch das Leben gerettet! Nie wieder red' ich vom schwachen Geschlecht – nicht bei einer Italienerin!«
Leiter horchte und ging rasch zur Tür. »Verdammt, da unten im Gang treibt sich der Doktor herum! Auf später, James!« Er horchte nochmals und glitt aus dem Zimmer.
Bond starrte zur Zimmerdecke. Warum sagte ihm keiner etwas über das Mädel? Wie ging es ihr? Wo war sie?
Als die Tür sich öffnete, setzte Bond sich auf und schrie der weißgekleideten Gestalt entgegen: »Wie geht's dem Mädchen?! So reden Sie schon!!«
Dr. Stengel war nicht nur der Modearzt von Nassau, er war auch ein guter Arzt. Er hatte keine Fragen wegen dieser Patienten gestellt, auch nicht wegen der sechzehn Autopsien, die er durchzuführen hatte, sechs für die Amerikaner von dem großen Unterseeboot und zehn andere einschließlich der Leiche des Jachtbesitzers. Jetzt sagte er vorsichtig: »Miß Vitali kommt wieder ganz in Ordnung. Momentan hat sie einen Schock und braucht Ruhe.«
»Was ist sonst noch mit ihr los?«
»Sie ist zu weit geschwommen, das war für ihren Zustand zu viel.«
»Wieso?«
Der Arzt ging zur Tür. »Auch Sie müssen sich noch ausruhen. Sie haben allerhand hinter sich. Alle sechs Stunden eins von diesen Beruhigungsmitteln, und viel schlafen, dann sind Sie

bald wieder auf den Beinen. Aber jetzt spannen Sie aus, Mr. Bond!«

Ausspannen. Spannen Sie aus, Mr. Bond. Wo hatte er dieses idiotische Gerede schon gehört? Plötzlich packte ihn die Wut! Er raffte sich auf und stolperte, schwindlig wie ihm war, hinter dem Arzt her. »Ausspannen! Zum Teufel mit Ihnen! Sagen Sie mir lieber, was mit dem Mädchen los ist! Wo ist sie? Welche Zimmernummer hat sie?« Bonds Hände fielen kraftlos herab. Mit schwacher Stimme bat er: »Um Himmels willen, Doktor, sagen Sie's mir, ich muß es wissen!«

Doktor Stengel blieb freundlich und geduldig: »Sie ist mißhandelt worden und hat Verbrennungen, viele Verbrennungen. Und noch immer große Schmerzen. Aber«, er winkte beruhigend ab, »ihr seelischer Zustand ist gut. Sie liegt gleich neben Ihnen, auf Zimmer Nr. 4. Sie können zu ihr, aber nur für eine Minute! Dann müssen Sie beide schlafen! Ja?« Er hielt die Tür offen. – »Danke. Danke vielmals, Doktor!« Zögernd trat Bond auf den Gang. Schon wieder die verdammten Beine! Der Arzt beobachtete ihn, wie er zu Tür Nr. 4 ging, sie öffnete und übertrieben sanft hinter sich schloß. Dann ging er den Gang hinunter und dachte: Ihm schadet's nicht, und ihr tut's vielleicht gut. Sie kann Zärtlichkeit brauchen.

Das streifige Licht der Jalousien. Das Bett. Bond kniete daran nieder. Der Kopf auf dem Kissen wandte sich ihm zu. Ihre Hand griff ihm ins Haar und zog seinen Kopf näher zu sich. Heiser sagte sie: »Du mußt dableiben, verstehst du? Du darfst nicht weggehen.«

Als Bond nicht antwortete, schüttelte sie seinen Kopf. »Hörst du mich, James? Verstehst du mich?« Sie fühlte, wie sein Körper nachgab. Als sie sein Haar losließ, sackte er neben dem Bett zusammen. Sie änderte vorsichtig ihre Lage und blickte zu ihm hinunter. Er schlief schon, den Kopf auf die Arme gelegt.

Das Mädchen betrachtete das dunkle, eher grausame Gesicht. Dann seufzte sie, schob ihr Kissen an den Bettrand, legte sich so, daß sie den Schläfer jederzeit sehen konnte, und schloß die Augen.